AF235087

# Kooperation

## Joachim Stengel

**Ein Corona-Thriller**

Cover-Design von
Sibylle Stengel-Klemmer

Bibliografische Information der Deutschen Nationalbibliothek:
Die Deutsche Nationalbibliothek verzeichnet diese Publikation in der Deutschen Nationalbibliografie; detaillierte bibliografische Daten sind im Internet unter http://dnd-dnb.de abrufbar.

Herstellung und Verlag:
BoD - Books on Demand, Norderstedt

ISBN 9 783 753 441238

1. Auflage 2021
© 2021 Joachim Stengel

In der Politik geschieht nichts zufällig. Wenn etwas geschieht, kann man sicher sein, dass es auch auf diese Weise geplant war.

*Franklin D. Roosevelt (1882-1945)*

Die Politik kann nicht zurück!

*Eberhard Lauer, MdB (2020)*

# 01

Jade Taylor, Agentin des Bundesamtes für Verfassungs-schutz, lag mit Laura Torg im Bett, die hellen Laken zerwühlt. Eine wohltuende Ruhe erfüllte den Raum. Jades Blick glitt über den noch glühenden ausgestreckten Körper neben ihr. Kleine Schweißperlen glitzerten wie winzige Tautröpfchen auf Lauras samtener Haut. Laura war ein paar Jahre – acht, um genau zu sein – älter als sie. Man sah es ihr nicht an und Jade machte es nichts aus. Das war die erste Frau, die sie verstand, bei der sie sich aufgehoben und anerkannt fühlte. Sollte sie doch noch Glück haben? Eine passende Partnerin finden? Sie empfand etwas, wie angekommen sein, nicht mehr sich in Acht nehmen müssen und schieres, überwältigendes Glück. Sie fuhr mit ihrer Hand langsam die vollendete Form jenes Körpers entlang, die sanften Hügel, deren Nippel sich sofort aufrichteten, und glitt tiefer, den Körper hinunter. Laura behielt die Augen geschlossen, räkelte sich und gab ein wohliges Schnurren von sich. Die Linie ihres Mundes formte sich zu einem Lächeln. Jade beugte sich vor, öffnete ihre Lippen und leckte mit der Spitze ihrer Zunge die salzigen Tropfen von Lauras Haut. Sie wünschte sich, dass dieser Augenblick niemals enden würde. Konnte Jade dieser stolzen Frau das geben, was sie brauchte? Hatte nur die Enttäuschung durch ihren letzten Liebhaber sie in Jades Arme getrieben? War sie nur eine Laune für Laura Torg, die CFO der COOLTECH AG?

Sie hatte die Übertragung der Überwachungskameras auf dem Monitor beobachtet, wie Laura sich vor ihrem Liebhaber entkleidet hatte. Dieser Chinese Chen Ze Ren hatte nicht Laura und ihren Körper geliebt, er hatte nur die Unterlagen zu der Erfindung gewollt, zu der Laura Zugang hatte. Jade hatte mit ihrem Partner Tom vom BND Lauras Enttäuschung live miterlebt. Die beiden waren das Überwachungsteam, das mit einer versteckten Abhöranlage und Kamera das ganze Desaster mitgeschnitten hatte. Hoffentlich erfuhr Laura nie, dass sie mit Tom zusammen sie in der erniedrigenden Situation, als sie von Chen Ze Ren abgewiesen wurde, gesehen hatte. Das wäre eine Katastrophe. Laura würde ihr das bestimmt nicht verzeihen.

Laura öffnete die Augen und sah auf die blauen Flecke, die Jades Körper zierten. Ihr Lächeln bekam einen schmerzlichen Ausdruck, sie richtete sich auf und bedeckte die Blessuren Stück für Stück mit Küssen.

„Das hast du alles für mich auf dich genommen."
Jade sagte nichts.

Lauras Handy gab einen unangenehmen Ton von sich. Es klang eigentlich wie immer, aber für Jade zerriss es den schönen Moment. Auch Laura schien es die Stimmung zu zerstören, als sie auf das Display schaute.

„Was will der denn?"

Jade rutschte zurück, zog die Decke bis zum Hals hoch. Wer konnte das sein?

Laura hielt ihr den Bildschirm hin und sie entzifferte den Namen: Chen Ze Ren.

„Geh du ran", sagte Laura, „mach ihm klar, dass ich ihn nicht mehr sehen will, nichts mehr mit ihm zu tun haben will. Nie mehr."

Er müsse unbedingt Laura sprechen, es klang, als wenn sein Leben davon abhinge.

Laura legte ihren Kopf an Jades, um mitzuhören.

Der Chinese rief an, um seine Liebe zu beteuern. Es sei alles ein Missverständnis gewesen. Er würde streng überwacht. Er hoffe, dass keiner mitbekäme, dass er anriefe, aber er müsse sie unbedingt treffen.

Diesen Kerl wollte sie nie wieder sehen. Der hatte ihr Liebe bloß vorgespielt im Versuch, an die Pläne für die wichtigste Erfindung unseres Jahrhunderts zu gelangen. Die dem Konzern gehörte, deren Inhaber sie und ihr Bruder waren. Das Geheimnis war inzwischen gelüftet. Nachdem das Patent auf die Erfindung genehmigt war, stand der Veröffentlichung nichts mehr im Weg. Laura hatte vor kurzem davon erzählt.

„Mein Bruder hat die Präsentation zur Einführung der neueren Akkugeneration gestaltet wie früher Steve Jobs für Apple oder ähnliche Typen. Es war eine riesige Show. Mein Bruder beherrscht das. Das ist ja sein Ding. Unser Akku wird die Automobilindustrie revolutionieren. Die E-Autos, die durch die neuartige Form des Speichers jetzt eine Reichweite von weit über tausend Kilometern mit einer Batterieladung haben. Die Produktionszahlen der Werke steigen bis an die Kapazitätsgrenzen. Der Aufbau weiterer Werke geht voran. Bis 2025 werden wir den Markt vollständig beherrschen und eine flächendeckende Versorgung gewährleisten können."

Lauras Begeisterung war ansteckend. Jade waren die Fakten bekannt. Das Unternehmen hatte über einen Wissenschaftler, den sie aus Venezuela eingekauft hatten, die Technik entwickelt. Sie wusste auch über die vielen Differenzen, die das Geschwisterpaar hatte, dass sie aber im Ernstfall zusammenhielten.

„Das habe ich ihm auch zugetraut. Genau so habe ich ihn kennengelernt", sagte Jade über Lauras Bruder.

„Danach sind unsere Aktien quasi in den Himmel geschossen."

Aktien, dachte Jade, das ist es. Hatte Tom nicht erwähnt, dass diese Organisation, die angeblich auch hinter der Corona-Pandemie stecken sollte, die ein einziger großer Fake sei, einen großen Anteil an den Aktien der COOLTECH AG hielt? Sie mussten unbedingt sehen, ob über den Aktienbesitz nicht feststellbar war, wer sich hinter dieser Organisation verbarg.


Jade streifte die Decke ab und ging zum Fenster. Sie spürte den samtweichen Flor des dicken Teppichs unter ihren Füßen. Ein leichtes Frösteln lief durch ihren Körper, als sie auf den Moltkepark hinaus schaute. Das Sonnenlicht vertrieb das Schaudern, wärmte sie, fühlte sich gut auf ihrer Haut an.

Laura stand auf, nahm etwas von ihrer Frisierkommode und ging auf Jade zu.

Jade ließ keinen Moment die Augen von Laura und genoss den Anblick ihres ebenfalls gänzlich entkleideten Körpers in der Bewegung.

Laura drückte ihr ein kleines Stück Plastik in die Hand.

„Für dich."

Jade sah es an, drehte es hin und her.

„Was ist das? Sieht aus wie ein Kommunikator aus

Star Trek?"

Laura nahm ihr Gesicht in beide Hände, strahlte Jade an und drückte ihr einen Kuss auf den offenen Mund.

„Das ist der Schlüssel zu einem Tesla Modell S. Ich leih ihn dir, solange du ihn haben willst."

„Das geht doch nicht."

„Doch. Ich möchte es. Du kannst ihn ruhig annehmen. Du bist jetzt eine unserer Testfahrerinnen. Der Wagen ist mit dem neuen Akku ausgestattet. Reichweite 1500 bis 2000 km."

„Unglaublich! Aber …"

„Kein Aber! Wir setzen das doch alles von der Steuer ab. Warum sollst du nicht davon profitieren?"

So war sie eben, dachte Jade, ganz die Geschäftsfrau. Sie merkte, wie ihr Gesicht vor Freude glühte. Jade, die sonst privat aus Überzeugung öffentliche Verkehrsmittel bevorzugte, empfand das als ein spannendes neues Experiment.

„Es ist der rote." Laura schob die Gardine zur Seite und deutete aus dem Fenster. „Ich finde, er passt gut zu dir."

Jade lächelte, näherte sich Laura und legte ihre Arme um sie. Ihre Körper berührten sich, schmiegten sich aneinander. Sie spürte Lauras Atem. Ihr Geruch nahm sie erneut gefangen.

# 02

Tom Forge, Mitarbeiter des BND, zurzeit ausgeliehen an das Bundesamt für Verfassungsschutz, trank sein drittes Kölsch. Er knobelte mit Paul und Günter in seiner Lieblingskneipe in Ehrenfeld, nur wenige Häuser von seiner Wohnung entfernt. Die Kölner sprachen liebevoll vom Veedel, wenn sie ihr Viertel meinten. In diesem Studentenviertel zwischen Zülpicher und Luxemburger Straße gab es noch Vielfalt. Individuelle Kneipen und Cafés, Second-Hand-Läden. Viele alte Häuser. Alles wirkte bunt und lustig. Nur die Masken störten. Sonst hatten sie immer an der Theke gestanden, dort hing jetzt ein Trennwand aus Plexiglas und jeder zweite Barhocker fehlte, um den vorgeschriebenen Abstand einzuhalten. Alles zum Schutz vor Corona. Als wenn sie sich vorher ständig alle angespuckt hätten. Am kommenden Montag sollte es wieder so weit sein, ein erneuter, ein zweiter Lockdown war geplant. Dann war es wieder aus mit dem gemütlichen Knobeln in der Kneipe. Tom befürchtete, dass die Gastronomieszene das nicht verkraften würde.

Bisher stand nur ein Bier auf seiner Rechnung. Die anderen beiden hatte er beim Würfeln gewonnen. „Barmbek" hieß das Spiel. Dazu brauchte es sechs

Würfel und einen Knobelbecher. Der höchste Wurf waren zwei Siebenen und zwei Einsen, wobei die Sieben aus Fünf und Zwei oder Sechs und Eins oder Vier und Drei zusammengesetzt werden konnten. Jeder durfte dreimal werfen und jedes Mal so viele Würfel rauslegen, wie er wollte. Wenn allerdings der erste Spieler nach seinem ersten Wurf sagte „Steht", hatten die anderen auch nur einen Wurf. Derjenige, der einen Durchgang verlor, bekam einen Bierdeckel. Wer am Ende eines Durchgangs die meisten Deckel gesammelt hatte, musste die nächste Runde bezahlen. Tom liebte dieses Spiel. Nicht nur weil er gewann, sondern weil es ihm locker von der Hand ging und er dabei seinen Gedanken nachhängen konnte oder sich über Alltägliches mit seinen Mitspielern austauschen konnte. Es vermittelte ihm eine angenehme Leichtigkeit. Heute war er ganz bei sich. Er überlegte, ob er zurück zum BND geschickt werden würde. Vorerst war die Operation, bei der er zur Unterstützung durch den Verfassungsschutz angefordert worden war, abgeschlossen. Es hatten sich aber neue Aspekte und eine unerwartete Zielrichtung ergeben. Würden sie ihn weiter dabeibehalten wollen? Sollte er seine begonnene Arbeit fortsetzen? Das hoffte er. Aus seiner Sicht machte das Sinn, da er bisher als Einziger den Kontakt mit einem Gegner gehabt hatte, der sich als ein übergeordnetes Netzwerk einer internationalen Organisation herausgestellt hatte, die *großen Sechs*. Sie operierten über alle Staatsgrenzen hinweg, egal welcher politischen Ausrichtung. Er, Tom, war derjenige, der den engsten Kontakt zu Mitgliedern dieser Organisation gehabt hatte und am meisten über die Hintergründe wusste. Aber aktuell war er vorerst gezwungen, seinen Resturlaub zu nehmen. Wegen Corona verbrachten viele ihren Urlaub jetzt im eigenen Land. Die Menschen um ihn herum erkannten auf einmal, dass auch Deutschland Schönes zu bieten hatte. Tom sah das auch so, aber er blieb lieber zu Hause, da er beruflich oft genug unterwegs sein musste. Er fühlte sich wohl in seinem Veedel.

Gatow fiel ihm ein. Der Mann, der Gedanken lesen konnte. Ein Telepath, bei dem es sich um einen Mitarbeiter der *großen Sechs* handelte. Der Kontakt war erst drei Wochen her und es kam Tom so unwirklich vor. Hatte dieser Typ tatsächlich so eine unglaubliche Fähigkeit? Oder war das Ganze nur ein Trick gewesen?

„Du bist ja gar nicht bei der Sache." Paul klopfte ihm auf die Schulter.

„Tom konzentriert sich nicht einmal und gewinnt andauernd", sagte Günter, „das ist ungerecht."

Tom grinste.

„Für euch reicht es trotzdem."

„Letzte Runde!" Der Wirt leitete die Sperrstunde ein, die aufgrund Corona und ruhestörendem Lärm durch die Gäste, die sich mit ihren Getränken vor der Tür aufhielten und nicht den Mindestabstand einhielten, eingeführt worden war. Nachbarn hatten sich beschwert. Das ganze Thema um das angeblich so gefährliche Virus nervte Tom mittlerweile. Viele hielten sich sowieso nicht an diese ausufernden Regelungen. Tom hatte seine eigenen Ideen, was sich hinter dem ganzen Zirkus verbarg. Worum es eigentlich ging. Seine Vorgesetzten schätzten meist seine Fähigkeit, komplexe Zusammenhänge zu durchschauen und schon kleinste Hinweise mit seinem intuitiven Denken frühzeitig zu einem vollständigen Puzzlebild zusammenzufügen. Er bezweifelte, dass Hall das in diesem Fall auch befürwortete. Ihm würden Toms Vermutungen bestimmt nicht gefallen.

Auch den Absacker gewann Tom beim Würfelspiel. Wieder schwenkten seine Gedanken zu dem Thema, das ihn beschäftigte. Würde Gatow ihn *jetzt* „lesen" können? Wie weit war die Reichweite, in der er sich auf eine Zielperson konzentrieren konnte und klare Informationen aus dessen Gehirn *empfangen* konnte? Wie war ein Mensch mit dieser Fähigkeit überhaupt zu fassen? Tom hatte zwar diese Schutzhelme gesehen, die anscheinend den Empfang beeinträchtigten, aber nicht ermitteln können, woraus die Schicht bestand, die den kognitiven Bereich gegen den Telepathen abschirmte. Es hatte irgendwie rau ausgesehen. Erst hatte er angenommen, das Material der Abschirmung sei Leder, bis ihm das Glitzern aufgefallen war.

Beim Verfassungsschutz hatten sie nach Toms Angaben mithilfe eines Computerprogramms Phantombilder erstellt von Gatow und dem geheimnisvollen Mann, der sich Omega nannte und behauptete, der Anführer zu sein. Der sich als Arm einer weltweiten Organisation bestehend aus sechs Familien bezeichnet hatte, die angeblich die Geschicke der Welt beeinflussten. Omega wirkte wie ein Durchschnittsbürger, aber Gatow war wirklich ein eindrucksvoller Mann – alt, aber dynamisch. Am Montag, wenn Tom wieder zur Merianstraße 100 in die Zentrale des Verfassungsschutzes zur operativen Einheit der Abteilung IV musste, würde er erfahren, ob er weiter dabei war und ob die Fahndung mit den Fotos etwas gebracht hatte. Ihm fielen andere Möglichkeiten ein, die vielleicht noch nicht ausgeschöpft waren. Hatten sie schon an die alten Stasi-Akten gedacht? Gatow stammte aus der ehemaligen DDR und war, nachdem er entdeckt worden war, sehr schnell in die Obhut dieser mächtigen Gruppe gelangt. Aber es konnte durchaus sein, dass er vorher durch die Hände der Stasi gegangen war. Dann mussten eigentlich Akten über ihn existieren. Alle Informationen, die sie bisher über die *großen Sechs* gesammelt hatten, zeigten, dass es sich um einen Fall von organisierter Kriminalität handelte. Also fiel es eindeutig in den Aufgabenbereich des Verfassungsschutzes. Tom nahm den Kampf gegen die *großen Sechs* inzwischen persönlich. Er wollte weiter dabei sein und auch weiter mit Jade, seiner Kollegin beim Verfassungsschutz, zusammenarbeiten. Sie war intelligent, attraktiv und schlagfertig. Ein Grinsen drängte sich auf sein Gesicht, *schlagfertig* war gut, im doppelten Sinn des Wortes. Auf sie war außerdem Verlass. Er arbeitete gerne mit ihr zusammen.

Als er das Lokal verließ, wehte ihm der Wind die letzten trockenen Blätter vor die Füße. Wer weiß, wann der Staat ihm erlauben würde, in Zukunft wieder einmal zum Knobeln in eine Kneipe zu gehen.

# 03

Tom Forge war mit seinem BMW Z3 Coupé, Baujahr 1999, auf dem Weg zum ersten Arbeitstag nach seinem Kurzurlaub. Er genoss die Fahrt mit seinem privaten Fahrzeug, nachdem er den Dienstwagen, den er während des letzten Auftrags genutzt hatte, wieder im Fuhrpark abgeliefert hatte. Dieses silbermetallic glänzende Auto war sein ganzer Stolz. Er hatte ihn günstig aus erster Hand gekauft und pflegte ihn gut, hatte eigens eine Garage angemietet, und das war in Köln eine schwierige Aufgabe gewesen. Dieses Fahrzeug wollte er behalten, bis es offiziell zu einem Oldtimer wurde, und natürlich darüber hinaus. Er war vor kurzen unter Corona-Bedingungen beim Frisör gewesen und hatte sich eine modische Kurzfrisur zugelegt. Die buschigen Augenbrauen verliehen seinem kantigen Gesicht eine interessante Note, fand er bei einem Blick in den Rückspiegel. Er strich sich über das frisch rasierte Kinn. Zu einer Jeans trug er einen geriffelten schwarzen Pullover mit rundem Halsausschnitt.

Tom dachte an die stressigen Jahre seiner Ausbildung, den beschwerlichen Weg, wie er zum Agenten geworden war. Aber die ständige Herausforderung war genau das Passende für ihn. Andere waren abgesprungen. Und das waren einige gewesen, von denen er es zum Teil nicht erwartet hatte. Waffentraining. Wie er gelernt hatte, jede nur erdenkliche Schusswaffe im Dunkeln auseinanderzunehmen und wieder zusammenzusetzen. Jede Form des aktiven Trainings hatte ihm immer viel Freude bereitet, vor allem die Kampftechniken. Jemanden zu überwachen war interessant, solange derjenige in Bewegung war. Das Anwerben von Informanten, das Zusammentragen von Informationen. All das war spannend und unterhaltsam. Nur der mit den Tätigkeiten verbundene Papierkram, das Ausfüllen von Formularen und Dokumentationen, der Nachweis, der über jede noch so kleine Tätigkeit geführt werden musste, war nicht seine Sache.

Er erreichte den Parkplatz vor dem klobigen Gebäudekomplex des Verfassungsschutzes, der bei dem schlechten Wetter noch bedrohlicher wirkte. Alles war grau in grau, seiner Stimmung angepasst. Er verließ den Wagen und ergriff die Lederjacke vom Beifahrersitz. Inzwischen war er bei den meisten Leuten des Sicherheitsdienstes unter seinem Tarnnamen bekannter als mit seiner wahren Identität, Tom Hagen. Die Kontrollprozedur am Eingang gestaltete sich daher erheblich leichter als zu Beginn seiner Tätigkeit für den Verfassungsschutz. Er betrat das Gelände, auf dem fast 4000 Menschen beschäftigt waren, die meisten in Büro und Verwaltung. Wenige gehörten zu den

Kampferprobten, die für die Spionageabwehr und zum Schutz der deutschen Wirtschaft eine Spezialausbildung wie er absolviert hatten. Der Gedanke an die auf ihn wartende Arbeit, die Jagd nach der kriminellen Vereinigung, den *großen Sechs*, reizte ihn zwar sehr, schien aber nach den bisherigen Fortschritten eher hoffnungslos zu sein.

Seine Abteilung lag so versteckt, dass sie für einen Außenstehenden kaum zu finden war. Sein erster Weg führte ihn zu Babette, die in einem Raum vor dem Büro des Abteilungsleiters, Dr. Lawrence Hall, mit ihrem Kollegen Jean-Baptiste zusammen residierte. Sie war für alle so etwas wie das Herz der Abteilung. Ohne sie lief nichts. Wenn irgendjemand nicht weiterwusste, sprach man automatisch mit ihr und sie fand garantiert eine Lösung. Alle aktuellen Mitarbeiter der Abteilung waren erst nach ihr dazu gestoßen, sodass niemand wusste, wie lang sie ihren Platz schon innehatte. Wenn jemand irgendeine Information brauchte: Entweder hatte sie die Antwort parat oder sie wusste, wo man sie bekommen konnte. Tom betrat ihr Büro und setzte sich rücklinks auf einen Stuhl. Trotz ihres Alters, sie war 46 Jahre, hatte sie nicht ihre erotische Ausstrahlung verloren. Ihre roten Locken und das energiegeladene Blitzen aus ihren Augen taten ein Übriges. Sie begrüßte Tom mit einem Lächeln, mit dem sie jeden verzauberte, der das Büro betrat.

„Und", fragte Tom, „weißt du schon irgendwas? Hat Hall schon Bescheid, ob ich bei euch bleiben kann?"

Sie schüttelte den Kopf.

„Mach dir keine Sorgen. Ich weiß eines, er will dich behalten. Und bisher hat er immer bekommen, was er wollte."

Tom fing sich noch einen kritischen Blick von ihr ein. Sie schien ihn zu durchschauen.

„Kann ich etwas für dich erledigen?"

Da Tom kein eigenes Büro hatte, schaute er sich nach einem freien Tisch um, an dem er einen Computer nutzen konnte. Dabei setzte er die Unterhaltung mit Babette fort.

„Egal wie. Ich will aktuell nur eins: diesen Omega erwischen."

„Wir tun, was wir können", sagte Babette, „aber wir brauchen Ansatzpunkte. Erst wenn wir Namen und Aufenthaltsorte kennen, können wir Telefonate überprüfen, E-Mail-Verkehr, sonstigen Schriftwechsel. Ich werde dem nachgehen und ich verspreche dir …", dabei schenkte sie ihm wieder ein wundervolles Lächeln, „… wenn es etwas zu finden gibt, werde ich es finden."

Sie wäre nicht Babette, wenn sie nicht schnell erkannte, was Tom suchte. Sie zeigte ihm einen freien Platz in einem Büro weiter hinten im Gang. Tom loggte sich in die Hauptdatenbank des BfV ein und konzentrierte sich auf den Computer. Er wollte die Zeit bis zum Morgenmeeting nutzen und gab jedes Stichwort ein, das ihm zu dieser Organisation einfiel, in der Hoffnung, über etwas zu stolpern, das im weiterhalf. Diese Kriminellen aus der Anonymität an die Öffentlichkeit zu zerren.

Was hatten sie bisher? Die Phantombilder, die nach seinen Angaben angefertigt worden waren. Von Omega, von Gatow, den beiden Bodyguards. Sollte keine der Datenbanken, auf die sie Zugriff hatten, ein Ergebnis bringen, was Tom befürchtete, gab es keine Ansatzpunkte. Da sie weder Aufenthaltsort noch reale Namen der Personen hatten, brachte ihnen die bloße Möglichkeit zur Überwachung von Telefonaten und E-Mails nicht wirklich etwas.

# 04

Dr. Lawrence Hall, der Leiter der operativen Untereinheit der Abteilung IV des Bundesamtes für Verfassungsschutz, staunte nicht schlecht, als er an diesem Morgen bei der Frühbesprechung in die Runde seiner Crew schaute, die sich ihre Plätze um den Konferenztisch suchte. Er betrachtete die Auswüchse, die die Maskenpflicht hervorgerufen hatte. Ihm selbst war es wichtig, Privatleben und Beruf streng zu trennen. Er trug zwar einen Ehering, aber niemand wusste, ob er wirklich verheiratet war. Innerlich musste er grinsen bei der Erinnerung an das Gerücht, dass er den Ring zur Täuschung trug. Nur Babette, seine Sekretärin – die er als seine Assistentin betrachtete –, war über seine Familie informiert. Aber bei ihr waren seine Geheimnisse gut aufgehoben. Seine Teammitglieder gingen da wesentlich offener mit Angaben über ihre private Seite um. Eigentlich sollten sie doch vorsichtiger sein, da Datensammeln doch ihr tägliches Brot im Dienst war und sie die Macht der Informationen kannten. Seine Mitarbeiter schienen ihre Gesichtsverkleidung geradezu als Statements für ihre Persönlichkeiten zu nutzen. Erst hatte es Einwände gegen die Anordnung gegeben, jetzt lief es ganz gut. Mal sehen, wie lange diese für ihn unerwartete Disziplin seiner Leute anhielt. Freddie Rees hatte sich, vermutlich wegen seiner Kinder, für ein Spiderman-Motiv entschieden, Tom Forge trug ein Bandana-Multifunktionshalstuch, andere würden es vermutlich Sturmmaske nennen. Jade, wie könnte es anders sein, beschwor den Geist der Queer-Community mit Streifen in Farbschattierungen von Rot bis Pink. Die praktisch veranlagte Babette wechselte, wie er mitbekommen hatte, zwischen einer der im Karton als Vorrat bereitgehaltenen, billigen blauen Masken oder einer selbst genähten mit passender Farbe und Muster zu ihrer jeweiligen Kleidung. Heute hatte sie sich für eine der blauen entschieden, die mit ihrem grauen, etwas eng sitzenden Kostüm gut harmonierte. Er selbst bevorzugte medizinische, partikelfiltrierende Halbmasken als vorgeschriebenen Schutz gegen das Coronavirus und fühlte sich wie Donald Duck, nur mit dem Schnabel senkrecht im Gesicht.

Soviel Hall verstanden hatte, konnte durch die Masken einerseits die Geschwindigkeit des ausgeatmeten Luftstroms verringert und andererseits gleichzeitig der Speichelauswurf reduziert werden. Auf diese Weise gelangten Schleim und Tröpfchenpartikel nicht oder nur in verringerter Weise zu anderen Menschen. Allerdings gab es wohl keinen nachgewiesenen wissenschaftlichen Beleg für diese Behauptung. Man hatte das einfach mal als Pflicht eingeführt.

Hall hatte seine kleine, aber schlagkräftige Einheit in den 25 Jahren aufgebaut, seit er Leiter dieser Unterabteilung geworden war. Die Notstandsgesetze, die in den 1970ern während der Jagd auf die RAF-Terroristen geschaffen worden waren, hatten die Möglichkeit für diesen direkten Einsatz geschaffen. Aber erst Hall hatte diese Freiheit wirklich zu nutzen gewusst. Seine operative Einheit war eine kleine Zelle innerhalb der Abteilung IV des großen Apparates des Bundesamtes für Verfassungsschutz. Die eigentliche Aufgabe der Einrichtung bestand darin, Daten zu sammeln zum Schutz Deutschlands. Vor allem, wenn es um politisch motivierte Angriffe oder Unterwanderung der demokratischen Grundordnung ging. Waffen durften zwar getragen, aber nur zur Selbstverteidigung genutzt werden. Für seine kleine operative Einheit hatte er sich einen jungen Burschen, Tom Hagen, der im Moment immer noch unter seinem letzten Decknamen Tom Forge lief, vom BND ausgeliehen. Bereits mehrfach. Das war seine Verbindung zum Auslandsgeheimdienst. Auf diesem Weg unterlief er Beschränkungen, durch die ihm für seine Arbeit wichtige Informationen aus dem Ausland vorenthalten werden konnten. Mit Tom Forge hatte er auch eine unbürokratische Verbindung zur CIA. Hall war sich sicher, er würde diesen für seine Arbeit sehr talentierten Mann behalten. Ihm würde schon noch ein Weg einfallen, wie er das deichseln konnte. Als Team harmonierte Tom in seinen Augen hervorragend mit Jade Taylor.

Hall war es immer wieder gelungen, mit Tricks und Kniffen Regeln zu umgehen und durch ein für Außenstehende unüberschaubares Netz von Informanten seine Ziele zu erreichen und dabei unauffällig zu bleiben. Die großen Skandale beim Verfassungsschutz hatte er alle unbeschadet überstanden. Seine einzige Angst bestand darin, dass seine Stelle durch eine jüngere Führungskraft ersetzt werden könnte.

Als alle ihre Plätze in ausreichendem Abstand eingenommen hatten, zog er demonstrativ seine Maske ab. In den Gängen zwischen den Büros war das Tragen der Masken jetzt auch Vorschrift. Aber am Konferenztisch mit genügend Abstand – immer einen Sitz frei zwischen den Anwesenden – wollte er auch die Mimik seiner Mitarbeiter erkennen können. Halls geschäftsmäßiges Lächeln verschwand, als sein Blick auf Jean-Baptiste traf, der sein halbes Gesicht hinter einem Pink-Floyd-Plattencover-Motiv verbarg.

„Ihre Frisur, Jean-Baptiste Hansen …" Er stockte, als wenn er überlegte, ob er das, was er sagen wollte, auch wirklich sagen dürfte … *wann haben Sie die Haare das letzte Mal gewaschen?*
Dann besann er sich anders, vertiefte das nicht, sondern begann mit der Morgenbesprechung.

„Lassen Sie uns zusammenfassen. Was haben wir? Diese Gruppe, wie nannten die sich? Die sechs Familien. Die können wir wohl der organisierten Kriminalität zurechnen."

„Das ist wohl eindeutig", sagte Babette.

„Deshalb sind wir ja auch zuständig. Obwohl sie sich selbst nach eigenen Angaben, wie Tom uns berichtet hat, eher als Wohltäter der Menschheit sehen." Hall blickte kurz Tom an, der unruhig auf seinem Stuhl herumrutschte. Hall wusste genau, was Tom auf dem Herzen hatte. Er fragte sich, wie lange es dauern würde, bis er das Thema ansprach.

„Anmaßend!", sagte Freddie.

„Kann man sagen", fuhr Hall fort. „Der, der sich

selbst Omega nannte, gehört also einer dieser Familien an. Ich schlage vor, dass wir sie in Zukunft als die *großen Sechs* bezeichnen. Bei der Arroganz, mit der die glauben, über die Geschicke der Menschheit bestimmen zu können, passt die Bezeichnung. Dieser Gruppierung das Handwerk zu legen, hat aus meiner Sicht absolute Priorität. Wenn auch nur ein Bruchteil von dem, was unser Kollege Tom Forge uns berichtet, den Tatsachen entspricht, dann haben wir aus dieser Richtung noch einiges zu erwarten. Bei der Gelegenheit meinen Dank an Sie, Tom. Ihre Beschreibungen haben zu hervorragenden Phantombildern geführt. Immerhin wissen wir jetzt, wie der Feind aussieht." Hall reichte DIN A4 große Porträts der beiden Bodyguards, Omegas und Gatows herum.

Tom hielt sie für wirklich gut gelungen. Sie wiesen große Ähnlichkeit mit den Menschen auf, die er getroffen hatte.

„Ich habe sie zur Fahndung ausgeschrieben, auch in den anderen europäischen Staaten und bei unseren weltweiten Verbündeten", verkündete Hall und nickte Tom anerkennend zu.

Tom nahm die Gelegenheit wahr, seine Idee mitzuteilen, dass sich vielleicht in alten Stasi-Akten etwas über den Telepathen Gatow finden ließ.

Hall freute sich über die Initiative seines jungen Mitarbeiters und bestärkte ihn auch hier wieder.

Babette sprang als seine rechte Hand sofort ein. Er ließ ihr gerne diese Freiheiten. Er wusste, dass er davon profitierte.

„Die Stasi-Akten", sagte sie, „nicht schlecht, Tom. Ich dachte mir schon, dass du nicht so schnell aufgibst."

Hall gefiel die Idee auch. Er nickte. „Die Stasi-Akten, ausgezeichnet Tom. Das ist auf jeden Fall einen Versuch wert. Babette, würden Sie sich darum kümmern?"

Babette nickte und notierte sich ein Stichwort.

„Weitere Vorschläge?"

Tom brachte endlich seine Frage unter, auf die Hall schon gewartet hatte.

„Dr. Hall? Wie steht es mit meinem Job? Bleibe ich in Ihrer Abteilung?"

„Später, Tom! Sie sollten geduldiger werden."

Hall überlegte, ob er zu streng mit Tom war. Er schätzte Toms überlegtes aktives Vorgehen, seine körperlichen und geistigen Fähigkeiten. Auch sein Mut in den Trainingseinsätzen und den bisherigen Dienstjahren war bis zu Hall vorgedrungen und hatte seine Anerkennung gefunden. Im Ernstfall ging Tom zielstrebig und beherrscht vor und verlor auch in überraschenden Situationen nie die Kontrolle. Seine guten Bewertungen wurden aber dadurch relativiert, dass er immer wieder Vorschriften übertrat und Wege ging, die nicht von seinen Vorgesetzten abgesegnet waren – nur weil er sie für richtig hielt. Auch kümmerten ihn manche formalen Vorschriften nicht, wenn sie seiner Meinung nach unsinnig waren. Zum BND hatte es ihn gezogen, da ihn die Arbeit im Ausland gereizt hatte. Jetzt arbeitete er in Deutschland. Trotzdem sah es so aus, als wenn es ihm gefiel. Hall hatte auch den Eindruck, dass Tom sogar ihn, seinen Chef beim Verfassungsschutz, schätzte. Die Arbeit im Team mit Jade Taylor machte wohl auch beiden Spaß. Aber besser, er hielt ihn etwas kürzer, damit er lernte, sich an die Regeln zu halten und die Befehlshierarchie zu beachten.

„Sind schon die Satellitenaufnahmen ausgewertet worden?", ließ sich Jean-Baptiste vernehmen.

„Das ist bei den Amerikanern beantragt. Der genaue Zeitrahmen zwischen dem Moment, als Tom zurückgelassen wurde, bis unsere Leute vor Ort angerückt sind. Sie müssen ja mit irgendwelchen Transportern aus dem oberirdischen Zugang gekommen sein. Sie sind ja mit Equipment verschwunden. Das konnten sie ja nicht in der Aktentasche wegtragen und einzeln durch die U-Bahnstation verschwinden."

„Noch jemand? Etwas?"

Jade hob die Hand.

„Ja, Jade? Sie haben noch etwas für uns?"

„Tom sagte doch", sie zog ihre Stirn kraus, „dieser Omega hätte behauptet, er oder diese sechs Familien …"

„Die *großen Sechs*", korrigierte Hall, „wir sollten uns an den Begriff gewöhnen."

„… halten den größten Teil der Aktien der COOLTECH AG", führte Jade weiter aus, „kann man nicht sehen, wem diese Aktien gehören?"

„Ein guter Gedanke." Hall nickte und schaute in die Runde. „Wer möchte sich in diesen Bereich einarbeiten?" Sein Blick richtete sich auf Freddie, der unter den Tisch schaute und in einer Aktentasche herumkramte, die er auf dem Schoß liegen hatte.

Jean-Baptiste meldete sich, wie in der Schule.

„Ich bin doch der Spezialist für Finanzinstrumente, Chef."

Hall drehte langsam den Kopf und wandte seine Aufmerksamkeit Jean-Baptiste Hansen zu.

„Ich weiß das wohl." Hall war klar, dass die Aussage, die er jetzt von sich geben würde, nicht seinen Führungsqualitäten entsprach. So etwas sollte er einem Mitarbeiter nur unter vier Augen anvertrauen, aber es war ihm egal. Er wollte es einfach loswerden. Es reichte ihm. Er ließ eine Pause, um eine größere Wirkung zu erzeugen. „Sobald Sie Ihr Äußeres entsprechend angepasst haben, werde ich Sie auch wieder mit erwachsenen Aufgaben betrauen. Im Moment habe ich den Eindruck, dass Sie mit Ihrer Renitenz nur ein

Zeichen setzen, dass auf Sie kein Verlass ist."

Jean-Baptiste bekam einen knallroten Kopf, er schnaufte und schob seinen Stuhl zurück, dass er gegen die Heizung knallte.

„Sitzen bleiben", donnerte Halls Stimme, „das Meeting ist zu Ende, wenn ich es sage."

Jean-Baptiste gefror mitten in der Bewegung. Es war auf einmal sehr ruhig im Konferenzsaal. Alle saßen starr und aufmerksam auf ihren Plätzen. Niemand wagte Luft zu holen. Man hätte eine Nadel fallen hören können.

Hall drehte den Kopf. „Babette Kahn und Freddie Rees, Sie beide arbeiten sich bitte in diesen Bereich ein. Und Babette, wenn nachher Zeit ist, kommen Sie bitte noch einmal in mein Büro, ja?"

Babette ergriff ihren Bleistift und den Block für die Notizen und nickte.

Hall schaute auf seinen Zettel. „Zum Schluss noch eine Information für alle. Der Chinese – Chen Ze Ren – das Auswärtige Amt hat bei der Chinesischen Botschaft eine Beschwerde gegen den Botschaftsangehörigen eingelegt. Er wird vermutlich schon ausgeflogen worden sein."

„Der hat sich bei Laura Torg gemeldet."

Alle Augen richteten sich auf Jade Taylor. Sie beantwortete die nicht gestellte Frage. „Er hat nicht gesagt, warum er anrief. Laura wollte verständlicherweise nicht mit ihm sprechen."

Toms Gesicht zeigte einen verwirrten Gesichtsausdruck.

„Woher weißt du das?"

Jade ignorierte die Frage.

„Vielleicht wollte er sich entschuldigen", sagte Babette, „oder sich verabschieden."

„Ist auch egal", beendete Hall die Sitzung, „er wird bestimmt schon in China. Damit hat sich das Kapitel erledigt. Danke. Das war es für heute."

Hall packte seine Unterlagen zusammen, stand auf, drehte sich halb um und überlegte es sich noch einmal anders.

„Ach, Tom, in Ihrer Sache ist noch keine Entscheidung gefallen. Ihr Vorgesetzter im BND muss noch seine Zustimmung geben."

So hatte Tom seinen vorübergehenden Chef noch nie erlebt. Er hatte das Gefühl, in der Luft zu hängen. Für wie lange konnte er beim BND entbehrt werden? Tom sah zu Jade hinüber. Sie sah wie üblich perfekt gestylt aus. Es gab niemand, dem nicht ihre süße Nase auffallen würde. Bei ihrem Job war es ein Wunder, dass sie noch in keiner Auseinandersetzung gebrochen worden war. Die blauen Flecken der Prügelei mit der Chinesin vom letzten Einsatz waren mit einem perfekten Makeup übertüncht. Ihre Haut glatt und gepflegt. Die Augen glitzerten vor Begeisterung, wieder dabei zu sein. Sie bekam seinen Blick mit und lächelte arglos zurück. Wirklich schade, dass sie auf Frauen stand, dachte er. Ihm wurde irgendwie wehmütig ums Herz. Seine Zukunft war noch offen. Würde er weiter für diese Abteilung arbeiten? Wo hielten sich Gatow und Omega auf? Sie konnten in der Nähe sein oder am anderen Ende der Welt. Er hatte keine Ahnung, was die vorhatten.

# 05

Hall saß an seinem Schreibtisch und grübelte. Es gelang ihm nicht, die Gedanken auf wichtige Aspekte seiner Arbeit zu lenken. Er war es endgültig leid, erhob sich und ging in den Raum, in dem Babette und Jean-Baptiste arbeiteten.

„Jean-Baptiste Hansen in mein Büro!", rief er, die Hand auf der Klinke seiner Bürotür.

Jean-Baptiste schaute von seinem Schreibtisch auf. Seine großen, verträumten Augen lagen tief in ihren Höhlen. Die kantigen hohen Wangenknochen warfen Schatten. Ein Hauch von Röte verfärbte noch sein Gesicht. Er warf seine lange wuschelige Mähne zurück. Auf Hall wirkte die Geste weniger trotzig als eher weiblich.

Im Chefbüro machte Jean-Baptiste Anstalten, sich zu setzen.

„Ich habe Ihnen keinen Platz angeboten", sagte Hall. Hatten diese jungen Leute heute überhaupt keine Erziehung mehr genossen? Zu seiner Zeit hätte kein Untergebener gewagt, sich in Gegenwart des Chefs zu setzen, wenn er nicht explizit dazu aufgefordert worden wäre. „So lange wird es nicht dauern!"

Jean-Baptiste richtete sich wieder auf und verschränkte die Arme vor der Brust.

Hall saß hinter seinem Schreibtisch, sah ihn an und schwieg.

„Ich finde das nicht in Ordnung, dass Sie mich vor allen …", weiter kam Jean-Baptiste nicht.

„Ich finde auch einiges nicht in Ordnung. Ihre Kifferei …"

„Ich …"

„Jetzt rede ich! Und Ihre fehlende Subordination werde ich nicht mehr dulden. Ich habe mir das lange genug angesehen und nichts dazu gesagt. Sie riechen, als wenn sie sich einen Monat nicht gewaschen hätten. Wenn Sie die Haare nicht kürzen lassen, werde ich Sie zur Drogenkontrolle schicken, und Ihnen ist klar, dass die ganz sicher etwas nachweisen werden. Dann ist es hier mit Ihrer Karriere aus. Haben Sie mich verstanden?"

Hoffentlich begriff dieser Kerl, dass Hall ihm damit eine Chance einräumte. Er könnte ihn auch sofort wegen seines Drogenkonsums melden und wäre ihn endgültig los.

Jean-Baptiste sank in sich zusammen, während sein Chef seine Verfehlungen aufzählte.

Es klopfte.

Hall unterdrückte seinen Ärger und schaute an Jean-Baptiste vorbei.

„Ja?"

Babette öffnete die Tür. Sie hielt Block und Bleistift, wie ein Schild vor sich. Immer bereit, neue Aufgaben entgegenzunehmen. Mit der anderen Hand wischte sie sich ihre widerspenstigen roten Haare aus der Stirn.

„Sie wollten mich sprechen?"

Babettes Erscheinen verbesserte Halls Laune auf der Stelle.

„Herr Hansen, verlassen Sie mein Büro und schließen Sie die Tür leise hinter sich."

Jean-Baptiste ging ohne weiteren Widerspruch hinaus, wie ein geprügelter Hund. Hall hoffte, dass sein Mitarbeiter Einsicht zeigte.

„Sie wissen, was Sie zu tun haben", rief er ihm hinterher.

Hall atmete durch, jetzt kam etwas für ihn viel Bedrohlicheres. Er sah Babette an.

„Ich hab gehört, dass da eine Frau aufgetaucht ist, für die eine angemessene Leitungsposition gesucht wird. Ihr Name ist Eva Lorrek. Sagen Sie mal, was hat es mit dieser Person auf sich? Haben Sie über die etwas gehört? In welche Abteilung soll sie? Hat sie einen Protegé?" Seine übliche Paranoia, dass irgendeine weibliche Führungsperson an seinem Stuhl sägen könnte, hatte ihn wieder einmal in Panik versetzt. Er kannte seinen wunden Punkt, sagte sich aber, dass es besser sei, Vorsicht walten zu lassen.

Babette versuchte ihren Chef zu beruhigen und versprach, sich umzuhören. Für den Augenblick schaffte sie es. Er fühlte sich besser, er wusste, dass er sich auf sie verlassen konnte.

Sie stand auf und wartete.

Hall sah noch einmal hoch.

„Ist noch etwas?"

Sie sagte noch immer nichts.

„Ah, ich weiß, jetzt werden Sie mir sagen, dass ich nicht so hart mit Jean-Baptiste umgehen soll, richtig?"

„Nein, Chef, Sie haben ganz recht, das geht mit ihm wirklich nicht so weiter. Aber vielleicht wäre es besser, das nicht vor allen …"

Sie hatte natürlich recht, das wusste Hall. Aber was genug war, war genug. Auch ihm durften einmal die Nerven durchgehen. Wieso musste er sich das eigentlich von seiner Sekretärin sagen lassen? Nach diesem Gedanken kam er zur Ruhe. Ihm wurde gerade klar, dass er sie sonst immer gerne als seine Assistentin betrachtete, aber wenn sie anderer Meinung war, degradierte er sie in Gedanken wieder zu seiner Sekretärin. Er verkniff sich ein Lächeln.

„Ich hoffe nur, es ist ihm eine Lehre und er ändert etwas."

Wenig später saßen sich Babette und Jean-Baptiste wieder an ihren Schreibtischen gegenüber.

„Junge, er hat doch gar nicht so unrecht, hat sich das lange mit angesehen. Sieh mal, wir hatten auch unseren Streit. Aber jetzt verstehen wir uns. Ich bin sicher, wenn du ihm ein wenig entgegenkommst … Er weiß bestimmt deine Arbeit sonst zu schätzen."

„Er kann mir doch nicht meine Frisur vorschreiben. Das ist Diktatur. So etwas muss ich mir nicht gefallen lassen."

„Mach halblang. Wenn du nicht auch noch kiffen würdest, aber so? Du hast, glaube ich, keine andere Chance. Verstehst du? Wenn die Kifferei nicht wäre", sie schnüffelte, machte einen Hund nach, „und das nicht genügende Waschen, würde er über die Länge deiner Haare bestimmt hinwegsehen, da bin ich mir sicher. Aber so? Er hat einfach die besseren Karten."

# 06

Tom besuchte Jade in ihrer Studenten-WG, in der sie immer noch wohnte. Es wurde langsam dunkel, als er bei ihr eintraf und ihr eine Flasche Wein als Mitbringsel überreichte. Das Wohnviertel bestand aus mehreren in Billigbauweise zusammengeschusterten mehrstöckigen, weiß getünchten Gebäuden direkt hinter dem Uni-Center in Bochum. Jede Wohneinheit beherbergte vier Studenten und hatte zwei Badezimmer und eine Küche, die auch als Gemeinschaftsraum diente.

Jade öffnete ihm auf dicken Socken die Tür. Sie trug eine graue Jogginghose. Die Bewegungen ihrer Brüste, die sich unter einem türkisfarbenen schlabberigen Sweatshirt abzeichneten, zeigten ihm deutlich, dass sie keinen BH trug. Ihre Haare hatte sie hinten locker zusammengebunden. *Wie schafft sie es nur, auch in diesen einfachen Klamotten so hübsch auszusehen, mit ihren großen dunklen Augen und den lächelnden*

*Mundwinkeln?*

„So, das hier ist also deine Studenten-WG? Wo sind die anderen alle?"

„Die zweite Welle? Nicht gehört? Wie nennen die das jetzt verharmlosend: *Lockdown light*", sagte Jade.

„Das macht es auch nicht besser."

Jade führte ihn durch den Flur und sie ließen sich in der für alle vier Bewohner zugänglichen WG-Küche nieder. Tom hängte seine Lederjacke über den Stuhl, schaute sich um und bewunderte die kostengünstige Architektur. Tom öffnete die mitgebrachte Flasche und Jade stellte Gläser auf den Tisch.

„So lässt sich preiswert bauen", er zeigt auf die offen verlaufenden Heizungs- und Wasserrohre. Sie tranken einen Schluck zur Begrüßung.

„Stimmt und stört überhaupt nicht, wenn man dadurch billiger wohnen kann, oder?"

„Also, sag schon, wo versteckst du deine Mitbewohner?"

„Alle zu Hause bei ihren Eltern. Studium funktioniert jetzt online. Die lassen sich nur noch sporadisch hier sehen. Ich bin jetzt meist allein hier. Ein wenig zu ruhig, wenn du mich fragst. Langweilig. Und hier sitzen wir, wenn wir uns treffen wollen."

Auf dem Tisch stand eine Schale mit angegammeltem Obst. Tom griff sich eine Orange.

„Nein, die nicht."

„Was?"

Jade lachte.

„Das kannst du nicht verstehen. Wir auch nicht. Einer unserer Mitbewohner, Michael heißt er, der ist ein wenig gestört. Schau …"

Jade griff nach der auf den Tisch gefallenen Frucht, drehte sie um und zeigte sie Tom. In die Schale war mit einem Kugelschreiber ein großes M eingeritzt.

„Siehst du?"

„Ja?"

„Michael ist sehr eigen, hat wohl Angst, dass er benachteiligt wird. Er hat alle Lebensmittel, die ihm gehören, mit seinen Initialen versehen. Der ganze Kühlschrank ist voll davon. Jeder seiner Joghurtbecher ist damit verziert. Damit ihm keiner etwas wegnimmt."

Tom lachte lauthals.

„Lach du nur, ist ja auch zum Lachen. Aber du kannst dir nicht vorstellen, welche Grundsatzdiskussionen das hier gegeben hat. Aber genug davon. Schön, dass du da bist."

„Ich wusste gar nicht, ob ich überhaupt kommen durfte", sagte Tom, „wegen dieser neuen Regel, nur Mitglieder aus zwei Haushalten dürfen sich treffen. Aber so kann ja nichts passieren. Wir sind sozusagen nur aus zwei Familien."

„Als WG, denke ich, würden wir als eine Familie gelten, auch wenn die anderen anwesend wären. Wie siehst du inzwischen das Ganze mit dieser Pandemie?"

„Ich bin zwischen den zwei Polen hin und her gerissen. Einerseits, wenn ich mich dazu bringen kann, alles zu glauben, was die Medien und unser Staat verlautbaren lassen, denke ich, wie aufregend ist das, in einer Zeit zu leben, in der wir so ein Abenteuer erleben, wie es das sonst nur im Film gibt – und zum Glück ist das kein Krieg …"

„Und andererseits?"

„… bin ich mir nicht sicher, ob der ganze Zauber nicht eine einzige große …"

Jade unterbrach ihn abrupt.

„Sag es nicht, ich kann diese Spinnereien über Verschwörungen nicht mehr hören!"

Seit fast einem Jahr lief das jetzt. Tom erinnerte sich. Es war ein nebliger Wintertag des Jahres 2019, als die

Volksrepublik China eine Information an die WHO über das Auftreten einer unbekannten Lungenerkrankung in der Provinz Hubei im Landesinneren von Zentralchina, Hauptstadt Wuhan, informierte. Wie lang sollte das noch weitergehen? Tragen wir in 10 Jahren noch Masken? Die spinnen doch.

Tom zeigte ihr auf seinem Handy eine Statistik, aus der hervorging, dass in den letzten vier Monaten im Verhältnis zu allen anderen Sterbeursachen nur ein minimaler Prozentsatz auf Corona zurückgeführt werden konnte. Er wies, weil er Widerspruch erwartete, auf die Quelle hin: Statistisches Bundesamt, RKI, 20.9.2020.

„Das ist doch kompletter Blödsinn", sagte Jade lauter als vorher, „Es gibt mehr als 16.000 Covid-Tote in Deutschland in 2020. Frag einfach mal Google. Die Verschwörungstheoretiker sind die Schlimmsten! Gehörst du etwa dazu?"

„Jade, lass uns vernünftig darüber reden, ja? Lass dich nicht verrückt machen." Tom blätterte in den Webseiten auf seinem Handy herum und präsentierte ihr die Statistik der Berliner Morgenpost interaktiv.

„Hier schau. Das sind die aktuellen Zahlen von heute. Also gerade mal zwölf Tote auf 100.000 Einwohner."

„Hat rein gar nichts mit Verrücktmachen zu tun. Die Realität nicht zu sehen und zu bagatellisieren, sollte definitiv nicht deine Strategie sein. Und selektive Information unter Ausblendung des Gesamtbildes schon mal gar nicht!" Jade kippte den Rest Wein hinunter und schenkte sich nach.

„Genau das würde ich dir auch raten!" Tom merkte, dass er wütend wurde. Er hatte nicht erwartet, dass ausgerechnet Jade, die er sonst für sehr überlegt hielt, auf die Panikmache hereinfiel. „Sorry, aber es spaltet wohl die Gesellschaft …"

„Am 16.4. sind 314 an Covid gestorben. Das ist Fakt.

Verschwörungstheoretiker wie du spalten."

„Ich glaube es nicht. Du bringst mir als Beweis Zahlen aus dem April? Weißt du, in welchem Monat wir uns befinden? Im Dezember!"

Jade schüttelte den Kopf. Es wirkte wie Verzweiflung auf Tom und stachelte seine Argumentation an. „Das Problem in der heutigen Gesellschaft ist, dass unterschiedliche Meinungen gar nicht mehr diskutiert werden können, weil jeder, der eine andere Meinung hat, sofort mit irgendwelchen Schlagworten belegt wird. Ganz sicher stimmt deine Angabe für den 16. April. Seitdem sind an die 250 Tage vergangen. Du kannst ja mal die Gesamtzahl der Toten durch Corona pro Tag darauf berechnen und dann, wie viele im selben Zeitraum pro Tag an Alkohol oder im Haushalt oder an irgendetwas anderem sterben, zum Beispiel an Krankenhauskeimen. Dann wirst du auf erheblich höhere Zahlen kommen.

Tom war außer Atem und machte eine Pause.

Jade schaute ihn erwartungsvoll an. Für ihn sah es so aus, als hätte sie außer ihren Zornesfalten auf der Stirn auch Dampfwolken über dem Kopf. Aber er ließ sich nicht aufhalten. Er nahm sich zusammen, mäßigte seine Stimme und versuchte seine weiteren Argumente mit Bedacht vorzubringen.

„Schau mal: Da gibt es verschiedene Seiten und Stellungnahmen von ernst zu nehmenden Leuten, Wissenschaftlern und Professoren." Seine mühsam unterdrückte Stimmung kam wieder durch und der Versuch, möglichst vernünftig zu argumentieren, scheiterte. „Aber vermutlich hast du recht: Jeder Andersdenkende ist blöd, ein Idiot, ein Rechtsradikaler und natürlich Verschwörungstheoretiker! Das sind ja die Reaktionen, die Andersdenkenden entgegengeworfen werden."

„Was beinhaltet dein Andersdenken denn konkret? Auf welche Vorschläge beziehst du dich?"

Tom nahm sich zusammen und trug seine Ideen mit fester und ruhiger Stimme vor. Er wollte sich nicht durch seine emotionale Betroffenheit aus der Fassung bringen lassen. Dabei füllte er beide Gläser nach.

„Ich denke: Zwischen Medien und Politik hat sich etwas hochgeschaukelt. Und die Medien mit ihrer Tendenz zur Panikmache, die ihrem Kodex nicht folgen, machen es von Tag zu Tag schlimmer. Und die Politiker finden keinen Weg heraus, ohne sich selbst lächerlich zu machen."

Tom überlegte.

Jade wartete. Sie stand aber im Raum und hatte die Arme in die Seite gestemmt.

Er führte seinen Gedanken zu Ende.

„Auf der einen Seite wird Panik vor der Krankheit geschürt und auf der anderen die Panik vor den politischen und wirtschaftlichen Folgen."

„So viel zum Thema selektive Wahrnehmung", sagte Jade.

Einen Moment war es still im Raum, bis Jade, so schien es Tom, sich in Gedanken genug Material zurechtgelegt hatte. Dann legte sie los.

„Und die Intensivstationen in Spanien, Niederlande, Belgien und Frankreich laufen auch nur über, weil sich Presse und Politiker das so ausgedacht haben?"

Er konnte nicht glauben, dass seine Kollegin, die er wertschätzte, seine Sichtweise nicht zu verstehen schien. Er wollte in keinem Fall aufgeben.

„Ich werde auch weiter argumentieren", sagte er, „Erstens: Natürlich gibt es das Virus. Zweitens: Es KANN gefährlich werden. Das kann auch die Grippe oder oder oder. Die wenigen Fälle, die ohne Frage schlimm sind, stehen aber in keiner Relation zu den Maßnahmen, da es z. B. bei Grippe viel mehr schwere Fälle gibt. Oder such dir die anderen Krankheiten aus … Das soll gerne mein letztes Wort dazu sein. Ich wollte das nur nicht so stehen lassen, damit du nicht denkst, ich hätte keine Argumente mehr! Es gibt von der Berliner Morgenpost einen ständig aktualisierten Vergleich. Aus meiner Sicht sind die am besten vergleichbare Zahl die Todesfälle auf 100.000, und die liegen ALLE nur bei 18 bis 78. Die höchste, glaube ich, in Frankreich. Und das sind alles nur Prozentzahlen hinter dem Komma! Also: Wenn du gesund bist und gute Konstitution hast, keine Sorge! Und das bist du ja, soweit ich weiß." Tom versuchte ein Lachen, um die Stimmung ein wenig zu entspannen.

„Das mit den Intensivstationen hast du kapiert? Und Vermeidung einer Triage? Italien hast du im Frühjahr mitbekommen und die massive Übersterblichkeit? Bei Grippe hatten wir das alles nicht." Sie überlegte kurz. „Und es geht nicht um meine Konstitution … sondern darum, dass man vorausberechnet, wie viele Leben gerettet werden, wenn wir Infektionen verhindern."

Tom tippte und scrollte in seinem Handy herum, bis er als Quelle die Sterbefälle des Bundesamtes für Statistik 2020 hatte, und legte das Handy vor Jade, die immer noch stand, auf den Tisch. Er befürchtete, wenn er es ihr reichen würde, könnte es an die Wand fliegen. Das wollte er verhindern, aber auch nicht von seiner Position abweichen. Er deutete darauf. Es war ein Vergleich der Sterbefallzahlen von 2016 bis 2020.

„Ich sehe da nicht wirklich große Unterschiede. Wenn wir die einen retten wollen, hat das Einfluss auf alle. Was ist mit den Bürgern, die unter den Maßnahmen leiden, die dadurch negativen Auswirkungen ausgesetzt sind? Der Tod gehört zum Leben dazu! Auch wenn Sloterdijk sagt, dass die Menschheit inzwischen zu narzisstisch sei, um das zu akzeptieren! Das Virus wird uns erhalten bleiben, genau wie Pocken oder Masern oder weiß der Henker was. Sollen wir deshalb jetzt in zehn Jahren noch mit Maske herumrennen oder was? Und alle sonstigen Einschränkungen weiter ertragen? Aber lass gut sein. Wir kommen da nicht auf einen Nenner."

Auch Jade ergriff jetzt ihr Handy und fuhrwerkte mit großer Konzentration daran herum. Sie zeigte Tom eine Nachricht der Tagesschau über einen sogenannten Hotspot im Hotspot, ein kleines belgisches Dorf, das zurzeit sehr unter Corona zu leiden hatte. Es gab viele Betroffene und Deutschland griff hilfreich ein.

„Und? Was ist damit? Wie erklärst du das? So viel zu deinen Argumenten. Covid mit Alkohol zu vergleichen, ist totaler Blödsinn. Die Aussage, Covid hat Letalität wie Grippe, passiert keinen Faktencheck."

„Lass es einfach, Ich glaube, du hast deine Infos und deine Überzeugung und ich meine und meine Sichtweise. Man kann nicht wegen einer Minderheit, die VIELLEICHT betroffen ist, alle und alles beeinträchtigen! Wenn du es anders siehst, dann sei es dir gelassen! Ich fühle mich mit deiner Sichtweise auch nicht sehr wohl. Sorry!"

„Deine Sichtweise ist einfach unethisch. Das kriegen aufgeklärte Menschen besser hin. Du kannst durchaus deine Meinung ändern."

„Es ist schön, dass du mit Verurteilungen um dich wirfst. Ich finde es unnötig, was diese Politik mit der Mehrheit der Menschen macht. Das Ausmaß der Einschränkungen steht in keiner Relation zu der tatsächlichen Bedrohung durch das Virus. Das ist in meinen Augen unethisch!"

„Es ist völlig gerechtfertigt, so viele Menschen wie möglich zu retten. So denke ich!"

„Kapierst du das nicht: Die dekonstruieren unsere Welt! Alles, was wir aufgebaut haben!"

„Du driftest ab. Ich werde trotzdem weiter mit dir zusammenarbeiten, falls du das noch willst – und jetzt ist Schluss mit dem Thema."

Tom musste lachen, auch wenn ihm nicht danach war und es vermutlich etwas gequält herauskam.

„Auf jeden Fall, aber nur, wenn du kein Corona hast. By the way: Da fällt mir die Wirkung der Panik auf den Aktienmarkt ein." Tom durchzuckte ein Gedanke. Der Aktienmarkt. Das musste unbedingt untersucht werden. Die *großen Sechs*. Wenn die hinter der ganzen Angelegenheit steckten, hatten sie absichtlich den Aktienmarkt manipuliert. Einen Crash herbeigeführt. Das könnte eine Erklärung, eine Ursache sein.

Jade schien das Thema auch noch nicht loslassen zu können.

„Was würde Hall wohl von deinen abstrusen Theorien halten? Wir sind schließlich im Staatsdienst und dürfen nicht so abtrünnige Theorien vertreten."

Tom wollte nicht weiter streiten. Er musste erst einmal in Ruhe seine Idee sacken lassen. Er begutachtete die Flasche auf dem Tisch. Sie war leer.

„Egal", sagte er, „lass uns in einer deiner Studentenkneipen hier ein Bier nehmen, dann erzähl ich dir von dem Gedanken, der mir gerade gekommen ist."

„Ey Mann, wo lebst du denn? Kneipen sind zu. Die zweite Welle. Lockdown."

„Stimmt. Ich vergaß. Also, pass auf …"

# 07

Sie bestellten Essen bei einem chinesischen Lieferdienst und richteten sich für einen gemütlichen Abend ein. Jade fand noch eine offene Flasche Wein im Kühlschrank, die nicht mit einem „M" verziert war. Innerlich schüttelte sie sich, wie konnte Tom nur an solchen Theorien festhalten? Er war doch sonst so klar in seinen Überlegungen. Jade lenkte von diesem Thema ab und erzählte irgendwann, dass Chen Ze Ren noch einige Male versucht hätte, mit Laura Torg in Verbindung zu treten, diese aber nicht ein einziges Gespräch angenommen habe. Dann schellte es und ein Bote brachte die Tüten und Kartons vom China-Mann. Passenderweise, dachte sie und musste lachen.
Tom schaute sie mit großen Augen an.
    „Was ist?"
Sie erklärte ihm ihren Gedankengang und beide lachten. Irgendwie reinigte das die Stimmung. Bisher hatten sie

alle Klippen und Untiefen in ihrer Zusammenarbeit ganz gut umschifft. Der Gedanke, dass noch nicht klar war, ob Tom weiter mit ihr zusammenarbeiten würde, gefiel ihr nicht.

„Wie ist es, lesbisch zu sein?"

*Was hatte er da gesagt? Das kann doch nicht wahr sein.*

„Spinnst du? Wie ist es, Hetero zu sein?"

Tom guckte blöd aus der Wäsche.

„Siehst du!"

„Es ist noch nicht klar, ob ich bei euch bleiben werde. Hall hat sich dazu noch nicht geäußert", sagte Tom.

„Wäre schade, wenn nicht."

„Ich glaube, wir sind ein gutes Team."

„Denke ich auch."

„Aber das hängt von deinem Chef ab, ob er eine Verlängerung beantragt, dass ich weiter ausgeliehen werde."

„Dann ist er auch dein Chef."

Sie verzichteten auf Teller und pickten das Essen aus den unterschiedlichen Kartons. Tom lobte die Frühlingsrolle mit vollem Mund und Jade erzählte ihm, dass es ihr Lieblingschinese sei. Ebenfalls mit vollem Mund. Keiner verstand, was der andere sagte, und sie lachten wieder, als einer der anderen Studenten unerwartet die Wohnungstür aufschloss und die Küche betrat. Sie zogen sich in ihr Zimmer zurück und Jade erklärte Tom, dass das der Michael sei, der seine Lebensmittel beschrifte, und prustete dabei vor Lachen. Der Wein tat seine Wirkung. Als sich beide einigermaßen beruhigt hatten, erinnerte sich Jade an ihren letzten Einsatz und schwärmte von dem edlen Outfit, das sie dafür bekommen hatten.

„Ging so", sagte Tom, „ich habe lieber Sachen an, in denen ich mich mehr bewegen kann. Sonst kommt so der Gedanke auf, du darfst dich nicht schmutzig machen."

Darüber mussten sie wieder lachen.

„Mir fehlt die Action", fuhr er fort, „ohne den Stress bin ich nicht zufrieden. Ich brauche das Abenteuer, vielleicht sogar die Gefahr, ich spüre mich dann mehr. Wenn alles okay ist, das ist irgendwie langweilig."

„So habe ich dich eingeschätzt", sagte Jade.

Nach einer Pause räusperte sich Tom.

„Sag mal? Hast du eigentlich was mit der Torg?"

*Was geht es dich an*, wollte Jade eigentlich sagen, aber sie überlegte es sich anders und nickte einfach nur. Wenn wir befreundet sind – und sie betrachtete ihre Beziehung zu Tom inzwischen so, zumindest war es der Anfang einer Freundschaft –, dann durfte er so etwas ruhig fragen. Ob das eine Beziehung war zu Laura oder was das war, darüber war Jade sich noch nicht im Klaren. Immerhin war es das erste Mal, dass sie offen dazu stand, registrierte sie zu ihrer eigenen Verwunderung.

Tom pfiff durch die Zähne.

„Und du?", fragte Jade, „hast du aktuell jemanden?"

„Ehrlich? Okay. Ich glaube, ich finde immer noch …"

Jade las es an seinem schuldbewussten Gesicht ab.

„Die mit dem Journalisten zusammen ist?"

„Genau die."

„Und?"

„Ja, nichts. Ich bin ja mit Christian befreundet."

„Sollte sie das nicht selbst entscheiden dürfen?"

„Meinst du?"

„Wieso hattest du dich seinerzeit getrennt?"

„Ich wollte ihr nicht zumuten, mit jemandem mit meinem Beruf und so, du verstehst?"

„Nein, verstehe ich nicht. Für mich hört sich das nur wie eine Ausrede an."

„Vielleicht hast du recht. Sag mal, was mich wundert: Wieso wohnst du immer noch hier in deiner ehemaligen Studentenbude?"

Jade war klar, dass Tom vom Thema ablenkte. Vermutlich auch eine Flucht, wenn es ihm zu unangenehm wurde.

„War eine schöne Zeit, kann mich nicht lösen."

Aber trauerte sie dem nach? Eigentlich nicht. Vielleicht war sie nur zu faul oder unentschlossen, sich zu verändern.

„Du verdienst doch gut, könntest dir etwas anderes leisten."

„Sicher, habe auch gespart. Aber wo soll ich hin? Wenn man alle Möglichkeiten hat, finde ich, ist es schwierig, sich für eine zu entscheiden."

Tom schaute Jade eindringlich an.

„Willst du warten, bis du eine Partnerin hast, und dich dann erst mit ihr zusammen entscheiden?"

Jade überlegte, es war ihr selbst nicht klar, welche Gründe sich hinter diesem langen Hinauszögern ihrer Studentenzeit verbargen.

Dann nickte sie und zog die Stirn in Falten.

„Schon möglich, dass das dahinter steckt, jetzt wo du es so deutlich sagst."

„Was würdest du denn wollen, nur für dich?"

„Hm, das ist schwer."


Später kamen sie überein, dass Tom nicht mehr fahren sollte. Als Tom sich dann auf Jades Couch für die Nacht eingerichtet hatte, drängte sich der Gedanke nach den Schwankungen des Aktienmarktes wieder auf. Ob das ganze Spektakel durch die *großen Sechs* beabsichtigt oder sogar inszeniert war? In Zeiten mit so enormen Kursschwankungen gab es immer Verlierer und Gewinner. Er musste das mit Hall besprechen.

# 08

Tom betrat mit leichten Kopfschmerzen am nächsten Morgen den Vorraum zu Halls Büro. Die zweite Flasche Wein war etwas zu viel des Guten gewesen. Babette stand über ihren Schreibtisch gebeugt und sortierte Stapel von Aktenordnern. Ihre Frisur wirkte dabei ein wenig derangiert. Sie schaute auf, lächelte ihm entgegen und pustete sich eine Strähne aus dem Gesicht.

„Hallo Tom. Alles gut? Wenn ich nur wüsste, wo ich diesen ganzen Krempel unterbringen soll. Ob wir das überhaupt noch brauchen? Tom, du kennst ja unsern Chef. Wenn ich ihn fragen würde, heißt es, natürlich alles aufheben. Und das von ihm, wo er selbst doch über keine Aktion jemals eine Notiz verwahrt. Aus Angst, man könne ihm irgendwann einen Fehler nachweisen oder sonst irgendwie an die Karre fahren. Ich weiß wirklich nicht, wie er das macht, aber er hat wirklich alles im Kopf. Du kannst ihn heute nach einer Kleinigkeit von vor fünf Jahren fragen und er wird es dir präzise sagen können. Aber ich muss alles aufheben. Natürlich auch nur die Dinge, die nicht in irgendeiner Form gefährlich werden könnten. Und ich soll entscheiden, was nun wichtig ist und was nicht. Man könnte jede Information ja mal gebrauchen. Sie behielt bei ihrem Lamentieren die ganze Zeit die Tür zu Halls Büro im Auge. Deswegen zeigte sie auch keine Überraschung, als Hall plötzlich heraustrat und sich einmal in ihrem Reich umschaute.

„Wo ist Jean-Baptiste?"

„Hat sich krankgemeldet."

Mehr wurde darüber nicht gesprochen.

„Wer ist jetzt für die Technik zuständig?"

Babette winkte ab.

„Kein Problem. Ich habe für Ersatz gesorgt."

Tom merkte seinem vorübergehenden Vorgesetzten nicht das Geringste an, trotzdem wusste er, dass Hall sich über die Krankmeldung seines in Ungnade gefallenen Mitarbeiters ärgerte.

„Tom, kommen Sie bitte kurz in mein Büro, bevor wir uns die Satellitenaufnahmen der Amerikaner ansehen."

Hall winkte Tom an sich vorbei und schloss hinter ihm die Tür. Als Tom mitten im Büro stehenblieb, verzog Hall das Gesicht und wedelte ungehalten mit der Hand. Er solle sich setzen, interpretierte Tom diese Geste. Ohne Pause sprach Hall weiter.

„Die *großen Sechs*. Ihnen ist klar, dass das aktuell unser wichtigstes Ziel ist? Noch dazu mit diesem Gatow. Wenn das stimmt, was Sie mir erzählt haben, wird es eine der schwierigsten Aufgaben, denen wir uns je gegenübergesehen haben. Wenn dieser Kerl, dieses Monstrum wirklich dazu in der Lage ist … Ich mag mir das gar nicht vorstellen."

„Wir sollten auch in Gedanken freundlich mit ihm umgehen, nach meinen Erfahrungen." Tom ließ es in der Luft hängen, überlegte es sich dann aber anders: „Wir sollten sehr freundlich an ihn denken. Es kann sein, dass er Freunde sucht, Menschen, die ihn akzeptieren, mögen. Wir sollten ihn nicht als grundsätzlichen Feind einstufen. Im eigentlichen Sinn des Wortes ist er ja nicht böse, sondern von der Sache der *großen Sechs* überzeugt. Er vertraut Omega und Omega scheint ihm zu vertrauen. Der trug keinen Helm, um sich gegen Gatow abzuschotten. Wenn wir positiv denken und unsere Intentionen ihm gefallen … Wer weiß, vielleicht ändert er seine Zugehörigkeit."

„Sie meinen, er kann uns hier hören … Das ist dann wohl das falsche Wort. Wir müssen unsere ganze Terminologie umstellen."

Hall stand immer noch im Raum, obwohl Tom wunschgemäß in einem der Besuchersessel Platz genommen hatte. Er schien Tom ziemlich durcheinander oder sogar überfordert zu sein. Tom kannte ihn sonst nur sehr überlegt und ruhig.

„Aber setzen wir uns doch erst einmal", sagte er, obwohl Tom bereits saß.

Toms Blick fiel auf einen dünnen Aktenordner, der vor Hall lag. Ein Aktenzeichen und quer auf dem Umschlag war ein großes rotes „OK" gestempelt. OK für Organisierte Kriminalität. Hall schlug mit der Hand auf den Ordner.

„Ich werde in diesem Ordner nur das vermerken, was beweisbar ist. In keinem Fall werde ich über Telepathie und solche Verrücktheiten einen Vermerk anlegen. Diese Dinge besprechen wir nur unter uns. Ist das klar? Ich will das in keinem Fall an die große Glocke hängen. Je weniger davon wissen, umso weniger kann dieser Gatow auffangen."

Tom nickte. Ihm war klar, das Hall vor allem befürchtete, dass davon etwas nach draußen, an die Medien drang. Wer würde so eine Geschichte glauben?

„Falls das jemals in die Öffentlichkeit gelangen sollte, werden wir entweder zum Gespött der Leute oder es löst eine Panik aus. Wir müssen jetzt einen Weg finden, wie wir vorgehen. Die Situation wirft viele Fragen auf. Aus welcher Entfernung kann dieser Mann in unsere Gedanken eingreifen? Ist es räumlich begrenzt? Aus welchem Material besteht dieser Helm, durch den er anscheinend nicht dringen kann?"

Tom schüttelte den Kopf.

„Das Einzige, das er zu seiner Fähigkeit verraten hat, war, dass er wohl nur die Gedanken empfangen kann, die direkt formuliert sind."

„Wie muss man sich das vorstellen?"

„Ich gehe davon aus, wenn ich jetzt denke: *Ich muss noch zum Bäcker, ein Brot kaufen*. Dann ist das konkret im Kopf vorformuliert, bevor ich es ausspreche. Diese Form der Aussagen kann er dann anscheinend empfangen. Gespeicherten Informationen aus dem Unterbewussten abzurufen ist ihm nicht möglich. Er hat vermutlich auch eine größere Reichweite, doch je näher, desto besser wird die Feinabstimmung sein. In der Entfernung benötigt er mehr Konzentration, ist aber in der Lage, Gedankenströme einzelner Person zu isolieren. Wenn er etwas Bestimmtes sucht."

„Gibt es außer dem Helm Ihrer Einschätzung nach Möglichkeiten des Schutzes, Störungen … was weiß ich?"

„Ich vermute, dass zu viele Menschen auf einmal eine Belastung darstellen. Deshalb hatten sie für ihn diese Bunkeranlage gefunden. So ähnlich, wie die Funkwellen der Handys nicht dort hinein gelangten, wurden auch die Gedankenströme der Masse der Bevölkerung abgemildert. Aber wenn er sich konzentriert, scheint er ohne Probleme zu Einzelnen durchzukommen. Zumindest wirkte es so."

„Das ist nicht gut. Das würde ja heißen, egal was wir uns überlegen, was wir auch planen, er würde es wissen.

Schlimmstenfalls bekommt er sogar mit, was wir gerade besprechen."

„Ich fürchte, so ist es, Dr. Hall."

„Ehe ich es vergesse, ich habe Sie weiter beim BND losgeeist. Ihr Vorgesetzter dort hat die Genehmigung erteilt. Wenn auch widerwillig. Ich habe ihm gesagt, dass Sie hier unentbehrlich sind. Sie sind der Einzige, der diese Männer bisher zu Gesicht bekommen hat. Bis auf Weiteres bleiben Sie meiner Abteilung unterstellt. Mit anderen Worten, Sie folgen jetzt meinen Befehlen, und zwar exakt. Keine Spielchen, keine Extratouren. Ist das klar?"

Tom freute sich trotz der diktatorischen Ausdrucksweise und nickte.

„Gut. Dann sehen wir weiter, ich behalte Sie gerne bei uns, Tom. Wenn wir keinen Grund mehr angeben können, wird es etwas schwierig, eine Erklärung für Ihr Hierbleiben zu finden – Sie wissen, ich schätze Ihre Fähigkeiten. Ohne Sie wären wir nie auf die Spur der *großen Sechs* gekommen. Immerhin. Auch wenn sie uns durch die Lappen gegangen sind. Ist das für Sie in Ordnung?"

„Auf jeden Fall. Ich arbeite gerne für Sie. Was ist mit meiner aktuellen Identität? Soll ich die behalten?"

Hall schüttelte unwirsch den Kopf.

„Sie bleiben Tom Forge. Für den momentanen Einsatz spielt das keine Rolle. Damit befassen wir uns, wenn es wieder ruhiger geworden ist." Hall erhob sich. „Dann wollen wir uns nun mal die Satellitenaufnahmen ansehen."

# 09

Hall und Tom betraten den Raum, an dessen Wand ein großer Bildschirm prangte, der sonst bei Videokonfe- renzen genutzt wurde. Jade wartete bereits und nickte den beiden mit einem unverbindlichen Lächeln zu. Babette stellte dem Spezialisten, der eifrig auf seiner Tastatur tippte, eine Tasse Kaffee hin. Normalerweise hätte Jean-Baptiste einen solchen Vortrag gehalten. Nun hatte sich Babette wegen seiner Krankmeldung darum gekümmert, Harald Korf aus einer anderen Abteilung herüberzubitten. Der Kollege, der diesen Bereich technisch und inhaltlich bearbeitete, war allen bekannt. Er hatte die Aufnahmen von den Amerikanern besorgt. Es war nicht das erste Mal, dass er aushalf. Babette wirkte heute anders, schien es Tom. Sie sprach weniger, ihr Gesicht glühte und sie war sehr bemüht, den Techniker gut zu versorgen.

Tom wusste, dass seit 1957 Hunderte von Satelliten ins All befördert worden waren. Die meisten aus militärischen Gründen. Obwohl die Technik strengster Geheimhaltung unterlag, waren die deutschen Geheimdienste über die theoretischen Möglichkeiten unterrichtet. Die USA hatten großes Vertrauen in ihre Aufklärungssatelliten. Sie gingen davon aus, dass dadurch das Gleichgewicht des Schreckens kontrolliert und die Bedrohung entkräftet würde. Tausende von Spezialisten arbeiteten täglich an der Auswertung. Die Anzahl der Satelliten war inzwischen so groß, dass die einzelnen nur noch Kennziffern hatten. Sie bewegen sich in Umlaufbahnen um die Erde in Höhen zwischen etwa 150 und 500 km und sind mit Röntgenstrahlen-Detektoren und Fernsehkameras ausgestattet. Infrarot-Sensoren ermöglichen das Verfolgen von Autos, die sich nachts ohne Licht bewegen. Sie können inzwischen auch durch eine dichte Wolkendecke sehen. Das Gewicht eines modernen MILSATs beträgt etwa 3600 kg. Dieses Hintergrundwissen gehörte mit zu Toms Grundausbildung.

Der Bildschirm wurde hell und zeigte das Standbild des betroffenen Geländes in einer Totalaufnahme. Dort waren ihnen bei dem Großeinsatz in Essen die Mitglieder der kriminellen Vereinigung, der *großen Sechs*, Omega, der Telepath Gatow und ihre Bodyguards, entkommen.

Harald Korf lehnte sich zurück und wartete, bis alle ruhig waren.

„Die Erfolgsstory der Militärsatelliten, kurz MILSATs, startete während des Kalten Kriegs", begann Korf, „damals hatten sie noch Namen wie Samos, entstanden aus *Satellite and Missile Observation System* und Midas, nach *Missile Defense Alarm System*. Heute sind die Namen verschwunden, sie werden allgemein

*Ferrets* genannt, abgeleitet von Frettchen und es sind inzwischen so viele …"

„Das wissen wir alles", sagte Hall.

Tom hatte befürchtet, dass er sich einen Vortrag über die Grundlagen der modernen Überwachungstechnik anhören musste, die allgemein bekannt waren. Spezialisten freuten sich immer, wenn sie gebraucht wurden, und kosteten das aus. Er wunderte sich trotzdem über Halls scharfe Reaktion. Sonst ließ er diesen Leuten ihre Auftrittsfläche. Tom wertete es als ein Zeichen für Halls Anspannung. Erstaunlicherweise ließ Korf sich nicht aus der Ruhe bringen.

„… heute gibt es für die Spionagesatelliten nur noch Kennziffern."

Korf schien Halls rüde Art nicht zu stören. Er schaute sich um, ob er die Aufmerksamkeit aller Anwesenden hatte.

„Ich fasse mich kurz. Die Technik der Spezialkameras und ihrer Objektive ist so weit fortgeschritten, dass ein Satellit heute aus einer Umlaufbahn um die Erde in 150 Kilometer Höhe einen Menschen auf der Straße erkennen kann. Satelliten sind in der Lage, Telefongespräche zu überwachen oder zu erkennen, welches Buch man liest, wenn man im Garten sitzt. Dazu sind sie mit *Elint* ausgerüstet, eine Abkürzung, die für *electronic intelligence* steht. Die elektronische Spionage ist auch eine Form von KI. Der Leistungsgrad der Kameras wird in GRD, *ground resolved distance*, gemessen und gibt die Größe eines Objekts an, dass noch scharf abgebildet werden kann. Ein GRD 1 meint 1 foot. Mit anderen Worten, etwa 30 Zentimeter. Damit können die erkennen, was wir lesen."

„Dann werden wir jetzt vielleicht erfahren, mit welchem Wagen Omega verschwunden ist", sagte Hall. Er klang sehr ungeduldig.

„Neuerdings gibt es auch stationäre Spionage-satelliten", fuhr Korf unbeeindruckt fort, „die in einer synchronisierten Bahn sozusagen unbeweglich über einem bestimmten Gebiet der Erde stehen. Deren Aufgabe besteht darin, bestimmte Gebiete, von denen aus Sicht der Amerikaner eine politische Gefahr droht, ständig unter Kontrolle zu haben. Dies gilt leider nicht für unseren Bereich. Dabei geht es eher um China und die arabischen Staaten. Das Problem für uns ist also", Korf sah Hall direkt an, wohl um deutlich zu machen, wie umfangreich seine Vorarbeit gewesen war, die Auf-nahmen der Amerikaner zu organisieren, „den oder die Satelliten zu finden, die sich in ihrer Kreisbahn um die Erde exakt zu dem von uns gewünschten Zeitpunkt an genau dem Ort aufhalten, der uns interessiert. Dafür musste ich den Amis Ort und Zeitraum angeben."

Korf lehnte sich entspannt zurück, eine Hand blieb an der Mouse.

„Die Amerikaner", erklärte er, „haben ausnahmsweise ziemlich schnell auf unsere Anfrage reagiert. Wir haben hier den Ausschnitt, der die Örtlichkeit und den zeitlichen Umfang enthält. Soll ich anfangen?"

Hall nickte. Seine Ungeduld war einer fatalistischen Ergebenheit gewichen.

„Wir sehen uns jetzt den Ausschnitt an, den ich für Sie organisiert habe."

Korf drückte ein Taste. Das Bild veränderte sich. Das Kameraauge zoomte heran und immer deutlicher erkannten sie das Straßengewirr der Großstadt.

Korf bewegte die Mouse, das Bild verschob sich in Richtung auf die gewünschte Stelle.

Hall beugte sich vor und lugte über seine Lesebrille hinweg.

„Können wir näher ran?"

Babette hatte sich so hingesetzt, dass sie den Spezialisten im Blick hatte. Sie war weniger an den Aufnahmen des Spionagesatelliten interessiert, sah Tom aus den Augenwinkeln. Jade schien das auch bemerkt zu haben. Sie deutete mit dem Kopf eine Bewegung auf Babette an und grinste Tom zu.

„Selbstverständlich", sagte Korf. Er war in seine Arbeit vertieft und zeigte nicht das leiseste Anzeichen dafür, dass er Babettes Interesse wahrnahm.

Korf hantierte an der Tastatur. Der Ausschnitt der Satellitenaufnahme zoomte näher heran. Jetzt wurde die Altendorfer Straße nördlich der Helenenstraße sichtbar. Sie erkannten die Zeche Amalie. So ermüdend Korfs Vortrag gewirkt hatte, so wach waren jetzt alle und betrachteten mit erwartungsvoller Spannung die Satellitenaufnahmen.

„Da", sagte Jade und deutete auf den Bildschirm.

Am unteren Bildrand liefen Datum und Uhrzeit mit. Sie verglichen die Zeit der Aufnahme mit ihren Aufzeichnungen.

Exakt zu dem Zeitpunkt, als ein GSG-9-Team zu dem versteckten Ausgang der unterirdischen Bunkeranlagen startete, verließ dort ein Kleintransporter das verlassenen Gelände.

„Näher", sagte Hall, „wir brauchen das Kennzeichen!"

Korf steuerte den Bildausschnitt, folgte dem Wagen, bis er einen geeigneten Punkt fand, an dem eine Möglichkeit bestand, das Kennzeichen zu sehen. Er stoppte das Bild und zoomte, bis sie das Nummernschild sahen.

„Ich kopiere die Ausschnittvergrößerung für euch und schicke sie auf deinen Rechner", sagte er und beachtete Babette dabei erstmals.

Sie verfolgten dann die weitere Fahrt des Fluchtwagens,

bis er aus dem Ausschnitt verschwand.

Halls kritischer Blick begleitete seine Frage.

„Wo geht es weiter?"

„Der Satellit, der die bisherigen Aufnahmen geliefert hat, ist in seiner Umlaufbahn jetzt über diesen Ausschnitt hinaus. Aber da ich ahnte, dass Sie danach fragen, habe ich auch Aufnahmen eines weiteren angefordert."

Nachdem Korf mehrere Befehle eingegeben hatte, erschien eine neue Szene, auf der sie dem Wagen weiter folgen konnten. Bis er in Düsseldorf in einer Tiefgarage am Rhein verschwand.

Tom sah die Enttäuschung auf den Gesichtern, der er sich auch nicht entziehen konnte. Das Areal, das diesen Parkbereich umfasste, war zu groß und unübersichtlich. Die Gesuchten konnten zu Fuß durch unterirdische Verbindungen in viele Gebäuden verschwunden und irgendwo einfach hinausgegangen sein. Sie konnten das Fahrzeug gewechselt und sich durch eine der anderen Ausfahrten abgesetzt haben. Selbst mit den Mitteln der Amerikaner war bei dieser Lage jeder weitere Versuch, sie wieder zu entdecken, hoffnungslos.

Korf packte seine Ausrüstung zusammen und verabschiedete sich. Babette begleitete ihn hinaus und kam nach einigen Minuten zurück.

Hall sprach das weitere Vorgehen an.

„Sie können dort das Fahrzeug gewechselt haben und überall hin verschwunden sein. Wir schicken jemand in die Tiefgarage, vielleicht ist der Wagen noch dort. Da gibt es eventuelle Fingerabdrücke oder weitere Hinweise. Wir haben das Kennzeichen. Auf wen ist der Wagen zugelassen?"

„Wenn er nicht gestohlen ist", vermutete Jade.

„Vielleicht gibt es in dem Parkhaus ein Überwachungssystem mit Aufzeichnung?"

„Das muss alles überprüft werden", verlangte Hall.

Die Aufgaben wurden verteilt, Jade und Tom erhielten die Anweisung, dass sie ab jetzt ihre Grundbewaffnung beibehalten sollten, solange der Einsatz für dieses Projekt dauerte.

Tom behielt seine Walther, Jade die Glock.

# 10

Tom war zu einem Abendessen bei seinem Freund Christian Hellenkamp in Essen-Rüttenscheid eingeladen. In der Nähe der Rü, der angesagten Einkaufs- und Ausgehmeile Essens mit ihren trendigen Läden und Cafés. Das Haus lag in der Giselastraße und wirkte neben den alten, sehr gepflegten Gebäuden mit individuell gestalteten Fassaden und Grundstücken wie ein hässliches Entlein. Es war das einzige in der Straße, das in altem grauem, von Ruß überzogenem Putz vor sich hin gammelte. Laub, eine leere Zigarettenschachtel und eine zerknitterte Plastiktüte sammelten sich an den Treppenstufen vor dem Eingang.

Die Restaurants auf der sonst so gemütlichen Rüttenscheider Straße waren aufgrund der neuen Verordnung alle geschlossen und Christian wollte sich mit der Einladung bei Tom für die Infos zu einer Story bedanken. Christian war beim Chefredakteur in Ungnade gefallen, weil er einen aus seiner Sicht perfekt recherchierten Bericht verfasst und auf dessen Veröffentlichung bestanden hatte. Thema war, dass es sich bei dem ganzen Drama um die Pandemie aus Sicht einiger anderer als der angesagten Wissenschaftler um einen groß angelegten Fake handeln würde. Man hatte ihm gehörig die Leviten gelesen und ihn als Verschwörungstheoretiker bezeichnet. Sein Kontakt zu Tom hatte ihm aber viele Insiderinformationen über den Einsatz gegen das organisierte Verbrechen geliefert. Dadurch hatte er einen fundierten Bericht über die *großen Sechs* verfassen können, jene kriminelle Vereinigung, die sich in alten Bunkeranlagen unter dem Berliner Platz verschanzt hatte. Bei der WAZ hatte ihm diese Story wieder einen Platz unter den angesehenen Journalisten gesichert. Seine Reputation war zumindest vorerst wieder hergestellt.

Tom erinnerte sich an seine Affäre mit Jen. Als es aus war, wurde aus ihr und Christian ein Paar. Nach langer Pause waren die Freunde sich durch Toms letzten Einsatz wieder nähergekommen.

Christian hatte dicke Steaks besorgt. Er berichtete Tom stolz von einem Kurs an der VHS, in dem er gelernt habe, wie man sie zubereitet, dass sie perfekt würden. Zuerst anbraten und dann in den Backofen. Tom interessierte es nicht, er genoss lieber das fertige Produkt. Für ihn war es nicht wichtig, wie es entstand. Aber er freute sich, dass Christian daran so viel Spaß zu haben schien. Jen hatte für die Dekoration gesorgt. Flackerndes Kerzenlicht ersetzte den nicht vorhandenen Kamin und schaffte Atmosphäre. Als Nachtisch original englische Scones, die Jen selber gebacken hatte, mit clotted cream. Christian hatte Guinness besorgt, auch wenn es aus der Flasche nicht so schmeckte wie gezapft. Aber der Irish Pub hatte ja zu. Es sollte ein richtiger britischer Abend werden als Erinnerung an ihre Londoner Zeit, als er Christian dort kennengelernt hatte, als beide die ersten Erfahrungen in ihren jeweiligen Berufen sammelten.

Jen zeigte erste Entwürfe eines Architekten, wie sie das Haus umgestalten wollten. Das Pärchen, mit dem sie sich die Immobilie teilten, war damit einverstanden. Es sah hübsch aus. Ihr Haus lag auf der Seite der Straße, auf der alle Objekte einen Vorgarten hatten. Der neue Plan beinhaltete statt des Gartens die Möglichkeit, zwei Autos unterzubringen. Das würde ohne den täglichen Stress mit der Parkplatzsuche zu einer erheblichen Entlastung der Gemüter führen, meinte Jen. Dann ging es um alte Zeiten in London. Von einer Erinnerung kamen sie zur nächsten.

Jen schien Christians Alkoholkonsum nicht zu gefallen. Sie machte für Toms Geschmack ziemlich deutlich, dass er ihrer Meinung nach zu oft und zu viel Alkohol konsumierte, und zog sich nach dem Essen zurück.

Tom warf ihr beim Aufstehen einen Blick zu, in der Hoffnung, dass Christian das nicht mitbekam. Jen schüttelte den Kopf und ihre Mimik drückte Tom gegenüber Ärger aus. Er überlegte, ob es wegen des Alkohols war, zu dem er Christian animierte, oder ob sie seinen Blick anders verstanden hatte. Empfand sie noch etwas für ihn? Oder wollte sie ihm durch ihre ablehnende Reaktion klarmachen, dass dem nicht so war? Geräusche aus der Küche untermalten das weitere Gespräch der Männer.

Toms Mitbringsel, eine Flasche Talisker, ein Whisky von der schottischen Insel Skye, war inzwischen zur Hälfte verschwunden. Auch er war nicht mehr nüchtern. Jen gesellte sich nach den Aufräumarbeiten wieder zu ihnen und schüttelte den Kopf, als er Christian ein neues Glas einschränkte.

„Eigentlich bin ich mit der Flasche dran", Christian lallte bereits ein wenig. „Deine Rettungsaktion und die Bunker unter dem Berliner Platz haben mir einen super Artikel eingebracht. Aber den eigentlich wichtigen, über diesen ganzen Corona-Betrug, den haben sie mir abgeschmettert. Klar, wieso sollten sie ihre eigenen Strategien transparent machen wollen!"

„Lass es doch mit den negativen Gedanken", sagte Jen. „Das bringt doch nichts."

Sie schien zu wissen, dass Christian sich an diesem Thema festbeißen würde.

Christian erhob sich und stand mitten im Raum, in der einen Hand sein Glas, in der anderen die Flasche Talisker. Er fuchtelte beim Sprechen damit herum und versuchte gleichzeitig sein Glas neu zu füllen.

„Es gibt rund um den Globus keine Zeitung, keinen TV-Sender und keinen Blog, der sich nicht bereits mit Corona beschäftigt hat. Alles in allem haben die doch bereits jeden Wissenschaftler und Pseudo-wissenschaftler interviewt. Wie soll man als Normalbürger noch feststellen, was davon Verzerrung, Übertreibung oder reine Erfindung ist?"

Tom saß auf der Couch, zurückgelehnt, entspannt, einen Arm auf der Rückenlehne ausgestreckt. In der anderen Hand hielt er sein Glas, schwenkte es leicht, nahm einen Schluck und balancierte es dann auf seinem Oberschenkel. Er fühlte sich rundum wohlig und wollte sich nicht vorbeugen. Das wäre aber nötig gewesen, um das Glas wieder auf den Tisch zu stellen. Er stimmte Christian zu.

„Du hast völlig recht. Je mehr die Presse das Drama aufbauscht, umso mehr Interesse erhalten die doch. Was zählt, sind doch nur die Auflagenhöhen und die Einschaltquoten. Danach berechnen sich dann die Kosten für die Werbung und davon leben die doch. Aber was sag ich, das ist ja dein tägliches Brot.

„Genau! Und ich kann dir sagen, die arbeiten mit Desinformation und Lügen, manipulieren und spinnen Intrigen, wo es nur geht. Mit anderen Worten: Je größer die Berge der Särge, je schlimmer die Fotos und je dramatischer die Beschreibungen, umso mehr ist die Menschheit vom Chaos fasziniert und alle lassen sich von dem Drama überzeugen. Und ich kann dir auch sagen, die scheuen nie und in keinem Fall davor zurück, alle Fotos zu manipulieren. Nur damit es mehr Wirkung hat. Glaub mir ruhig."

Christian schluckte einen Rest Whisky herunter. Die bereits schleppende Artikulation seiner Rede wurde fahriger, seine Stimme belegter. Er murmelte nur noch unklares Zeug.

„Die Sender … sowie die Printmedien können sich der Aufmerksamkeit der ganzen Welt sicher sein." Die Zwischenräume füllte er mit einem Murmeln, das Tom nicht verstand. Christian setzte sich Tom gegenüber, hielt das Glas fest auf den Tisch gedrückt und versuchte aus der hin und her wackelnden Flasche etwas von der goldbraunen Flüssigkeit in sein Glas zu bugsieren.

„Soll ich dir einschenken?"

„Nee, lass mal, ich krieg das schon hin."

Für Tom sah es nicht so aus, aber er ließ seinen Freund gewähren.

Endlich schaffte Christian es. Nur ein kleiner Schluck schwappte auf die Tischdecke. Nach dem halbwegs erfolgreichen Nachfüllen seines Getränkes konnte er sich wieder mehr auf das Sprechen konzentrieren.

„Statt Transparenz und Aufklärung im öffentlichen Interesse, wie die Medien es in ihrem … Kodex, bei dem Wort wird mir schon übel, vorgeben, wie die Ärzte mit ihrem hippokratischen Eid, geht es doch nur um … im Gegenteil … statt Aufklärung werden die doch noch hergehen und wichtige Informationen verschleiern oder unterdrücken, um ja nicht ihr Drama zu verlieren. Die wissen doch schon gar nicht mehr, über … was die sonst noch schreiben sollen … berichten sollen … Gehirnwäsche nenne ich das! Medienvertreter fühlen sich doch in keiner Weise mehr ihrem Kodex verbunden. Wenn sie das je waren. Oder wenn man vorsichtig ist, vielleicht sind sie ja sogar noch selbst davon überzeugt, etwas Gutes zur Aufklärung und Information der Menschheit zu tun … dazu beizutragen …"

Christian wurde immer leiser. Sein Hals knickte ein, beide Arme rutschten nach vorne und sein Kopf sank auf den Tisch und er wechselte plötzlich das Thema. Die Worte kamen zögerlicher, unzusammenhängender.

„Wenn ich Jen … nicht hätte, würde ich längst untergehen, weißt du, dass ich … wenn ich allein lebe, … es mir passieren kann, dass ich wochenlang keine Post aufmachen, weil ich Angst habe, dass eine schlimme Nachricht darin stehen könnte."

Die letzten Worte kamen wieder klar, aber sehr leise und brachen abrupt ab.

„Ich weiß sehr wohl, was hier zwischen euch vorgeht …", konnte Tom gerade noch verstehen, als Christian eine endgültige Ruheposition fand und seine Augen zufielen.

# 11

Frank Scheller erwachte mit einem Brummschädel, griff nach dem Wasserglas mit Whisky, das auf dem Couchtisch stand, kippte den Rest in den Mund und verzog das Gesicht. Er war unrasiert und stank, vermutete er. So war es eben, wenn man einfach auf der Couch eingeschlafen war und die ganze Nacht in seinem Anzug verbracht hatte. Das war auch nicht das erste Mal. Die Schuhe hatte er noch abgestreift. Seine Schweißfüße muffelten, merkte er, als er sich mühsam aufsetzte.

Aber was sollte es! Mit seiner Frau hatte er nach der Scheidung nur noch über den Anwalt verkehrt. Wie viele Jahre lag das zurück? Er wusste es nicht mehr. Seine beiden Kinder, Marc und Julie, waren inzwischen erwachsen. Sie wollten mit ihm nichts zu tun haben. Irgendwie verstand er das. Wie oft hatte er sie sitzen lassen, weil ein wichtiger Termin anlag. Oder, wenn er ehrlich war, weil er zu viel getrunken hatte. Er schob es zwar immer auf die Arbeit, aber in wenigen lichten Momenten war ihm klar, dass es nicht nur an der Arbeit lag. Zugegeben, er war oft wochenlang im Ausland unterwegs. Es hätte ihm von Anfang an klar sein müssen, dass das keine Basis für eine Ehe war. Auch in Berlin mit seiner Freundin Ingrid hatte es auf Dauer nicht geklappt. Einmal, als er nach vier Wochen wieder die Wohnung betrat – er hatte einen Schlüssel –, war ein anderer Mann bei ihr. Es hatte ihm noch nicht einmal etwas ausgemacht. Er hatte nur wortlos den Schlüssel auf den Tisch gelegt und war wieder gegangen. Er sagte sich, er ginge eben in seiner Arbeit auf. Sein Beruf hatte zwar viel mit Lügen und Betrügen, Intrigen und Erpressungen zu tun, aber darin war er Meister. Er war gut darin, die Wünsche seiner Vorgesetzten, die er zwischen den Zeilen las, zu erfüllen. Wenn er genug intus hatte, war er stolz auf seine manipulativen Taten und die Macht, die er dabei empfand, mit seinen Tricks zu erreichen, was er wollte. Nüchtern konnte er sein Leben kaum noch ertragen. Wenn er sich sah – fett, aufgedunsen, stinkend –, kotzte ihn alles an. Dann verabscheute er sich. In der Flasche, die er gestern Abend organisiert hatte, war noch etwas von der bernsteinfarbenen, ihn glücklich machenden Flüssigkeit. Er schenkte sich noch einen Drink ein. Gleich würde es besser werden. Er würde Tom Hagen, oder Forge, wie er sich jetzt nannte, anrufen. Eigentlich schuldete er ihm einen Gefallen, aber er würde es so hinstellen, dass Forge weiter in seiner Schuld stand. Mehr denn je. Wer konnte wissen, wann er ihn wieder brauchen konnte. In Gedanken klopfte Scheller sich auf die Schulter, wie weise und vorausschauend er doch seinerzeit in London sich das Vertrauen dieses jungen Kerls erarbeitet hatte, und darauf konnte er jetzt aufbauen. Damals war Tom am Anfang seiner Karriere im Operativen Dienst.

Scheller hatte ihr erstes Zusammentreffen so aussehen lassen, als wenn die Kontaktaufnahme durch Tom erfolgt wäre. Jetzt rief er Tom auf seinem Handy an, um ein Treffen zu vereinbaren. Ohne sich vorzustellen, war seine erste Frage:

„Ist dein Handy sicher?"

\*\*\*

Tom wunderte sich. Was hatte der Amerikaner Frank Scheller ihm so Wichtiges mitzuteilen, das nicht warten konnte? Er ließ sich auf das kurzfristige Treffen ein, schließlich war Scheller Toms kurzer Draht zur CIA. Als Scheller erfuhr, dass Tom sich in Essen aufhielt, schlug er vor, sich im Parkhaus der Uni in Bochum zu treffen, ganz unten, sagte er, unter dem Audimax. Woher kannte sich Scheller dort aus? Warum dort? Was war so wichtig und so dringend?

Es hatte so stark zu regnen begonnen, dass Tom auf dem Weg zum Treffen den Scheibenwischer auf die höchste Stufe stellte, um genug sehen zu können. Er fädelte sich zur vereinbarten Zeit in den Kreisverkehr zum großen Parkhaus der Ruhr-Uni ein. Als er die Einfahrt passiert hatte, verstummte das Trommeln der Wassertropfen auf dem Dach. Er ließ den Wagen von Ebene zu Ebene bergab rollen. Der Beton des alten Gebäudes war dreckig. Alles wirkte verkommen. Ganz unten bog er links ab. Die überdachte Querverbindung zur anderen Seite, an der es wieder hoch ging, war leer bis auf einen dunklen, nassen und verschmutzten Audi. Ein Witzbold hatte *Fuck You* in den Dreck auf dem Lack geschrieben. Die Bremslichter leuchteten kurz auf. Es war Scheller.

Tom hielt hinter ihm, verließ seinen Wagen, ging zum Audi, nahm neben Scheller Platz und zog die Tür zu.

„Wieso hier? Was soll dieses Versteckspiel?"

„Kein besonderer Grund. Ich kenne diesen Ort einfach. Ist übersichtlich, liegt ungefähr in der Mitte zwischen uns und war schnell zu erreichen. Das ist alles. Du weißt, wie wichtig es manchmal sein kann, zu beobachten, ob uns jemand folgt, you know? Das kann man hier sehr gut feststellen. Außerdem ist es hier leer. Uni findet jetzt online statt." Er beendete seine Erklärung mit einem dröhnenden Lachen, das mit einer Alkoholfahne einherging.

Scheller, unrasiert und mit Restalkohol, wie er leibt und lebt, dachte Tom.

„Sonst nichts?"

„No."

„Warum wendest du dich an mich und gehst nicht den offiziellen Weg?"

„Ich will dir noch einige Zeit beim Verfassungsschutz sichern."

Woher wusste Scheller, dass er vorerst nur eine vorübergehende Genehmigung bekommen hatte, für die Abteilung IV zu arbeiten? Fast wäre ihm herausgerutscht, ob Scheller wohl Gedanken lesen könne oder einen Telepathen zur Verfügung hätte.

Scheller langte hinter sich, zog einen dicken gelben Umschlag von der Rückbank und warf ihn Tom in den Schoß.

Tom öffnete den Brief und zog einen Packen Papier heraus. Er sah die Unterlagen durch. Ein anderes Fahrzeug bog hinter ihnen um die Kurve, passierte sie und bog an der anderen Seite wieder ab. Beide Männer verfolgten den Wagen mit ihren Augen. Tom merkte sich das Kennzeichen. Vielleicht gab es in diesem Fall dafür keinen Grund, aber man konnte nie wissen. So war ihr Leben eben. Vorsicht konnte das Überleben sichern. Tom überflog die Seiten. Er konnte kaum glauben, was er vor sich liegen hatte.

„Warum gibst du mir das?"

„Reine Gefälligkeit. Ich könnte mir vorstellen, dass ihr einiges von ihm wissen wollt." Er räusperte sich. „Wer weiß, wann ich von dir mal wieder etwas brauche."

Sie saßen einen Moment lang schweigend nebeneinander. Nur das ferne Pladdern des Regens vom Ende des Tunnels war zu hören. Durch das Leck einer defekten Regenrinne trat ein starker Strahl Wasser aus und bildete eine größer werdende Pfütze in der Kurve vor ihnen.

„Warum macht ihr das nicht selbst?", fragte Tom,

„Wir dürfen auf deutschem Grund und Boden keine Operationen durchführen. Das weißt du doch."

„Als wenn euch das jemals gestört hätte."

„Die Zeiten ändern sich eben."

„Komm mir nicht mit der Scheiße. Was hält euch wirklich ab, die Operation selbst durchzuführen?"

„Okay, okay. Dann muss ich doch den Gefallen von dir einfordern, den du mir noch schuldest. Wir können und wollen nicht daran. Du siehst doch, wie unser Präsident im Moment seinen Wirtschaftskrieg mit China führt. Meine Vorgesetzten befürchten, dass es eskalieren könnte, wenn bekannt würde, dass wir hier eingreifen. Du verstehst?"

Typisch Scheller. Er bat Tom um einen Gefallen und versuchte doch tatsächlich, es umgekehrt aussehen zu lassen. Er würde das mit Hall besprechen.

# 12

Jessica Brandon war jung und empfand sich als lustig, frech und attraktiv. Sie vermutete aber, dass man sie als wenig intelligent wahrnahm. Dafür trainierte sie umso ausgiebiger. Sie führte gewissenhaft jeden zweiten Morgen ihr genau festgelegtes Sportprogramm durch, weil sie ihren Körper und ihre Ausstrahlung jung, stark und attraktiv erhalten wollte, solange es ging. Heute quälte sie sich über ihr Laufpensum, da es gestern Abend etwas länger geworden war. Ihre Lieblingsserie auf Netflix hatte sie eine Folge länger aufgehalten, als sie sich vorgenommen hatte. Jetzt half nur eines: Konzentration auf den Körper und nicht ablenken lassen. Guten Morgen, liebe Füße. Sie spürte in ihre Zehen, ihre Fußsohlen, wie sie auf den Boden traten und abrollten. Alles gut, rechtes Bein, linkes Bein. Wie gut geölte Stoßdämpfer federten ihre Beine den Aufprall bei jedem

Schritt ab. Auf den Atem konzentrieren, sagte sie sich, den richtigen Rhythmus finden. Das linke Knie? Was war darin los? Ein kleines Ziehen. Sie veränderte ihre Laufweise, die Beinstellung minimal. Sie hatte ihren schnuckeligen Opel Adam neben einem dieser dicken SUVs, die in ihren Augen nur etwas für geistig minderbemittelte Protze waren, abgestellt. Die Automarke hatte sie nicht erkannt. So etwas war ihr auch egal. In dem überdimensionierten Spritfresser hatte jemand über das Lenkrad gebeugt gesessen. Das hatte komisch gewirkt. Sie dachte sich, dass derjenige bestimmt genauso müde war wie sie und nur noch einen Moment wartete, bis er sich auch auf den Parcours begeben würde.

Der Weg war gefegt. Sie konnte es kaum glauben. Die machten sich von der Stadt die Mühe, sogar auf Waldwegen die Blätter zu beseitigen. Sie war mit jedem Meter des Weges vertraut. Heute entschied sie sich, nicht die ganze Runde zu nutzen. Sie wechselte auf die Spur, die zurück führte, an der Stelle, an der Hin- und Rückweg ein kurzes Stück parallel verliefen. Sofort begann das schlechte Gewissen. Zurück zum Parkplatz. Heute nur eine Runde, auch wenn ihr im Ohr die Stimme des Vaters klang: Wer feiern kann, kann auch arbeiten! Durchhalten! Was nicht tötet, macht hart! Viele ähnliche Sprüche hatte sie in ihrer Kindheit immer wieder über sich ergehen lassen müssen.

Aber das linke Knie machte doch etwas Probleme, für das nächste Mal nahm sie sich vor, die Kniebandage zu benutzen, die ihr der Orthopäde verschrieben hatte. Vielleicht war diese Stütze hilfreich. Sie stoppte kurz vor dem Parkplatz und führte ihre Dehnübungen aus. Das tat gut. Wieder zu Atem kommen und dabei ein wenig entspannen. Zur Beinstreckung nutzte sie die Sprossen des Metallgerüstes.

Auf dem Parkplatz standen inzwischen bereits drei wie-tere Wagen. Neben ihrem immer noch der SUV. Sie sah die dunkle Silhouette des Fahrers immer noch vorgebeugt über dem Lenkrad hocken. Komisch. Schlief der? Ein Kombi bog ein und suchte sich eine Parkbucht. Die Fahrerin ließ ihren Labrador aus der Heckklappe springen.

Jessica beendete die Übungen und ging zu ihrem Wagen. Wieder sah sie zu der über das Lenkrad gebeugten Gestalt. Vorsichtig näherte sie sich im Zwielicht des beginnenden Morgens dem fremden Fahrzeugs und klopfte gegen die Scheibe. Nichts rührte sich. Die Frau mit dem Labrador schaute zu ihr herüber. Die Fahrertür war nicht ganz geschlossen, sie stand einen Zentimeter vor, gerade eingehakt, so dass das Innenlicht erloschen war. Das hatte sie vorher nicht gesehen. Derjenige, der auf dem Fahrersitz saß, war über das Lenkrad gebeugt, als wenn er etwas am Navi oder Radio einstellen wollte. Dann sah sie das Einschussloch im Blech der Fahrertür, ein weiteres in der Scheibe. Trotzdem zwang sie etwas, ihre Hand auszustrecken. Sie langte zum Türgriff und zog die Tür auf. Der Fahrer kippte vom Sitz herunter und ihr entgegen. Reflexhaft sprang sie zurück und schrie auf. Der Mann rollte zu ihren Füßen auf den Rücken herum. Sein Blick war starr an ihr vorbei in den Himmel gerich-tet. Über dem rechten Auge befand sich ein schwarzes Loch mit einem purpurroten Rand.

Der Hund bellte.

# 13

Den Angehörigen des Bundesamtes für Verfassungsschutz war es trotz der Sicherheitsmaßnahmen der zweiten Corona-Welle nicht nur gestattet, sondern weiterhin
Pflicht, für ihre körperliche Einsatzfähigkeit zu trainieren. Tom und Jade hatten den sonnigen Tag genutzt und
eine Stunde auf dem weitläufigen Gelände mit Inter-
valllaufen und Dehnübungen verbracht. Für 11:30
waren sie in der Halle für Nahkampf eingetragen. Die
Halle war nicht sehr groß, aber zehn bis zwölf Personen
konnten hier ohne weiteres trainieren, ohne sich ins
Gehege zu kommen. Alle benötigten Einrichtungen
waren an den Wänden platzsparend angeordnet oder
konnten in Nebenräumen verstaut werden. Einige
Matten lagen wie üblich herum, von ihren Vorgängern
nicht verstaut. Sie hatten die Räumlichkeiten für sich.
Tom wischte sich mit einem Handtuch den Schweiß von
der Stirn. Während des Laufens hatte er kaum mit Jade

gesprochen. Die ganze Zeit war ihm die Aufgabe durch den Kopf gegangen, die durch Schellers Information jetzt anstand.

„Ich bin gespannt, wie lange Hall sich Zeit lässt, eine Entscheidung zu treffen. Ich habe ihm den Wunsch der Amerikaner weitergeleitet."

„Warten wir es ab", sagte Jade, „ich bin mir nicht sicher, ob ich das übernehmen will."

„Wenn sich Hall für unseren Einsatz entscheidet, wird dir wohl nichts anderes übrig bleiben."

„Überleg doch, erst finden wir heraus, dass dieser Chen Ze Ren ein chinesischer Spion ist, der Geheimnisse unserer Wirtschaft auskundschaftet, überführen ihn und aufgrund seines diplomatischen Status können wir nicht an ihn ran. Dann wendet sich alles und er meldet sich bei den Amerikanern und bittet um politisches Asyl? Weil deren Präsident im Clinch mit China liegt, sollen wir den Überläufer für die Amis rausholen? Alles arrangieren? Also ehrlich. Das stinkt doch zum Himmel."

Was hatte Jade für ein Problem? Solche Änderungen in den Strategien kamen doch häufig vor.

„Das ist unser Job."

„Ja, schon, aber der Typ ist doch das Letzte. Baggert Laura an. Die verliebt sich tatsächlich in diesen Kerl. Der hat aber nichts anderes im Sinn, als über sie die Pläne für die neue Entwicklung des Akkus zu bekommen. Bevor der Patentschutz vorliegt. Damit die Chinesen ihre Billigautos mit denselben Akkus ausrüsten können wie unsere Firmen."

Tom schüttelte den Kopf und verzog verächtlich den Mund.

„Worüber regst du dich auf? Das ist doch auch unsere ständige Vorgehensweise, die Schwächen der Menschen zu unserem Vorteil zu nutzen. Sie mit allen Mitteln –

sauber oder unsauber, spielt doch keine Rolle – dazu zu bringen, uns zu verraten, was wir wissen wollen."

Jade stöhnte.

„Ja schon." Für Tom hörte sich das richtiggehend resigniert an.

„Wenn Hall uns den Auftrag erteilt, bleibt dir nichts anderes übrig, als ihn auszuführen."

„Auch ich kann mir einen Krankenschein nehmen, stell dir mal vor."

„Das würdest du machen?"

„Nein, natürlich nicht!"

„Du bist doch zu jung für einen Burn-out! Bist du unsere Arbeit leid? Den Stress?"

Jade trat an die Matte, zog das Handtuch, das sie umhängen hatte, von den Schultern und ließ es neben die Matte fallen. Tom stellte sich neben sie und wischte sich die Hände an seinem Handtuch ab.

„Ich finde das einfach nur unfair", sagte Jade.

„Bist du sauer auf den Mann, weil er mit Laura so umgesprungen ist?"

„Das geht dich gar nichts an!"

Blitzschnell stellte Jade ein Bein hinter Tom und stieß ihm ihren Ellenbogen vor die Brust. Er taumelte zurück und schlug der Länge nach hin. Verblüfft rollte er sich ab, warf sein Handtuch neben die Matte und wollte nach Jade greifen. Aber die hatte ihren Platz längst verlassen.

„Bist du nicht in Form? Das ist doch unser Job, mit jedem linken Trick klarzukommen. Oder?"

Im weiteren Training schenkten sie sich nichts, aber Tom war vorsichtig, nicht über Jades Grenzen hinauszugehen. Er hatte sie bei einem früheren Training mit seiner Kraft so in die Enge getrieben, dass sie regelrecht ausgeflippt war. Tom hatte damals gespürt, wie ihre Hände zitterten. Sie hatte sich auf die Lippe gebissen, absichtlich, vermutete er. Später hatte sie ihm gestanden, dass es ihre größte Angst sei, als Frau hilflos der überlegenen Kraft und brutalen Gewalt der Männer ausgeliefert zu sein. Das löste Erinnerungen an ihre Kindheit aus. Er wollte ihr das nicht zumuten und ihre Reaktion nicht noch einmal erleben. Diese Erlebnisse aus der Vergangenheit hatten dazu geführt, dass sie unerbittlich mit sich umging und bis zum Umfallen trainierte. Sie war die zäheste, ausdauerndste und härteste Kämpferin, die er je kennengelernt hatte. Abwechselnd schlüpften sie in die Rolle des Angreifers und Verteidigers. Sie übten und verfeinerten ihre Methoden. Nacheinander arbeiteten sie am Umgang mit Messerattacken, der Bedrohung mit einer Schusswaffe und Nahkampftechniken, bei denen nur der menschliche Körper die Waffe darstellte. Sie teilten Schläge und Tritte aus und wehrten diese ab, bis sie zum Schluss erschöpft nebeneinander auf der Matte lagen.

„Gibst du auf?", fragte Jade.

„Wenn du aufgibst?"

Sie duschten gemeinsam, holten ihre Sachen aus den Metallspinden und zogen sich nebeneinander an. Jade hatte einen Fuß auf die Bank mitten im Umkleideraum gestellt und band sich die Sneaker zu. Sie trug ihre Glock an der Hüfte. Tom stand neben ihr, legte das Schulterhalfter an, nahm die Walther heraus und überprüfte die Funktionsfähigkeit. Sie waren für den Einsatz bereit, sollte Hall ihnen seine Entscheidung mitteilen.

# 14

Jade und Tom hatten es sich in den Sesseln vor Halls Schreibtisch bequem gemacht. Die komplett leere Arbeitsfläche sah so aus, als wenn ihr Chef alles aufgearbeitet und erledigt hätte. Er wirkte auf Tom wie ein Lehrer, der ihnen am Pult gegenübersaß.

„Ich habe mir das folgendermaßen gedacht. Der Chinese, den wir bereits kennengelernt haben, will überlaufen. Ich gehe davon aus, dass er bei seinen Leuten in China nicht gerade auf eine Belohnung wartet. Das wird die Motivation sein, seinem Land den Rücken zu kehren. Sie beide, Jade und Tom", Hall nickte ihnen zu, „holen ihn in Düsseldorf ab. Laut der Mitteilung der Amerikaner ist er aus Hamburg nach Düsseldorf versetzt worden. Wieso er jetzt in Düsseldorf unter Arrest steht, entzieht sich meiner Kenntnis. Aber die Chinesen werden schon ihre Gründe haben. Nach der Übernahme bringen Sie ihn in ein sicheres Haus. Die

Adresse teile ich Ihnen noch mit."

„Soweit ich die Zusammenhänge überschaue", sagte Tom, „könnte die Verlegung noch andere Ursachen haben. Chen Ze Rens Einfluss auf die Konsulatsmitglieder in Hamburg ist groß. Die chinesische Führung könnte befürchten, dass er dort Unterstützung erhält, dass ihm loyale Personen die Flucht ermöglichen. Bis Düsseldorf reicht vermutlich sein Einfluss nicht. Dort ist eine sichere Verwahrung eher gewährleistet, bis er ausgeflogen wird."

„Kann sein", sinnierte Hall und schwieg kurz, als wenn er auf weitere Einwände wartete. „Ich würde den Zug wählen. Dann können Sie sich darauf konzentrieren, den Überläufer abzuschirmen. Der Gegner kann nicht alle Bahnhöfe überwachen. Das sind die einzigen neuralgischen Punkte. Außerdem haben Sie unterwegs Ruhe", sagte Hall, „ihm schon auf den Zahn zu fühlen, ein wenig auszuhorchen. Die Anspannung auf der Flucht macht ihn vielleicht mitteilsam. Alle Informationen, die Sie da schon sammeln, machen uns die spätere Arbeit leichter."

Tom gefiel diese Variante nicht. Er hielt das für die denkbar schlechteste Möglichkeit. Sein Entschluss stand fest. Für ihn kam nur das Auto in Frage. Er musste Hall von seiner Idee überzeugen.

„Dr. Hall", setzte er an, „welche Alternativen haben wir denn? Fliegen?"

„ Das habe ich mir durch den Kopf gehen lassen. Aber da spricht einiges dagegen. Erstens: die Flughäfen. Zu gefährlich. Da könnten andere mit hineingezogen werden. Außerdem ist der Flugverkehr unter Corona-Maßnahmen nicht zu empfehlen. Zweitens: Wenn wir uns für eigene Organisationen entscheiden – wir könnten die Bundeswehr um Amtshilfe bitten oder einen Hubschrauber des Grenzschutzes anfordern –, würde das viel Aufsehen erregen. Und das ist genau das, was wir in jedem Fall vermeiden wollen."

Tom stimmte ihm zu und bemühte sich, Hall in der entstehenden Diskussion davon zu überzeugen, ein oder mehrere Autos einzusetzen. Dann könne man schneller die Strecke wechseln, auf unvorhergesehene Probleme individuell eingehen.

„Das ist mit Sicherheit unauffälliger, als wenn wir im Zug die Notbremse ziehen müssten. Außerdem erscheint mir das Risiko auf Bahnhöfen und im Zug nicht geringer als im Flughafen." Tom hoffte, durch die negativen Aspekte Hall von seiner Idee abzubringen. „Bei Gefährdungen unterwegs könnten wir die Bundespolizei einschalten. Die sind bei der Bahn zuständig und wegen der Überwachung der Corona-Sicherheitsmaßnahmen sowieso in den Zügen anwesend. Wir könnten sie dann um Amtshilfe bitten. Ist nur die Frage, ob wir auf diese Art die ganze Aktion unauffällig halten können. Aber das wollen Sie doch eigentlich? Außerdem: Wir wissen noch nicht, wie weit es ist. Wann erfahren wir, wo sich das sichere Haus befindet? Wenn es in der Nähe gelegen ist, macht ein Zug wenig Sinn. Dafür das Risiko auf sich zu nehmen, bei dem Einsatz eines öffentlichen Verkehrsmittels aufzufallen? Sich mit Fahrplänen abstimmen?"

Tom war bewusst, wie sehr Hall die Bahn als Alternative zusagte, und legte seine ganze Überzeugungskraft in seine Aussage.

„Nur mit dem Individualverkehr können wir auf jede Eventualität sofort eingehen. Ich denke, wenn wir im Team, Jade und ich, das übernehmen, haben wir damit die größtmögliche Sicherheit und gute Chancen, auch in jeder eventuell auftretenden Gefahrensituation eine Lösung zu finden."

Er schaute Beifall einfordernd zu Jade.

„Dafür sind wir trainiert", kam für seinen Geschmack zögerlich und wenig enthusiastisch aus ihrem Mund.

Letztlich schloss Hall sich der von Tom vehement vertretenen Meinung an, die Überführung mit dem Wagen vorzunehmen.

„Aber ich sage Ihnen eines: Wie Sie wissen, darf der Verfassungsschutz nicht aktiv eingreifen. Der Einsatz ist nicht legal. Es muss unauffällig sein! "

Hall wand sie wie ein Aal. Tom hatte ihn so noch nie erlebt.

„Dann bleibt nur noch: Leihen oder Fahrzeuge aus unserem Fundus?", fragte Tom schnell, damit Hall es sich nicht anders überlegte.

„Es existieren insgesamt über zweihundert Dienstfahrzeuge beim Verfassungsschutz", sagte Hall. „Der Fuhrpark umfasst Kraftfahrzeuge der oberen Mittelklasse, Geländewagen und etliche Transporter. Ein Teil davon ist gepanzert. Ich überlege hin und her, ob ich Ihnen eines unsere Fahrzeuge für die Aktion zur Verfügung stellen soll. Wenn wir die Fahrzeuge leihen, selbst mit einer Tarnidentität, könnte das im ungünstigsten Fall bei einer Untersuchung auch zu uns zurück verfolgt werden. Außerdem belastet das unser Budget. Die Verwendung eigener Fahrzeuge weist sowieso auf uns. So oder so. Es ist und bleibt ein Risiko. Deshalb wäre mir die Bahn am liebsten gewesen." Hall zog die Stirn kraus. Tom sah, welche Überwindung es ihn kostete.

„Wir nehmen unsere Wagen mit Panzerung!"

Halls Entscheidung kam Tom sehr ambivalent vor. Es durfte nicht auffallen, aber er bestand auf gepanzerten Autos zum Schutz, falls doch etwas passierte.

„Ist deutlich genug, was ich von Ihnen beiden erwarte?"

Tom und Jade nickten.

„Dann bitten wir Babette dazu. Sie hat Ansatzpunkte für die Kontaktaufnahme und die Übernahme überlegt. Sie ist wohl diejenige, die die Terminpläne von Chen Ze Rens Bewachern im Konsulat aktuell besser kennt als sie selbst. Lassen Sie uns gemeinsam überlegen, wie und wo der Transfer stattfinden kann. Noch etwas, Tom. Sobald Sie den Mann separiert haben, informieren Sie Ihren amerikanischen Kontakt, aber kein Wort, wo wir ihn unterbringen."

Tom vermutete, dass Hall erst um eine Gegenleistung der Amerikaner feilschen wollte, wenn er schon die Arbeit für sie erledigen sollte.

Hall verließ das Büro, um Babette hereinzubitten und ihr bei den Unterlagen behilflich zu sein, die sie vorbereitet hatte.

Tom schaute Jade an. Die beugte sich zu ihm hinüber und flüsterte:

„Du musst mich nicht ansehen, als wenn ich behindert wäre. Mir ist schon aufgefallen, dass du mich beim Training geschont hast. Das gefällt mir nicht. Auch wenn ich eine Frau bin, will ich nicht, dass du auf mich Rücksicht nimmst, ist das klar?"

Tom war völlig verdattert. Was sollte das nun wieder?

„Ich versteh dich nicht."

„Ich mich oft auch nicht. Ich hab's auch aufgegeben."

Hall geleitete Babette in sein Büro zurück, die einige Mappen und diverse Papiere in den Armen hielt. Dazwischen bemerkte Tom auch den Umschlag, den er von Scheller erhalten hatte. Das Briefing für die Übernahme des ehemals feindlichen Agenten Chen Ze Ren wurde fortgesetzt.

# 15

Gatow lag auf dem teuersten Entspannungssessel, den es für Geld zu kaufen gab. In dieser Stellung konnte er seinen Geist wandern lassen, Gedankenketten, Inhalte aufnehmen, für die Zwecke der *großen Sechs* untersuchen und wieder loslassen. Weiterwandern. Das Zimmer, in das er sich zurückgezogen hatte, war abgedunkelt. Geräusche der Stadt drangen nur als fernes Rauschen an seine Ohren. Seine Wahrnehmung war erfüllt von den Bedürfnissen, Plänen, Vorlieben anderer Menschen. Er spürte die Freude, die Erwartungen und ebenso die Melancholie der anderen, als wenn es seine eigenen Empfindungen wären. Es war nicht nur eine Vorstellung von den Dingen, die andere bewegten, er erlebte es wirklich. Wenn er sich eine Person aussuchte, konnte er bis in die tiefsten Tiefen der jeweiligen Seele abtauchen und ebenso die Körperwahrnehmung zu seiner machen. Er war in der Lage, die ganz persönlichen Gedanken, die geheimsten Wünsche zu empfangen, wenn derjenige das innerlich für sich formulierte. Da erspürte er eine Frau, die ihren BH zurechtzog. Sie stöhnte, dass ihre Bluse zu eng wäre, gleichzeitig nahm er ihre Beschwerde über das Gewicht ihrer Brüste wahr und bekam ihren Ärger über die nicht funktionierende Diät mit. Er driftete weiter. Dort war die Erschöpfung eines Mannes, der am gestrigen Abend zu viel Alkohol konsumiert hatte. Er machte sich Sorgen, dass ihn der Restalkohol den Führerschein kosten könnte, falls er kontrolliert würde. Er nahm sich vor, weniger zu trinken. Vermutete aber, dass er es nicht schaffen würde, weil er es schon so oft versucht hatte.

All diese Gedanken und Empfindungen der Menschen durchdrangen ihn, sobald er seine Fühler nach ihnen ausstreckte. Er scannte die weitere Umgebung, suchte Informationen, registrierte Fakten. Alles, was ihnen für ihre aktuellen oder zukünftigen Projekte hilfreich sein konnte. Sein Gesicht verzog sich zu einem leichten Lächeln. Ihr könnt mir nicht entgehen. Ihr könnt nichts vor mir verbergen, ich weiß, was euch bedrückt, kenne eure Sorgen, eure Krankheiten, Wünsche und Sehnsüchte. Ich verstehe euch. Ich erfahre alles, eure tiefsten Geheimnisse.

Eine Zeit lang konnte er diese Arbeit entspannt genießen. Nur wenn er zu lange den Pfaden der Gedanken anderer Menschen folgte, wurde es anstrengend. In Phasen, in denen sich zu viele Menschen in der Nähe aufhielten, konnte es zu einer Belastung werden, sich gegen die, die er gerade nicht abhören wollte, abzugrenzen. Kopfschmerzen waren die leidige Folge. Sein Handicap war die Migräne, die zu enormen Einschränkungen führte. Es begann oft mit einem Hochgefühl, gerade wenn er mit Begeisterung und Schwung seinen Explorationen nachging, wenn ihm neue Ideen kamen und ihm wichtige Menschen und deren Informationen zugänglich wurden und er überschäumte vor Kreativität. Genau in so einer Situation stellten sich mitunter bei ihm Spannungs-kopfschmerzen ein. Das war sein Alarmsignal. Wenn er darauf nicht reagierte und sofort mit den Spezial-medikamenten entgegenwirkte, stürzte er in den Ab-grund. Der Schmerz wurde dann schnell bohrend, pul-sierend oder pochend, wie von einem Presslufthammer. Jede kleinste Bewegung konnte dann zur Qual werden und vergrößerte die Probleme. Alle Sinne reagierten plötzlich mit einer Überempfindlichkeit und oft fiel ihm dann selbst das Sprechen schwer und er musste sich er-brechen. Inzwischen war er Spezialist für diese Prob-leme. Von seinem Arzt hatte er erfahren, dass er zu einer kleinen Gruppe von Menschen gehörte, die auch mit neurologischen Reaktionen zu kämpfen hatten. In der Auraphase, die dann folgte, begann es mit Lichtblitzen und führte über Doppelbilder bis zu zeitweisem Erblin-den. Wenn er nicht rechtzeitig auf sich geachtet hatte und es so weit kam, dann war er nicht nach einigen Stunden, sondern erst nach mehreren Tagen wieder einsatzfähig.

Wenn bei komplizierten Projekten seine Fähigkeiten dringend erforderlich waren, wurde er wie ein rohes Ei behandelt und gegen jede andere Störung abgeschottet. Grelles Licht und laute Geräusche wurden von ihm fern-gehalten. Erste Symptome mussten dann mit sofortiger Behandlung angegangen werden, damit er nicht ausfiel und die Entwicklung des jeweiligen Plans gefährdet wurde. Seine Einschränkungen waren in einem solchen Fall fundamental. Seine vorherige Hochstimmung ver-wandelte sich dann oft in depressive Episoden. Wenn die Attacke abklang und er sich langsam erholte, war meist seine Leistungsfähigkeit noch längere Zeit reduziert. Er musste dann neue Energie schöpfen, durch viel Schlaf und Ruhe. Die besten Ärzte hatten ihm versichert, dass Migräne leider nicht heilbar sei, er deshalb auf eine Vielzahl spezieller Tabletten zurückgreifen müsse, mit deren Hilfe sich zumindest die Beschwerden lindern ließen. Allerdings nur, wenn er nicht zu spät damit einsetzte.

Der aktuelle Standort erschien Gatow nicht so gut geeignet. Es waren zu viele Menschen in direkter Umgebung, auch wenn sie durch ihren Status in diesem Bereich hier anonym und inkognito untergebracht waren. Auf Dauer betrachtete Gatow das nicht als eine gute Lösung. Hier drang zu viel zu ihm durch und er benötigte einen Großteil seiner Kraft dafür, sich abzuschotten und nur das Gewünschte, auf das er sich jeweils konzentrierte, durchzulassen. Überdrüssig, die vielen kleingeistigen Problemchen und Wehwehchen, die die Bevölkerung umtrieben, wahrzunehmen. Sobald sich die Kopfschmerzen näherten, begann er die Menschen mit ihrem Geschwätz zu verachten. Genau genommen war seine Stimmungsveränderung ein weiteres Anzeichen der beginnenden Überlastung. Spätestens dann sollte er sich zurückziehen und allen Einfluss von außerhalb abblocken. Aber manchmal bemerkte er es nicht rechtzeitig und erst der Schmerz setzte ihm eine Grenze für seine Tätigkeit.

Er hätte nicht begonnen, für die Organisation zu arbeiten, wenn er nicht von Anfang an von den guten Absichten Omegas überzeugt gewesen wäre. Gatow musste schmunzeln, als er sich erinnerte, wie Omega sich Tom Forge gegenüber zum ersten Mal vorgestellt hatte, einfach einen Namen aus der Luft gegriffen, der ihm in dem Moment eingefallen war. *Alpha*, hatte er erst gedacht, dann war das griechische Alphabet durchgegangen und zu Omega gekommen. Ein Gedankenblitz, so konnte Gatow sich erinnern, Alpha bis Omega, das Omega, das alles beinhaltete – an dieser Stelle hatte sein Chef, manchmal nannte er ihn auch seinen Mentor, dann die Worte gegenüber Tom gebildet und ausgesprochen.

„Sie können mich nennen, wie Sie wollen … oder einfach nur Omega!", hatte er gesagt.
Gatow fand diesen Namen für seinen Meister so passend, so geeignet, dass er ihn beibehielt.

Omega war für Gatow ein überkorrekter Mann, der für ihn wie eine positive Vaterfigur wirkte. Er spürte die Zuneigung und das Vertrauen, das Omega zu ihm hatte und wie er auf ihn und seine telepathischen Fähigkeiten baute. Gatow empfand tiefe Dankbarkeit für seine Rettung, damals, aus der SBZ, die lange als DDR bezeichnet wurde. Das war zwar der Vater, aber der Sohn, der jetzt viele der weltweiten Aktionen der Familien leitete, war früh dazu gekommen und angeleitet worden. Als Telepath hatte er die Entwicklung des Heranwachsenden immer verfolgen können. Omega war, wie sein Vater, Humanist und seine Ziele waren hoch gesteckt. Er wollte im Prinzip Gutes für die Menschheit erreichen. Sicher, viele Strategien drehten sich darum, das Kapital der Familien zu erhöhen. Aber Gatow war klar, dass ohne Geld nichts zu erreichen war. Nur mit ausreichenden finanziellen Mitteln konnten die Pläne zur Entwicklung und zum Nutzen der Menschheit umgesetzt werden.

Was unternahm Tom Forge? Womit beschäftigte er sich gerade? Vielleicht sollte er wieder einmal zu dem Mann vom Verfassungsschutz sehen? Was dort geplant wurde gegen die *großen Sechs*? Es war gut, rechtzeitig zu erfahren, was der Gegner zu unternehmen gedachte. Außerdem war es wichtig, mehr über diesen Mann zu wissen. Nicht umsonst bestand die Überlegung, ihn zu rekrutieren. Sein Denken, vernetzte Systeme zu durchschauen, war auf der einen Seite eine Gefahr für die *großen Sechs*, auf der anderen Seite aber, wenn sie ihn rekrutieren konnten, eine echte Bereicherung bei der Planung wieterer Projekte. Wenn er in seinen Gedanken den Schlüssel fand, ihn gewinnen würde, das könnte helfen. Ja, so war es. Er nickte mit einem zufriedenen Grinsen. Mal sehen, was Tom Forge vorhatte. Gatow streckte seine geistigen Fühler aus.

# 16

Das Generalkonsulat der Volksrepublik China lag an der Schanzenstraße in Düsseldorf-Oberkassel, nahe dem Vodafone Campus. Das imposante Dienstgebäude war aus einem brachliegenden alten Gebäude durch aufwendigen Umbau hergerichtet worden. Projektentwickler war eine niederländische Wohnungsbaugesellschaft, die heute auch als Vermieter fungierte. Objekt und Grundstück erfüllten die Wünsche der chinesischen Regierung. Es existierte keine direkt angrenzende Bebauung, es hatte eine Tiefgarage und eine hohe Umzäunung, die nicht mit einem Auto durchbrochen werden konnte. Babette hatte Tom erzählt, dass es sie trotz ihrer hervorragenden Kenntnisse beim Beschaffen aller nur erdenklichen Unterlagen viel Mühe gekostet hatte, die Pläne des Architekten über den Umbau zu organisieren. Die chinesische Fahne hing schlaff neben dem Eingang des fünfgeschossigen Komplexes. An der Fassade prangte das Staatswappen. Jade fuhr in gemäßigter Geschwindigkeit durch die Straße, in der sich auch einfache 3-etagige Wohnhäuser aneinanderreihten. Der Audi A6, eines der beiden Fahrzeuge, die ihnen bewilligt worden waren, fügte sich unauffällig in das Umfeld ein. Das zweite Fahrzeug sollte ein gepanzerter Kleintransporter sein, den Freddie steuern würde, wenn es so weit war. Ein weiterer Techniker würde ihnen zur Seite stehen. Das Technikteam würde erst in der Nacht eintreffen. Während der Übernahme sollte Jade den Audi als Begleitfahrzeug zur Rückendeckung nutzen und Tom den Transporter steuern.

Tom schaute sich um und machte sich einen ersten Eindruck von dem Umfeld. Der ganze Komplex symbolisierte für ihn die unpersönliche typisch bürokratische Machtstruktur. Das Areal war mit einem hohen, abschreckenden Metallzaun befriedet. Es würde nicht einfach werden, ihn zu überwinden, aber möglich. Im Schritttempo fuhren sie auch die Rückseite des Gebäudes ab. In der Greifstraße sah es etwas besser aus. Hier schlossen sich kleine individuelle Gärten an, teils mit altem Baumbestand und unübersichtlicher individueller Bebauung. Hier würde eine Annäherung möglicherweise funktionieren, ohne Aufsehen zu erregen. Die Pläne, die Babette vorgelegt hatte, zeigten, dass dahinter um den kleinen Hof eine Parkanlage gestaltet war.

Schellers Unterlagen hatten gezeigt, dass Chen Ze Ren in dem Generalkonsulat der Volksrepublik China in Düsseldorf unter Arrest gehalten wurde. Eine der Wachen war Tom bekannt. Es handelte sich um die junge Chinesin Gao Xia, die Jade in einem harten Kampf besiegt hatte, als es um den Diebstahl der Pläne für den neuen E-Akku ging. Xia bedeutete „Heldin". Die chinesischen Behörden hatten keine Ahnung davon, dass sie Chen Ze Ren gegenüber treu ergeben war. Sie war jetzt seine einzige Verbindung nach draußen. Sie galt in den internen Kreisen als Hardlinerin und da sie die Eigenheiten Chen Ze Rens kannte, war sie mitgeschickt worden und als besonders geeignet gesehen worden, ihn zu bewachen. Ein echter Fehler zum Nachteil der Chinesen, wie sie noch merken würden. Scheller hatte sie über diese Hintergründe informiert. Über sie hatte der Kontakt zu den Amerikanern stattgefunden. Gao Xia konnte das Konsulat an ihren freien Tagen ohne Einschränkungen verlassen und hatte unbeobachtet Kontakt zu Scheller herstellen können.

Das Konsulat war nur mäßig besetzt, da China in einem Gipfeltreffen einen neuen Kurs im Umgang mit der Pandemie festgelegt hatte. Die Beziehungen waren in Zukunft so zu gestalten, dass möglichst wenige Kontakte stattfanden. Aufgrund der Ansteckungsgefahr mit Covid-19 waren alle öffentlichen Auftritte der Botschaftsangehörigen abgesagt worden. Wirtschafts- konferenzen wurden ausschließlich über Video abgehalten.

In der Planung für die Entführung Chen Ze Rens hatten sie im Bundesamt für Verfassungsschutz lange die Möglichkeiten abgewogen und darüber diskutiert, wie sie an Chen Ze Ren herankommen sollten. Da es keine öffentlichen Auftritte mehr gab, bei dem sie ihn hätten isolieren und abfangen können, mussten sie sich etwas anderes einfallen lassen. Sie könnten warten, bis er heraus kam. Das würde aber nur noch die Überführung zum Flugzeug sein, wenn er ausgeflogen würde. Das konnte noch Wochen dauern und der Transport des Mannes zum Flughafen war ein sehr enges Zeitfenster für einen Überfall. Zu viele Unwägbarkeiten. Also blieb nur eines: Sie mussten ihn aus dem Konsulat holen. Aber das hieß, erst einmal hinein zu kommen. Mit welcher Begründung konnten sie sich einen Zugang zu dem Gebäude verschaffen?

Nach langem Grübeln hatten sie Ansätze gefunden, wie sie vorgehen wollten. Sie konnten ja nicht einfach in das

Gebäude hinein spazieren, Chen Ze Ren suchen oder gar nach ihm fragen. Mithilfe der Baupläne des Gebäudes hatten sie gemeinsam die unterschiedlichsten und verrücktesten Ideen durchgespielt, den Chinesen aus seinem Gewahrsam zu befreien. Sie hatten theoretisch mit allen nur möglichen Zugängen experimentiert. Es würde alles andere als leicht werden.

Tom wendete sich Jade zu, die, außer missmutig zu brummen, seit einiger Zeit keinen Kommentar mehr von sich gegeben hatte.

Wenn er sie sich jetzt näher ansah, dann hatte sie ziemlich dunkle Ränder unter den Augen. Musste er sich wegen ihr Sorgen machen? Trotz der dunklen Wolke um sie herum wirkte sie interessant und begehrenswert. Was war nur mit ihr? Machte sie sich Sorgen, ob die geplante Aktion funktionieren würde?

„Sieh mich nicht so mitleidig an", sagte sie plötzlich, „Gut, ich habe jemanden erschossen und es fällt mir schwer, darüber hinwegzukommen. Aber das ist kein Grund, mich wie eine Kranke zu behandeln. Erst diese Vorsicht beim Training und jetzt dein besorgter Blick, als wenn ich sie nicht alle hätte."

Was war plötzlich los mit ihr? Was meinte sie mit *erschossen*? Spielte sie auf ihren letzten Auftrag an? Ja, ihm war klar, dass es das erste Mal war, dass sie im Dienst ein Menschenleben ausgelöscht hatte. Im Amt hatten sie, wie bei jeder Behörde, einen psychologischen Dienst für solche Fälle. Sie wollte natürlich nicht, dass ihre Probleme bekannt würden. Aber dann sollte sie wenigstens mit ihm darüber sprechen. Wenn sie nicht mit ihrer ganzen Aufmerksamkeit beim aktuellen Einsatz war, konnte das zu ernsten Schwierigkeiten führen.

„Dann rede mit mir."

Sie zögerte. Doch dann berichtete Jade in stockenden

Worten von ihren bisherigen Versuchen, die immer wiederkehrenden Bilder auszulöschen. Wie der Getroffene
gefallen und reglos liegen geblieben war. Sie habe
sofort gewusst, dass er tot war.

Sie war ein paar Straßen weitergefahren und hatte in
einer Parkbucht gehalten. Nachdem sie ihm alles erzählt
hatte, schüttelte sie den Kopf.

„Jetzt geht es wieder. Tut mir leid."

„Alles gut."

„Falls du glaubst, ich sei nicht geeignet, den Auftrag
durchzuführen, sag es ruhig."

Tom wusste, dass das ihr berufliches Aus bedeuten würde. Wenn Hall davon erfuhr, würde sie sofort vom
aktiven Dienst abgezogen und für Jahre nicht mehr
eingesetzt werden. Ihre Karriere im Außendienst wäre
vorbei. Aber genau das war die Arbeit, die sie sich
wünschte. Dafür lebte sie. Genau wie er auch. Keiner
von ihnen konnte sich einen Bürojob vorstellen. Tom
sah sie einen Moment schweigend an und nickte dann.
Er konnte sie gut verstehen. Das war jetzt ihr erster
aktiver Einsatz, nachdem sie den Mann erschossen
hatte. Da wurde das Thema wieder akut.

„Wenn du dich für fit genug hältst, ist es für mich
okay."

# 17

Der Stadtteil Oberkassel, in dem sich der Sitz des Konsulats der Volksrepublik befand, war eines der beliebtesten Viertel Düsseldorfs. Die Bebauung in dieser Gegend folgte dem Verlauf des Rheins. Neben teuren Wohnanlagen direkt am Fluss mit einem Blick auf die Skyline der Stadt existierte viel alte Architektur, da dieser Bereich während des Krieges weniger der Zerstörung ausgesetzt war. Die Luegallee als Verlängerung der Oberkasseler Brücke verlief als Haupteinkaufsstraße mitten hindurch. Das reichhaltige gastronomische Angebot auch in den Seitenstraßen und rund um den Barbarossaplatz zog normalerweise viele Besucher von auswärts an. Das Gebiet war dicht besiedelt mit einer wohlhabenden Bevölkerungsstruktur. Viele zum Teil auch bekannte Künstler und Freiberufler der gehobenen Mittelklasse lebten hier.

Diese Hintergrundinformationen waren bei der Einsatzplanung berücksichtigt worden. Hall hatte dabei erneut darauf hingewiesen, wie wichtig es sei, dass nichts schiefginge. Er würde an seiner Arbeit hängen und befürchte sonst, seinen Posten zu verlieren. In der Planung hatte das Einsatzteam überlegt, welche der beiden Brücken zum rechtsrheinischen Stadtgebiet Düsseldorfs am besten für den Fluchtweg geeignet war.

Jade nickte Tom zu und verließ den Wagen so schnell, als wenn sie befürchtete, er könnte es sich anders überlegen und sie zurückhalten. Er stieg auch aus und ging um den Wagen herum.

„Ich starte jetzt, wie besprochen", sagte Jade, machte sich zu Fuß auf den Weg und winkte ihm noch einmal zu.

Tom setzte sich ans Lenkrad und sah ihr hinterher. Der weiße lange elegante Mantel über dem grauen Kostüm stand ihr wirklich gut. Einen rosa Schal hatte sie – kunstvoll, fand Tom – um den Hals drapiert. Die Schuhe wirkten seriös und unterstützten ihre dynamischen und kraftvollen Bewegungen. Er bekam mit, wie ein kurzes Schütteln ihre Haare in Bewegung brachte, als wenn sie ihre Bedenken endgültig hinter sich lassen wollte.

Jade ging an dem drei Meter hohen Zaun mit dem Betonsockel vorbei und näherte sich dem Eingangstor des Konsulats. Für die Beantragung eines Visums wurde der Zugang von Montag bis Freitag während der Öffnungszeiten zwischen 9:00 und 15:00 gewährt. Abholung bis 16:00. Es war 14:34. Sie hatten den Zeitpunkt erwogen in der Hoffnung, dass kurz vor Schluss der Öffnungszeit, nachdem der Andrang des Publikumsverkehrs nachgelassen hatte, die Aufmerksamkeit des Personals verringert wäre. Sie hatten sich vorgestellt, dass auch Chinesen sich dann bereits Gedanken über das machen würden, was sie nach der Arbeit unternehmen wollten. Jade näherte sich selbstbewusst den Glastüren, ohne die beiden Wachposten eines Blickes zu würdigen, hielt kurz zwischen den Blumenkübeln und den Drachenstatuen, um sich mit einem kurzen Blick über die Corona-Regeln zu informieren, die auf einem Zettel standen, der mit Klebeband neben dem Eingang befestigt war. Sie gab sich den Anschein, als wenn sie genau wusste, was sie hier zu suchen hatte. Ihrer Erfahrung nach war das die beste Methode, nicht aufzufallen und keiner Belästigung oder unerwünschten Fragen ausgesetzt zu werden. Sie legte ihre neutrale Stoffmaske an und betrat das weitläufige Foyer. Hinter einem Fenster abgeschottet, wurde sie von einer Beamtin der Volksrepublik über eine Sprechanlage in ausgezeichnetem Deutsch nach ihren Wünschen gefragt. Sie trug ihr Anliegen vor. Die Chinesin wies ihr den Weg zu einem Warteraum.

Jetzt ließ Jade sich Zeit. Dem Eingang gegenüber standen die deutsche und die chinesische Fahne in stummer Einheit nebeneinander. Rechts und links daneben befand sich je ein Durchgang in die dahinter liegenden Bereiche. Die Ausrichtung des Saals war auf den Mittelpunkt, die beiden Fahnen, zentriert. Die spärlichen, aber überdimensionalen Dekorationsgegenstände waren alle doppelt vorhanden und spiegelbildlich drapiert. Jade registrierte sofort die Platzierung und Blickrichtung der Überwachungskameras. Auf dem Weg zu dem ihr zugewiesenen Durchgang schlenderte sie über die schwarz glänzenden Fliesen und betrachtete interessiert eine große, bunte chinesische Vase mit der Darstellung eines Drachens, umgeben von kunstvollen Ornamenten. Sie stieß dabei an einen der dekorativen Blumenkübel. Sofort eilte ein Wachposten auf sie zu, fragte, ob er helfen könne, und geleitete sie freundlich, aber bestimmt zu dem Warteraum für Konsularangelegenheiten.

Auch in diesem Raum waren alle Sitze in eine Richtung aufgestellt, wie Sitzreihen in einem öffentlichen Verkehrsmittel. Links waren zweisitzige Bänke hintereinander und rechts Dreierbänke installiert. Ein Gang in der Mitte. Blickrichtung auf drei Schalter, vor denen jeweils ein einzelner Stuhl stand. Nur ein Schalter war besetzt. Davor saß ein älterer Mann. Im Rücken der Sitzreihen war die Möglichkeit eingerichtet, dass vier Personen nebeneinander an einem Tisch sitzen konnten, um Schreibarbeiten zu erledigen. Zu beiden Seiten von einer ebenmäßig gewachsenen Grünpflanze in weißem Übertopf eingerahmt. Es gab ein Regal mit Informationsbroschüren und diesem gegenüber einen Kopierer. An dieser Seite des länglichen Raums zierte ein modernes Gemälde einer chinesischen Skyline die Wand. Außer Jade waren sechs weitere Personen anwesend. Der Antragsteller trug gerade sein Anliegen vor, die anderen warteten. Jade setzte sich an die Fensterseite, um einen Eindruck von dem Innenhof und dem Park hinter dem Gebäude zu erhaschen. Hof und Garten waren, wie sie überlegt hatten, der Schwachpunkt des Konsulats und damit ihre einzige Chance. Sie stand auf, lehnte sich auf die Fensterbank und schaute hinaus. Sie hatte diese Stelle so gewählt, dass sie der Videokamera den Rücken zukehrte und der Konsulatsangestellte hinter dem Schalter sie nicht beobachten konnte, da der Antragsteller und noch eine weitere der wartenden Personen den Blick zu ihr versperrten. So konnte sie unauffällig einige Fotos mit ihrem Smartphone anfertigen.

Der Mann vor dem Schalter argumentierte immer noch. Bis Jade an der Reihe wäre, würde es noch etwas dauern. Sie entschied sich, sich weiter umzusehen. Ihr war klar, dass sie den Raum nicht verlassen konnte, ohne dass es den Augen, die sie hinter der Kamera vermutete, und auch dem Beamten hinter der Scheibe auffiel. Aber das nahm sie in Kauf. Direkt neben der Tür zum Warteraum ging ein offener Bereich ab, aus dem ein Wachmann hervortrat. Sie fragte ihn nach der Toilette. Er wies den Gang hinunter und schien beruhigt zu sein. Man war hier wirklich ständiger Überwachung ausgesetzt. Der Flur wurde durch zwei Reihen Strahler von der Decke her beleuchtet. An den Wänden hingen keine Bilder. Am Ende des Ganges erspähte Jade eine Glastür, die in einen weiteren Bereich des Gartens führte. Ein kleines rotes Kästchen zeigte ihr, dass dieser Ausgang elektronisch gesichert war. Es würde nicht einfach werden.

Im Sanitärbereich spritzte sie sich Wasser ins Gesicht. Wieder im Flur, täuschte sie eine schwankenden Gang vor, blieb immer wieder stehen und stützte sich an der Wand ab. Es dauerte keine Minute und schon waren zwei Beamte bei ihr. Ein Mann und eine Frau. Jade stöhnte, sackte in sich zusammen und wurde von dem Chinesen aufgefangen, bevor sie auf den Boden stürzten konnte.

„Luft", stöhnte sie und zeigte auf die Tür, die in den Garten führte, „ich brauche frische Luft."

Die beiden Wachleute in Uniform verständigten sich mit einem Blick, der Mann stützte sie und die Frau hielt Rücksprache über ein Mikro, das am Revers ihres Jacketts steckte.

Augenblicke später trat eine junge Frau in dezentem dunklen Hosenanzug aus einer Seitentür in den Gang. Ihre Anwesenheit ließ die beiden anderen Personen des Wachpersonals eine starre Haltung einnehmen. Zumindest erweckte es bei Jade diesen Eindruck. Sie konnte sich allerdings nicht sicher sein, ob das nicht auf eine ähnliche Empfindung bei ihr zurückzuführen war.

Die Frau, die jetzt vor ihr stand, hatte ein Pflaster auf der Nase und eine dunkle Färbung unter einem Auge. Sie war Jade bestens bekannt. Mit dieser Chinesin hatte sie vor kurzem einen Kampf auf Leben und Tod ausgefochten. Das war Gao Xia, die Frau, die die Seite gewechselt haben sollte. Jade blieb in ihrer Rolle und ließ ihr ganzes Gewicht in den Armen des Wachmannes ruhen, versuchte aber unauffällig durch die halb heruntergelassenen Augenlider die Aufmerksamkeit der ehemaligen Gegnerin zu erheischen. Nur kurz kreuzten sich ihre Blicke, Gao Xia zuckte nicht den Bruchteil einer Sekunde. Nichts offenbarte, dass die beiden sich kannten. Sollte sie wirklich loyal zu Chen Ze Ren stehen? Oder war das Ganze eine Falle? Jade war sich nicht sicher, was jetzt geschehen würde. Ein kurzer Dialog wurde in Chinesisch gewechselt. Es klang in Jades Ohren sehr unfreundlich. Allerdings konnte sie sich nicht sicher sein, ob diese Sprache nicht grundsätzlich so klang. Jetzt, genau in diesem Moment würde sich zeigen, ob Gao Xia es ehrlich meinte, Chen Ze Ren zu unterstützen. Oder würde sie Jade auffliegen lassen? Gao Xia beendete den Wortwechsel mit einer Phrase, die in Jades Ohren wie *Schi-da, Schi-da* oder so ähnlich klang. Sie vermutete, dass es sich um eine Bestätigung, eine Genehmigung handelte. Vielleicht war das so etwas wie ein *Ja* auf Chinesisch. Daraufhin zog sie sich ebenso schnell zurück, wie sie erschienen war. Es sah so aus, als wenn sie Gao Xia vertrauen konnten. Ein gutes Zeichen für das Gelingen ihres Plans. Der Wachmann, auf den Jade sich stützte, führte sie zu dem Ausgang. Die Uniformierte begleitete sie, zog dort angekommen einen Schlüsselbund von ihrem Gürtel und steckte einen kleinen Schlüssel von diesem Bund in den roten Kasten der Tür. Der Sicherungsmechanismus klickte und Jade wurde hinausgeleitet. Draußen stolperte sie, gestützt von dem Chinesen über die unterste Stufe einer eisernen Treppe, die zu einem höher gelegenen Zugang zum Hofbereich hinauf führte. Zwischen Bäumen hindurch erspähte Jade eine Sitzgruppe aus Gartenmöbeln.

„Darf ich mich einen Moment setzen?", fragte sie

und gab ihrer Stimme ein Zittern mit. Das kostete sie im Moment tatsächlich nicht allzu viel Mühe. Wenn Tom sie sehen könnte, würde er ihr für ihre schauspielerische Leistung einen Oscar verleihen. Das wäre das Mindeste, dachte sie. Sie spürte, wie ihr Herz raste. Anscheinend hatte Gao Xia sie nicht verraten.

Als sie Platz genommen hatte, zog sie ein Päckchen Papiertaschentücher aus ihrer Handtasche und tupfte sich den vermeintlichen Schweiß von der Stirn. Der Chinese stand unbeholfen daneben. Jade kam es vor, als wenn er nicht recht wusste, was er jetzt tun sollte.

„Könnte ich wohl ein Glas Wasser haben?"

Der Mann setzte sich umgehend in Bewegung.

# 18

Gatow ging hinüber in den zentralen Raum, gesellte sich zu dem Mann, der sich Omega nannte. Die anderen Mitarbeiter beschäftigten sich mit ihren Rechnern. Die Bodyguards langweilten sich. Alle drehten sich zu ihm um, als er durch die Tür trat. Omega nickte ihm zu. Der Telepath lächelte und stellte sich neben ihn. Gemeinsam schauten sie auf die Bildschirme, die das Geschehen der Welt abbildeten. Er war sich bewusst, dass der bei weitem größte Teil der Ereignisse durch die Organisation der sechs Familien bestimmt wurde. Der derzeitige Leiter der Aktivitäten war ihm ans Herz gewachsen. Er kannte ihn, seit dieser ein kleiner Junge gewesen war. Er hatte von Anfang an seine Gedanken gelesen, schon als Kind, und ihn immer als gerecht und von guter Gesinnung empfunden. Sie hatten ein inniges Verhältnis entwickelt. Schon lange war es so, dass Omega seine Fragen oder Antworten, die er an Gatow hatte, nicht mehr laut formulierte. Nur der Telepath sprach, da er zwar die Inhalte der Gehirne lesen konnte, aber nicht dazu imstande war, ihnen umgekehrt Nachrichten einzupflanzen. Aus seiner Sicht waren sie ein eng verbundenes Team. Es machte Spaß, immer wieder neue Strategien für die Steuerung der menschlichen Geschicke zu erarbeiten. Viel spannender als alle Filme und TV-Serien oder Sonstiges, was zur Zerstreuung der Menschen und zur Gestaltung der Freizeit derjenigen angeboten wurde, die keine Fantasie hatten, sich selbst etwas auszudenken. Dieser Tom Forge wäre eine ideale Ergänzung, ein geeigneter Mitarbeiter zur Ergänzung der humanitären Operationen der Gruppe. Gatow musste schmunzeln. Die Bezeichnung, die *großen Sechs*, passte gut. Er hatte das den Gedanken der Kolleginnen und Kollegen dieses Forge entnommen. Der Vorgesetzte, dieser Hall, setzte alles daran, sie zu bekämpfen. Er würde auch dessen Gedanken weiter überwachen.

*Geht es dir gut?* Omega schaute ihn fragend an. Die Botschaft war wie üblich nur gedacht.

Gatow nickte, strich sich durch den langen Bart und lächelte. Eine zum Teil stumme Unterhaltung entspann sich zwischen ihnen.

„Wie gehen wir weiter mit dem Corona-Projekt vor?", fragte Gatow.

Omega antwortete in Gedanken: *Wir machen nichts. Alles, was wir erreichen wollten, hat geklappt. Wir haben so viel daran verdient, dass wir für Jahrhunderte genug als Krisenkasse haben. Allein, was wir damit alles auf den Weg gebracht haben, hätte den Plan schon gerechtfertigt.*

„Was sagst du über die Deutschen?"

*Die haben, wie nicht anders zu erwarten, wieder einmal alles überperfektioniert.*

„… und trotzdem nichts als Chaos produziert", ergänzte Gatow.

Beide lachten laut auf. Die anderen sahen sie erstaunt an.

„Sollen wir den Hintergrund aufklären?"

*Eher nicht, ich glaube, das würde zu viel Unruhe aus-*

*lösen und einige angedachte Strömungen gefährden. Es laufen noch die Planungen um das Gegenmittel, den Impfstoff. Da werden noch einige Konzernverflechtungen stattfinden, bis wir am Ziel unserer Strategie sind,* ließ Omega den Telepathen durch seinen Gedankenstrom wissen.

# 19

Jade saß neben Tom im Audi, dem Konsulat schräg gegenüber. Damit sie von dort nicht auszumachen waren, hatten sie einen Abstand gewählt, der so weit entfernt lag, dass sie gerade noch beobachten konnte, wenn jemand durch das Tor das Gelände verließ. Zwischen anderen parkenden Wagen und zusätzlich durch einen Baum verdeckt, konnten sie auch aus den oberen Etagen nicht erspäht werden.

Jade kam langsam wieder runter, die Anspannung ließ nach und der Adrenalinspiegel fiel. Es war alles gutgegangen. Sie hatte bei dem Personal genug Verwirrung gestiftet mit dem Vorwand, ein Visum beantragen zu wollen, und dafür die Zeitspanne ausgesucht, die nur für die Abholung eines bereits beantragten Visums reserviert war. Als sie nach ihrem simulierten Zusammenbruch den Antrag stellen wollte, war es bereits nach 15:00. Es wurde ihr unmissverständlich klar gemacht, dass in der Zeit zwischen 15:00 und 16:00 nur noch bereits bewilligte Visa ausgehändigt wurden. Da half auch ihr ganzes Bitten nichts. Man blieb freundlich, aber bestimmt. Ihr wurde erklärt, dass als Corona-Regelungen auch Fingerabdrücke für das Visum benötigt würden. Damit sie nicht ganz umsonst heute erschienen sei, könne ihr zumindest in dieser Hinsicht noch geholfen werden. Ihr wurde angeboten, dass man ihr schon einmal die Fingerabdrücke nehmen könne, das würde bei ihrem nächsten Besuch Zeit sparen. Das verweigerte sie und verließ in der Visums-Angelegenheit unverrichteter Dinge das Konsulat. Ihr eigentliches Ziel, die Sondierung der Lage, hatte sie erreicht.

„Gut gemacht", sagte Tom, nachdem er ihren Bericht gehört hatte, „es passt alles zu unserem Plan. Wie vorausgesehen, benötigen wir aber einen Kontakt innerhalb des Gebäudes. Also lass uns warten, bis diese Chinesin, mit der du dich geprügelt hast, herauskommt. Dann sehen wir weiter."

„Gao Xia, sie heißt Gao Xia."

„Von mir aus."

„Es war irgendwie schon eigenartig, ihr wieder gegenüberzustehen. Die Spuren unseres Kampfes sind noch zu sehen und es hat sich so viel verändert. Beeindruckend war, dass sie keinerlei Überraschung zeigte. Sie war vollkommen beherrscht. Hat nicht mit der Wimper gezuckt."

„Hört sich an, als wenn du sie bewunderst?"

„Sie hat auf jeden Fall was drauf."

Sie warteten. Eine Tätigkeit, die Tom hasste. Es entstanden größere Pausen. Die Unterhaltung brach ab. Hoffentlich hatte Gao Xia verstanden, dass sie auf diese Weise den Kontakt zu ihr herstellen wollten. Falls es nicht klappte oder sie den Besuch falsch gedeutet hatte? Es gab keinen Plan B. Tom versuchte sich zu beruhigen. Als Profi würde sie die Geste bestimmt richtig deuten. Schließlich hatte sie es auch geschafft, mit den Amerikanern Kontakt aufzunehmen und die ganze Aktion in Gang zu setzen. Tom sah zur Seite und bekam mit, dass Jade gähnte. Sie hielt nachträglich ihre Hand vor den Mund und lächelte entschuldigend.

Als es so weit war, hätten sie es fast übersehen. Es ging ziemlich schnell. Eine Person in Sportkleidung und Laufschuhen sprintete aus dem Grundstück und joggte in die Richtung von ihnen weg.

„Hast du das gesehen? War sie das?"

„Ich glaube, ja", sagte Jade, „fürs Joggen ist mein Outfit gerade nicht geeignet."

„Lass uns warten, ob sie überwacht wird. Wenn ihr jemand folgt, müssen wir uns etwas überlegen. Es wäre katastrophal, wenn die Chinesen erfahren, dass sie eine Abtrünnige ist."

Tom wartete, bis die junge Frau nicht mehr zu sehen war, startete dann den Wagen und fuhr langsam in die Richtung, in der sie verschwunden war. Für einen Außenstehenden konnte es wirken, als wenn sie eine bestimmte Adresse suchten. Jade beobachtete den Eingang des Konsulats, solange es möglich war. Niemand folgte der Joggerin.

Das Erste, das Tom wieder von ihr sah, war die Bewegung des Pferdeschwanzes, zu dem sie ihre pechschwarzen Haare gebunden hatte. Das Wippen sagte irgendwie so etwas wie *hier bin ich, fang mich doch*, assoziierte Tom.

„Da, sie geht in den Biomarkt. Das ist die Gelegenheit", sagte Jade.

Tom fuhr ein Stück weiter und suchte eine Möglichkeit zu wenden. Endlich schafften sie es auf den Parkplatz. Beide öffneten gleichzeitig die Tür.

„Ich gehe alleine", sagte Jade, „sie kennt mich."

Tom verstand, setzte sich wieder und lehnte sich zurück. Gut dachte er, unsere Zusammenarbeit klappt. Sie hat ihre alte Form zurück.

Jade beeilte sich, mit ihren Pumps über den Parkplatz den Biomarkt zu erreichen. Sie zog eine der blauen OP-Masken, die sie immer bei sich trug, heraus, legte sie an, schnappte sich einen Einkaufskorb und wanderte zwischen den Gängen mit den drapierten Waren entlang. Sie verschaffte sich einen Überblick und packte ein kleines Gläschen und ein eingeschweißtes Päckchen in den Korb, ohne zu sehen, was es war. Gao Xia stand im hinteren Bereich des Ladens über eine Tiefkühltruhe gebeugt. Es war die einzige Ecke im Verkaufsbereich, die nicht durch eine Videokamera abgedeckt war. Sie schien völlig mit sich alleine beschäftigt und nichts um sie herum wahrzunehmen, außer den Inhalt der Truhe.

Jade trat neben sie, beugte sich auch über die Truhe, sah auf die bunten Verpackungen, ohne Inhalte zu erkennen.

„Warum hat das so lange gedauert?", fragte Gao Xia, das halbe Gesicht von der Maske verdeckt, ohne sie anzusehen.

Jade schob das Glasfenster der Truhe auf und ergriff ein Teil der dort lagernden Ware.

„Wir mussten sichergehen, ob du nicht verfolgt wirst."

„Darauf achte ich schon selbst. Ist mir sicherer. Was willst du mit Leberwurst-Ersatz-Brotaufstrich, Back-pulver und TK-Erbsen?"

Jade schaute in ihr Körbchen. Tatsächlich, das waren die Dinge, die sie zusammengepackt hatte. Alle Achtung, wie hatte Gao Xia das erfassen können. Jade hatte nicht mitbekommen, dass sie von ihr überhaupt registriert worden war.

„Langes Training", sagte Gao Xia, als wenn sie ihre Gedanken gelesen hätte, „können wir zur Sache kommen?"

Jade wendete sich dem Regal auf der anderen Seite des Ganges zu. Rücken an Rücken besprachen sie im

Flüsterton, was nötig war.

Beim Umdrehen hatte Jade einen Sekundenbruchteil in die Augen der Chinesin geschaut. Lag da noch etwas von der kalten Wut und Mordlust, die sie während ihres Kampfes darin gesehen zu haben glaubte? Aber der Ausdruck war absolut nichtssagend, ausdruckslos, vielleicht kalt. Jade konnte es nicht genau beschreiben. Es blieb ihnen nichts anderes übrig, sie mussten dieser Frau jetzt vertrauen.

# 20

Der geschlossene Transporter, ein Ford Transit, stand auf einer schmalen Seitenstraße hinter dem Konsulat der VR China. Es war erstaunlich ruhig um diese Nachtzeit in Düsseldorf. Freddie Rees und ein weiterer hinzugeholter Kollege, Hans Ladwig vom Technischen Dienst, saßen im geschlossenen Innenraum und warteten auf ihren Einsatz. Dies war wieder eine der Nächte, die Freddie hasste, wenn er aus dienstlichen Gründen nicht bei seinen Kindern übernachten konnte. Tom würde das Fahrzeug steuern, wenn es so weit war.

Hundert Meter weiter hinten sah Tom in dem Audi A6 auf seine Armbanduhr. Das nostalgische Zifferblatt wurde auf Knopfdruck erleuchtet. Es war 2:20. Neben ihm wartete Jade. Er richtete den Ohrhörer und überprüfte die Verbindung zur Zentrale. Die Verbindung würde während des gesamten Einsatzes offen bleiben und Babette konnte bei Bedarf aus dem Hintergrund unterstützend agieren. Wenn alles klappte, würde Gao Xia die Bewegungsmelder rechtzeitig ausschalten. Die Beleuchtung konnte sie nicht ausschalten, das würde sofort bemerkt werden. Auch Jades Vorschlag, ob sie nicht einfach aus dem Haupteingang mit Chen Ze Ren heraus spazieren oder durch die Tiefgarage verschwinden könne, hatte Gao Xia während der Absprache im Bioladen verneint. Das würde in keinem Fall funktionieren, ohne dass es den Wachen auffallen würde. Also musste es auf diese Art gelingen.

„Okay. Los", sagte er zu Jade und beide verließen das Fahrzeug. Babette hörte über die Standleitung zu. Die elektrische Anlage des Autos war so eingestellt, dass keine einzige Lichtquelle aufleuchtete. Sie schlugen die Türen nicht zu, sondern lehnten sie nur an. Beide waren schwarz gekleidet, trugen Sturmmasken, Lederhandschuhe, Laufschuhe und ihre Waffen. Als sie an dem Transit vorbeikamen, schlug Tom mit der flachen Hand auf das Heck. Er erzeugte nur ein kaum hörbares *Thump*. Eine Seite der zweiflügeligen Tür wurde sofort geöffnet und die beiden ähnlich gekleideten Männer sprangen heraus und luden sich das benötigte Handwerkszeug auf die Schultern. Tom und Jade ergriffen sich ebenfalls jeder eine längliche schwarze Tragetasche. Die Leichtmetallstangen darin erzeugten klimpernde Geräusche, wenn sie aneinander stießen. Im von den Straßenlaternen erzeugten Licht sah es aus, als bewegten sich vier Schatten durch die Nacht. Mit einem Rundumblick überzeugte sich Tom, dass kein Fenster in den umliegenden Häusern erleuchtet war. Die Wahrscheinlichkeit, beobachtet zu werden, schien somit gering. Sie durften nur keinen Lärm erzeugen. Mussten sehr vorsichtig vorgehen. Tom hatte Halls Warnung nicht vergessen.

Der Transporter war so abgestellt, dass er ein Gartentor verbarg, sodass kein Licht darauf schien. Freddie setzte den Bolzenschneider an. Die Metallkette, die mit einem Vorhängeschloss das Tor versperrte, knackte und fiel mit einem Rasseln zu Boden. Sie schleppten ihre Ausrüstung durch die Kleingärten. Achteten auf gute

Deckung durch Büsche, Baumbestand und hölzerne Gartenschuppen. Keiner sprach ein Wort. Jeder wusste, was zu tun war. Sie erreichten die Rückseite des Zauns, der das Konsulat umgab. Tom gab ein Zeichen und die anderen blieben in Deckung. Er bog vorsichtig die Zweige zur Seite, um das Areal vollständig überblicken zu können. Die gesamte Beleuchtung war trotz der späten Stunde eingeschaltet und tauchte den Park in ein unwirkliches Licht. Die Farben der Pflanzen wirkten verfälscht und künstlich. Alle Fenster der beiden Flügel des Gebäudes waren geschlossen. Nichts bewegte sich. Die Chinesin schien nicht gelogen zu haben. Nach ihren Angaben, die sie Jade gegenüber in dem Biomarkt gemacht hatte, drehte die Wache jedes Mal mit zwei Personen immer zur vollen Stunde ihre Runde. Jetzt kam es nur darauf an, dass Gao Xia mit Chen Ze Ren zur vereinbarten Zeit herauskam. Sie hatte einen Schlüssel, mit dem die Alarmanlage, die die Tür zum Hof sicherte, deaktiviert werden konnte. Auf der anderen Seite des Zauns stand hinter einigen Büschen der Doppelpavillon. Die Chinesen hatte ihn *Die gemeinsam Fliegenden* genannt, wie Tom wusste. Vielleicht sollten sie ihn umbenennen in *Die gemeinsam Fliehenden* dachte er in einem Anflug von Humor. Dorthin sollte nach ihrer Verabredung Gao Xia genau um 2:30 Chen Ze Ren bringen. Tom zog sich zurück. Die Zweige verdeckten wieder die Stelle, an der er gerade noch gestanden hatte. Die drei anderen dunklen Gestalten standen abwartend vor ihm. Die schwarzen Tragetaschen lagen neben ihnen. Alles war geordnet, nicht etwa kreuz und quer. So gefiel ihm das. Auf sein Zeichen begann sich das Team zu bewegen. Sie beugten sich vor, öffneten die Schnallen, schlugen die Taschen auseinander und steckten die Aluminiumrohre zu einer Leiter zusammen. Die Rohre waren außen mit einer schwarzen, matten Gummierung versehen. Auf diese Weise konnte sie kein Lichtreflex verraten. Aber das Zusammenstecken erzeugte, obwohl die Anschlusstücke gut geschmiert waren, bei jedem Zusammenfügen ein leichtes Klicken. Tom stoppte durch ein weiteres Handzeichen die Tätigkeit der anderen. Er trat ganz nah an sie heran.

„Nehmt ein Stück Stoff und legt es darum, wenn ihr es zusammenschiebt", flüsterte er.

Alle folgten seinem Rat. Freddie schlüpfte aus einem Arm seines Jacketts und wickelte den leeren Ärmel um die Verbindungsstücke, bevor er sie zusammenschob. Das Klicken wurde gedämpft. Hans zog den Pullover aus und Jade nutzte den Leinenstoff einer bereits geleerten Tasche. Die Montage der ersten Leiter war beendet. Sie war federleicht, nur durch die Länge etwas unhandlich. Tom ergriff sie, bog die Zweige des Busches zur Seite und schob sie langsam schräg nach oben hindurch. Es existierten natürlich Überwachungs- kameras im Hof. Aber Gao Xia hatte sich darüber geäußert, dass die Wachen um diese späte Stunde den Monitoren vermutlich kaum Beachtung schenken würden. Je weniger Bewegung dort ankam, umso größer die Chance, nicht entdeckt zu werden. Selbst wenn die dunkle Leiter an den Zaun gelehnt war, dürfte sie hinter dem Zaungitter und zwischen den Büschen kaum zu erkennen sein. Außerdem war sie dann noch von der Konstruktion des Doppelpavillons verborgen. Die gummierte Oberfläche sorgte dafür, dass Tom die Leiter geräuschlos an den Zaun lehnen konnte. Vorsichtig stieg er die ersten drei Sprossen hinauf. Die anderen hinter ihm montierten die zweite Leiter. Dann wurde es still. Er hörte Schritte einer Person, die sich entfernte. Er musste sich nicht umdrehen. Er wusste, dass das Jade war, die jetzt zum Audi ging. Falls etwas nicht klappen sollte. Mit diesem Wagen würde Jade als Nachhut den Rückzug decken und hinter dem Transit mit ihm am Steuer, den Kollegen und hoffentlich den beiden aus dem Konsulat herfahren.

Der Innenhof wirkte bei der Beleuchtung wildromantisch, aber viel zu hell für Toms Geschmack. Er hörte ein leises Quietschen. Er lugte zwischen den Streben des Pavillons hindurch und sah einen Lichtreflex, als die Tür neben einer Außentreppe zu ebener Erde langsam aufgeschoben wurde. Es war exakt 2:30. Ihm kam es so vor, als wenn sie schon seit Stunden hier warteten. Zwei Personen liefen zu einer Stelle, an der Gartenmöbel aufgestellt waren. Das war der einzige Platz, der nicht ganz so hell erleuchtet war wie der Rest des Innenhofs. Die beiden Gestalten pausierten dort. Ohne sie aus den Augen zu lassen, winkte Tom mit einer Hand hinter sich. Darauf schoben Freddie und sein Kollege die zweite Leiter zu Tom hoch. Tom fasste zu und stieg von Sprosse zu Sprosse, bis er hoch genug war, um die zweite Leiter hinüber zu heben. Freddie kletterte hinter ihm auch auf die angelehnte Leiter. Zu zweit schafften sie den Balanceakt, die zweite Leiter so gut wie geräuschlos hinüber zu balancieren und auf der Innenseite an den Zaun zu lehnen. Jetzt war alles bereit. Der Zeitplan funktionierte. Tom sah, wie durch die nächtlichen Scheinwerfer zwei lange dünne Schatten über die offene Fläche des Innenhofs zum Pavillon huschten. Jetzt durfte nur keiner der Wachen auf den Monitor schauen. Er hörte das leichte Tapsen der Füße, als die beiden sich der Fluchtmöglichkeit näherten.

Gao Xia erreichte als Erste die innen bereitstehende Leiter, überprüfte die Stabilität und korrigierte den festen Stand. Tom sah ihre Augen blitzen, als sie zu ihm hinauf schaute, mit beiden Händen die Holme der Leiter umfassend. Er hörte sie atmen. Sie trat zur Seite und half Chen Ze Ren auf die Leiter.

Sekunden später, als beide über die Konstruktion auf dem Boden außerhalb des Zauns standen, informierte Tom im Flüsterton Babette.

„Wir haben sie. Sind auf dem Weg zum Wagen."

War es nur Toms Einbildung oder hörte er plötzlich eine Alarmsirene? Wurde es heller hinter ihnen? Waren das zusätzliche Scheinwerfer, die eingeschaltet wurden? War die Flucht früher als erwartet entdeckt worden?

# 21

Der Mann, der für die aktuelle weltweite Strategie der *großen Sechs* verantwortlich zeichnete, stand vor einer Wand, die vollständig mit Bildschirmen und Rechnern zugebaut war, und schaute seinen Mitarbeitern bei der Arbeit zu. Kai Uwe Rentenberg, der 31-jährige IT-Spezialist, war als letzter neuer Mitarbeiter hinzugekommen. Er hatte sich in seinem Leben noch nie mit etwas anderem beschäftigt als mit Computerspielen und seinem Konkurrenzkampf gegen den Chaos Computer Club. Wenn die etwas geknackt hatten, war es für ihn selbstverständlich, dass er in etwas noch Spektakuläreres eindringen musste.

Omega verharrte einen Moment, die Hände auf dem Rücken, wippte auf den Zehenspitzen und betrachtete in dieser Stellung den Überblick über das Weltgeschehen, das gleichzeitig stattfand. Dann trat er hinter Rentenberg, der an mehreren Rechnern zugleich Befehle eingab, und legte ihm die Hände auf die Schulter. Trotz der Unscheinbarkeit, die er ausstrahlte, wusste Omega zu jedem Zeitpunkt genau, was er wollte. Er wusste, dass seine Selbstsicherheit für andere oft wie Selbstgefälligkeit und Überheblichkeit wirkte. Diese Diskrepanz konnte er nicht verstehen.

„Israel sollte Syrien angreifen, im Süden vielleicht, als Vergeltung und", er machte eine Pause, „sagen Sie diesem Trottel im Weißen Haus – besser noch unseren Leuten dort, er könnte es falsch verstehen –, er soll härter gegen China vorgehen. Das können wir gerade brauchen, das wird bestimmt wieder den gewünschten Einfluss auf die Aktienmärkte haben."

Er konnte sich auf diesen Mann verlassen, er kannte die entsprechenden Kontakte, die dort für sie tätig waren.

Elmar Scholl, einer der neuen Bodyguards, ein dynamischer Typ von 26 Jahren, stand gerade auf, deutete einige Schlagbewegungen an, machte einige Liegestütze, ging dann zum Fenster und schaute hinaus. Sie hatten sich von seinen Qualitäten überzeugt, er war schnell, brutal und loyal. Der Begriff Ehre ging bei ihm so weit, dass er sich auch vor seinen Chef werfen würde, um eine Kugel aufzufangen. Zumindest war das bei Gatows intensiver Überprüfung herausgekommen.

Die andere Neue stand neben der Tür. Es handelte sich um die 24-jährige Renate Bartel. Sie war so schnell, dass er sich entschieden hatte, es erstmalig mit einer Frau zu versuchen. Gatow hatte in ihr gelesen, wie bereitwillig sie für die Anerkennung ihres Chefs kämpfen würde, gepaart mit einem enormen Ehrgeiz. Es waren alles junge Leute, durchtrainiert, wach, offene Augen, interessiert, begierig, dabei zu sein, aktiv und auf Karriere aus. Nicht satt und zufrieden, mit ihren eigenen Wehwehchen beschäftigt wie die alte Garde, die sie gerade ausgemustert hatten. Einen hatten sie finanziell abfinden können. Den anderen hatten sie beseitigen müssen, da Gatow in seinen Gedanken einen Hinweis gefunden hatte, dass er vorhatte, sie zu verraten, wenn der Preis dafür nur hoch genug wäre. Für Gatow war das Ganze kein Problem gewesen. Der Telepath hatte die Gehirne der neuen Bodyguards gescannt und sie für sicher und vertrauenswürdig eingestuft.

Die oberste Etage des Gebäudes, auf der sie unterge-bracht waren, war völlig abgeschirmt. Im Haus wurde das Gerücht verbreitet, es handele sich um einen wichtigen ausländischen Großindustriellen mit eigenem Personal, der sich für unbestimmte Zeit hier aufhalten würde. Dieses Haus wurde täglich von vielen hundert Menschen besucht, daher war es unauffällig, wenn sie sich in dieser abgeschlossenen Etage aufhielten, die nur mit einem speziellen Schlüssel über den Fahrstuhl erreicht werden konnte. Wenn die Feinde, die ihn und Gatow suchten, wüssten, wie nah sie bei ihnen waren … Omega rieb sich vor Vergnügen die Hände. Er fühlte sich sicher. Er vertraute Gatow, der in einem Raum am Ende des Ganges ruhte. Gatow überwachte auch die Gedankenströme der Personen im gesamten Gebäude und achtete auf jedes Indiz, das als Unregelmäßigkeit oder Gefahr eingestuft werden konnte.
Gatow hatte ihn nun um eine Unterredung gebeten, Omega war gespannt, was dieser auf dem Herzen hatte, doch wenn er zu dieser späten Stunde von sich aus kam, musste es etwas Wichtiges sein.

# 22

Sie rannten zu den zurückgelassenen Fahrzeugen. Hans Ladwig voraus, Chen Ze Ren mit Freddie an seiner Seite hinterher. Schneller und leichtfüßiger, als Tom es ihm zugetraut hätte. Die Ausrüstung interessierte jetzt nicht mehr. Sie ließen alles stehen und liegen, wo es sich gerade befand. Zu dem Lärm der Sirene und dem blendenden Lichtschein in ihrem Rücken wurden Rufe laut. Gao Xia blieb in Toms Nähe, als wenn sie ihm nicht traute. Sie liefen knapp hinter Freddie und dem Chinesen. Tom hörte Freddie nach Luft schnappen. Er schaute im Laufen zur Seite und sah die schlanke kleine Gao Xia mit mühelosen Bewegungen neben ihm Schritt halten. Ihre Blicke kreuzten sich für den Bruchteil einer Sekunde. Noch verfolgte sie niemand. In einem Durcheinander chinesischer Sprachfetzen ertönten klare Anweisungen einer befehlsgewohnten Stimme. Gao Xia zuckte zusammen. Natürlich verstand sie den Inhalt der Rufe. Es blieben nur noch wenige Meter bis zu den Wagen. Bei dem Lärm hinter ihnen war es nicht mehr nötig, sich zusammenzunehmen. Trotzdem sagte niemand ein Wort. Das Trappeln, das sie erzeugten, ging in den anderen Geräuschen unter. Die Richtung, in der sie sich entfernten, würde im Moment nicht erkennbar sein. Der Grasboden in den Gärten schluckte die meisten Geräusche. Jetzt kam es nur noch auf Geschwindigkeit an. Das Material, das sie zurückließen, würde keinen Hinweis liefern, wer hier tätig gewesen war. Sie erreichten den Transit. Freddie riss die Hecktüre auf und half Chen Ze Ren hinein. Freddie kletterte hinterher. Hans Ladwig folgte ihm. Gao Xia trat zur Seite, schlug die Tür zu, lief zur Beifahrertür und ließ sich auf den Sitz fallen. Tom saß bereits am Steuer und startete den Motor. Der mittlere Sitz zwischen ihnen blieb leer. Tom sah im Rückspiegel ein kurzes Aufblitzen von Scheinwerfern, die sofort wieder erloschen. Jade zeigte ihm, dass alles in Ordnung war. Sie folgte in dem Audi. Bis sie aus den kleinen Nebenstraßen heraus waren, blieben die Scheinwerfer ansonsten aus. Erst dann gab Tom Gas. Er raste durch die nächtlich leeren Straßen der Stadt mit allem, was der Motor zu bieten hatte. Das Fahrzeug war eine Spezialanfertigung mit einer besonders starken Maschine. Das war notwendig wegen der Panzerung, die einiges an Zusatzgewicht ausmachte. Tom verringerte die Geschwindigkeit bei Kreuzungen kaum, dafür nutzte er alle vier Fahrstreifen, wenn er eine Kurve nahm. Er fuhr kreuz und quer, änderte immer wieder die Richtung, um eventuelle Verfolger erst einmal abzuschütteln und nicht die eigentliche Zielrichtung zu verraten. Er wollte so weit wie möglich weg sein, bevor die Suche nach ihnen begann. Aber so schnell waren die Wachen nicht. Verfolger tauchten nicht auf. Vorerst, dachte er. Hoffentlich blieb es dabei.

Gao Xia hatte sich nicht angeschnallt, holte das jetzt demonstrativ nach.

Tom steuerte die Rheinkniebrücke an. Bisher waren ihm keine anderen Autos begegnet. Ein Blick in den Rückspiegel beruhigte ihn, die beiden Scheinwerfer des Audi blieben in gleichbleibendem Abstand hinter ihm. Tom konzentrierte sich ganz auf das Fahren, merkte aber, dass ihn die Frau anstarrte.

„Es gibt keinen Grund, so schnell zu fahren", sagte sie plötzlich.

Tom zuckte innerlich zusammen, zeigte es aber nicht. Sie hatte natürlich recht. Er nickte und verringerte seine Geschwindigkeit. Es war nicht nötig, durch diesen unangemessenen Fahrstil Aufmerksamkeit zu erregen. Jade, vergewisserte er sich im Rückspiegel, näherte sich erst, passte dann die Geschwindigkeit an und fiel wieder zurück.

Tom entspannte sich, lehnte sich zurück und schaute nach rechts. Gao Xia musterte ihn mit ausdruckslosen Augen.

Er fuhr jetzt den Kleintransporter wie auf dem Weg zu einer besonders früh beginnenden Arbeitsstelle. Er versuchte sich zu orientieren. Das Navi wollte er nicht nutzen, um nicht die Lage des sicheren Hauses zu verraten, die Babette ihm kurz vor dem Start der Aktion durchgegeben hatte. Die Leitung stand noch, er hatte weiter Rückendeckung aus der Zentrale.

„Babette? Bist du da?"

„Junge, wo soll ich denn sonst sein. Falls etwas schiefgeht, brauchst du mich doch. Wie kann ich helfen?"

Er vermutete, dass er ungefähr in der richtigen Richtung unterwegs war. Das sagte ihm sein Orientierungssinn. Er gab Babette durch, was er sah. Sie fuhren auf der Münchener Straße, ein Schild, dass Rechtsabbieger nach Himmelgeist kämen. Tom blieb geradeaus. Auf einer Haltebucht in der Nähe eines Strommasten übernachtete ein Lkw-Fahrer in seinem Wagen. An einer Kreuzung näherten sich schnell mehrere Scheinwerfer. Sie passierten eine Aral-Tankstelle. In den Rückspiegeln verfolgte

Tom, dass es sich bei den Lichtern um ein größeres Auto und ein Motorrad handelte. Er gab jedes Detail an Babette weiter.

„Beide sind abgebogen und folgen uns."

Jade lag hinter den beiden Fahrzeugen zurück. Dann ein Hinweisschild geradeaus zur Autobahn 59 Köln–Leverkusen.

„Bleib da, das ist gut", meldete sich Babette, nimm die 59."

Die beiden Verkehrsteilnehmer, die aus dem Nichts aufgetaucht waren, hatten es eilig, sie kamen näher. Tom überlegte, was zu tun sei. Waren die wegen ihnen hier oder hatten die nichts mit der Aktion zu tun? Sollte er die nächste Abfahrt runter und weitere Umwege in Kauf nehmen? Zur Sicherheit. Er trat das Gaspedal durch. Der Transit machte einen Satz nach vorne. Der Abstand vergrößerte sich. Aber die beiden beschleunigten auch. Das Motorrad zog an ihm vorbei. Tom sah, dass zwei Personen darauf saßen. Das Krad setzte sich vor ihren Transporter. Der Beifahrer drehte sich um und zeigte mit etwas auf Tom. Es knatterte. Mehrere Einschläge zierten plötzlich die Frontscheibe. Es drang nichts in den Wagen. Das Panzerglas leistete, wofür es geschaffen war. Ohne zu überlegen, gab Tom Gas und titschte das Motorrad an. Es schlingerte. Der Biker verstand etwas von seinem Metier, rettete die Situation und beschleunigte, um aus der Gefahrenzone zu kommen.

Tom riskierte einen Blick auf seine Beifahrerin.

Gao Xia verhielt sich ruhig und strahlte eine erstaunliche Gelassenheit aus, soweit er das beurteilen konnte. Als sein Blick die Chinesin gestreift hatte, sah er das Motorrad auf dem Seitenstreifen. Einer der beiden Biker stand breitbeinig daneben und eine Salve aus seiner Waffe schlug in die Seite und die Seitenscheibe des Transit ein. Da waren sie schon vorbei. Dieser Moment der Ablenkung hatte gereicht. Der Wagen, der mit dem Motorrad hinter ihnen plötzlich erschienen war, befand sich inzwischen auf gleicher Höhe neben ihnen, vielleicht einen Meter voraus. Es handelte sich um einen Mercedes der G-Klasse. Der Fahrer riss das Lenkrad herum und knallte gegen den vorderen Kotflügel. Er wollte den Transit von der Straße abdrängen. Tom konnte den schweren Transporter nicht in der Spur halten, er schleuderte, driftete nach rechts. Als er ihn wieder in der Gewalt hatte, stieß der Geländewagen erneut zu. Der Transit schleuderte eine halbe Drehung nach rechts und drohte zu kippen. Tom gelang es, ihn erneut zu stabilisieren.

Der Mercedes fiel etwas zurück.

Tom brannten die Augen von dem Schweiß, der ihm die Stirn herunter lief. Er wischte ihn mit dem Ärmel ab.

Das Motorrad war wieder im Spiel. Es überholte. Anscheinend planten sie dieselbe Aktion ein zweites Mal. Gleichzeitig schob sich der Mercedes wieder neben sie. Sie näherten sich einer Unterführung.

Das Motorrad schnitt Toms Fahrtlinie und war fast an seiner Front vorbei nach rechts auf den Seitenstreifen geschwenkt, als ein erneuter Stoß des Mercedes Toms Wagen nach rechts ausbrechen ließ. Er setzte alles daran, das Fahrzeug wieder unter Kontrolle zu bekommen, und erwischte das schon fast auf dem Seitenstreifen fahrende Motorrad. Der Crash zerquetschte einen großen Teil des Motorrads. Die dicken Reifen des schweren Transporters zermalmten zumindest einen der Biker, der andere flog gegen einen Stützpfeiler der über ihnen verlaufenden Brücke. Falls er das überlebt haben sollte, würden seine Knochen nie wieder richtig zusammenwachsen.

Der Mercedes-Geländewagen setzte sich vor Tom und verlangsamte seine Geschwindigkeit.

Tom kämpfte immer noch mit dem Lenkrad, kam den Brückenpfeilern bedenklich nah. Dieser Umstand und der Mercedes vor ihm zwangen ihn, zu bremsen.

Jetzt kam Jade zum Einsatz. Alles geschah gleichzeitig. Aber für Tom lief es wie in Zeitlupe ab. Er hatte es geschafft, den Transit auf etwas unter siebzig Stundenkilometer abzubremsen, als er vorne den letzten Brückenpfeiler mit dem Kotflügel streifte und daneben in die Büsche stürzte.

Jade stoppte den Audi auf gleicher Höhe, sprang heraus, ihre Glock in der Hand, stellte sich in Positur und drückte mehrfach nacheinander ab. Sie traf. Ein Hinterrad des Mercedes flog in Fetzen davon. Der Wagen kippte, überschlug sich und rutschte unter ohrenbetäubendem Kreischen auf der Seite auf die Leitplanke in der Mitte der Straße zu. Funken sprühten. Die Scheiben zersplitterten. Karosserieteile lösten, verformten sich, rissen ab und flogen durch die Gegend, bis das Wrack endlich halb auf der Leitplanke zum Stillstand kam. Ein Rad drehte sich noch. Die Innenbeleuchtung, die Scheinwerfer und ein Rücklicht funktionierten noch und gaben dem Mercedes das Aussehen eines dem Untergang geweihten Monsters. Jades Treffer hatte ganze Arbeit geleistet.

Tom blutete trotz der Airbags, die durch den Aufprall ausgelöst waren. Er beachtete es nicht weiter und wischte mit dem Ärmel über sein Gesicht. Er sah nach rechts, wie es Gao Xia ergangen sein mochte. Aber die Seitentür stand offen und er konnte sie nirgends entdecken. War sie herausgeschleudert worden? Da sah er einen Schatten über die Fahrbahn laufen auf das Wrack des umgestürzten Mercedes zu. Das war die Chinesin.

Tom wollte die Tür öffnen. Sie klemmte. Er trat mehrfach dagegen, bis sie sich mit einem kratzenden

Laut aufbiegen ließ. Er krabbelte aus dem Schrotthaufen. Es roch verbrannt. Unter dem Boden des Wagens schlugen Flammen hervor.

Jade hatte die Situation bereits erkannt. Tom sah sie zum Heck des schräg auf der Böschung stehenden Transporters rennen und die Hecktüre aufreißen. Freddie, Hans und der Chinese stolperten heraus. Chen Ze Ren hielt sich den rechten Arm. Er schien gebrochen zu sein. Freddies Kollege hatte einen Schnitt entlang der Augenbraue. Nur Freddie schien nichts abbekommen zu haben. Jade stützte Chen Ze Ren und führte ihn weg von dem Transporter. Unter der Brücke hervor, in Fahrtrichtung. Nicht zurück zu den Resten des Motorrades. Freddie half seinem Kollegen. Sie setzten die Verletzten ein paar Meter von dem brennenden Transporter weg in Sicherheit auf den Rasen, mit dem Rücken an einen Baum gelehnt.

Das alles dauerte nur einige Sekunden. Tom sah, dass Jade sich um die beiden kümmerte, und lief der Chinesin hinterher auf den zerstörten, auf der Seite liegenden Mercedes zu. Die Scheinwerfer des zertrümmerten Gefährts strahlten noch schräg in die Nacht und zeichneten die Silhouette Gao Xias vor ihm ab. Sie war etwa zehn Meter vor ihm, als sie die rauchenden Trümmer erreichte. Aus der von Glasresten gesäumten Fensteröffnung kroch auf allen Vieren ein Mann hervor. Ein Schuss ertönte. Durch den Mann auf dem Boden lief ein Zucken, dann fiel er in sich zusammen und blieb er reglos liegen. Tom sah, dass Gao Xia etwas glitzerndes Längliches in der Hand hielt.

„Halt! Nein!", schrie er.

Gao Xia kletterte über die verbogenen Blechteile und schaute in den Innenraum des auf der Seite liegenden Mercedes. Breitbeinig stand sie auf dem Wrack des Wagens. Tom sah ihre Silhouette gegen den von

Scheinwerfern erleuchteten Nachthimmel. Überall glitzerten die Splitter des in tausend Stücke zersprungenen Sicherheitsglases.

Tom war fast bei ihr, als sie von oben ihren rechten Arm in den Wagen hielt. Das Mündungsfeuer wurde vom Knall des Schusses begleitet.

Tom erreicht sie und griff nach ihr. Er erwischte die Jeans in Höhe ihres Knöchels und riss daran. Sie verlor das Gleichgewicht und stürzte von dem auf der Seite liegenden Fahrzeug herunter. Er fing sie auf und entwand ihr die Waffe. Als er sie losließ, blieb sie neben ihm stehen, ihre Gesichtszüge entspannten sich und ein Lächeln spielte um ihre Mundwinkel. Sie wirkte auf ihn wie ein Mensch, der erfolgreich seine Arbeit abgeschlossen hatte.

„Was soll das? Bei uns kann man nicht einfach Menschen umbringen", schrie er außer Atem.

Sie blieb ruhig, mit einem zufriedenem Grinsen im Gesicht.

„Wollten Sie sich von denen lieber erschießen lassen?"

Tom fragte sich, woher die Verfolger so schnell ihre Position gefunden hatten. Er erfasste den Arm der Chinesin und wollte sie festhalten. Sie riss sich los. Er hatte sie unterschätzt, das sollte ihm nicht noch einmal passieren. Gao Xia lief auf die sitzende Gruppe zu. Es entstand ein Geschrei in Chinesisch zwischen Chen Ze Ren und ihr. Sie griff nach ihm, er wehrte sich. Ein Handgemenge entwickelte sich zwischen den beiden. Gao Xia trat einen Schritt zurück und hielt ein Handy hoch, das sie Chen Ze Ren aus der Tasche gezogen hatte. Sie warf es auf die Fahrbahn und zertrat es.

Tom holte sie ein. Sie drehte sich ihm zu, die Flammen des brennenden Transporters spiegelten sich in ihren Augen. Sie stemmte die Arme in die Seite.

„Wie blöd kann man sein", flüsterte sie Tom zu, ohne dass Chen Ze Ren es mitbekam. Immerhin war das ihr Chef.

Der Transporter unter der Brücke war nicht mehr zu sehen, er war von einem Flammenmeer umgeben. Der Tank drohte jeden Moment zu explodieren.

Jade hatte inzwischen den Audi geholt, der mit offener Tür hinter der ganzen Szenerie zurück geblieben war.

„Los, los, alle in den Wagen. Wir müssen hier weg."

Es war eng im Wagen, aber das störte niemanden. Jade sah nach den ersten hundert Metern in den Rückspiegel und war froh, dass sich niemand umdrehte. Ein Blick zurück hätte gereicht, alle zur Salzsäule erstarren zu lassen. Die Explosion des Transit ließ einen Teil der Brücke einstürzen.

# 23

Gatow und Omega hielten sich vor der Wand auf, an der die Monitore installiert waren und die Nachrichten der Welt aus der Sicht verschiedener Sender und unterschiedlicher Kulturen live übertragen wurden. Gatow hatte Omega seine Entdeckung mitgeteilt. Obwohl Omega es gewöhnt war, dass der Telepath seine Gedanken las, war er manchmal trotz der langen Zusammenarbeit wieder unsicher in dessen Gegenwart. Es war ein Gefühl der Entblößung, jeglicher Privatsphäre beraubt zu sein. Omega ging in langen Schritten hinter seinen Leuten, mit den Händen auf dem Rücken verschränkt, auf und ab. Er beobachtete, wie sie vor den Monitoren saßen, und ermahnte sich, ruhig zu bleiben und seinen Vermutungen ihren Lauf zu lassen. Er sprach nicht, ließ Gatow an dem gedanklichen Prozess seiner Entscheidung teilhaben. Er überlegte die Auswirkungen dessen, was Gatow ihm mitgeteilt hatte. Die waren eher unberechenbar. Das konnte gefährlich für sie werden. Das Ganze auf deutschem Boden – kaum vorstellbar.

Omega bemerkte, wie Gatow ihn ansah.

Omega konzentrierte sich. *Darum müssen wir uns kümmern. Das zu verhindern, hat absolute Priorität.*

Gatow strich sich über den Bart und nickte.

*Was sollen wir tun? Sollen wir unsere Leute darauf ansetzen? Wen sollen wir ..., dachte Omega.*

„Mir fällt da etwas ein ...", sagte Gatow, „Wie wäre es, wenn wir diesen Mann vom Verfassungsschutz dafür aktivieren? Eine gute Gelegenheit, Tom Forge zu überzeugen, dass wir es gut meinen?"

Nachdenklich sah Omega aus dem Fenster. Gatow nahm bei ihm wahr, dass er seinen Vorschlag für gut hielt. Je enger sie Tom Forge an sich banden, umso eher würde es ihnen gelingen, den Mann für ihre Interessen zu begeistern, das war Omegas Hoffnung.

Omega konzentrierte sich auf seine Befürchtungen. *Was, wenn wir dadurch unseren neuen Standort verraten?*

„Egal, das ist es wert. Ich würde es früh genug merken. Unser Aufenthalt hier ist doch sowieso nicht für länger geplant", sagte Gatow.

Omega hatte noch Zweifel und teilte sie dem Telepathen mit. *Sollen wir uns nicht lieber selbst um diese Angelegenheit kümmern? Sollen wir das wirklich in die Hände dieser Beamten legen?*

„Was spricht dagegen? Zum einen müssen wir dafür keine Kapazitäten freigeben und zweitens ...", sagte Gatow und Omega ergänzte den Gedankengang. *Du meinst bestimmt, das ist eine gute Gelegenheit, uns kooperativ zu zeigen. Unsere guten Absichten zu beweisen. Und, falls die es nicht hinkriegen, siehst du, was passiert. Dann können wir immer noch eingreifen.*

Gatow nickte.

Die Nachrichten der Welt überschlugen sich wie üblich. Die Bilder blitzten von den Monitoren auf sie herab. In Frankreich wurde ein Lehrer geköpft, weil er seinen Schülern islamfeindliche Karikaturen gezeigt hatte. Sogar im ruhigen konservativen Österreich schlug der Terror zu. In Deutschland gab es Straßenschlachten mit einer Gruppe, die sich „Querdenker" nannte und sich gegen die durch den Staat aufgrund der Pandemie auferlegten Einschränkungen auflehnte und diese als Auswuchs einer Diktatur bezeichnete. Die Bundeswehr war mit rechtsextremen Tendenzen durchsetzt. Trump versuchte mit allen Tricks, seine Präsidentschaft zu erhalten, und sah nicht ein, dass er keine Chance mehr hatte.

Gatow deutete auf die Medienwand.

„Wir dürfen die größte Bedrohung bei all diesem Kleinkram nicht aus den Augen lassen. Wir müssen das verhindern. Sollen wir also Tom Forge einschalten?"

„Ist das nicht zu früh? Er ist nicht unser Mann", sagte jetzt auch Omega.

„Ich überprüfe ihn weiter. Es würde uns eine Menge Arbeit ersparen, wenn der Verfassungsschutz sich um diese Angelegenheit kümmert. Lassen wir ihn dieses Problem bereinigen, dann können wir uns in der Zwischenzeit um wichtigere Dinge kümmern. Wenn diese Terroristen mit ihrem Plan durchkommen, bleibt für uns vielleicht auch nicht mehr viel übrig."

„Das ist zu bedenken", sagte Gatow.

„Sollen wir Tom Forge dabei auch die Verbindung des IS mit dem Virus aufdecken und den eigentlichen Hintergründen?"

Nach kurzem Zögern formulierte Omega seine Entscheidung, die Gatow aufnahm:

*Nein, auf keinen Fall. Das ist nicht nötig! Sie werden selbst früh genug darauf kommen. Dieser Forge ist ein schlaues Kerlchen. Er wird die Zusammenhänge entdecken.* Dann sprach Omega laut aus, was er plante.

„Wir müssen Tom Forge und dem Verfassungsschutz erst etwas Einfaches geben, damit sie lernen, uns zu vertrauen, und erkennen, dass unsere Infos hilfreich sind. Dann nützen sie uns auch bei der größeren

Aufgabe."

„Ich habe da schon etwas gefunden", sagte Gatow, „nicht auf deutschem Boden, sondern in Großbritannien. Mal sehen, was er damit macht."

„Wir werden ihn zuerst einmal mit Informationen über ein kleines Projekt füttern", entschied Omega. „Wenn Forge in unserem Sinn handelt und das Ergebnis unseren Vorstellungen entspricht, geben wir auch unser Wissen über die größte Bedrohung, die aktuell auf Deutschland zukommt, an sie weiter. Dann überlassen wir es der Behörde, diese Gefahr zu beseitigen. Wenn nicht, greifen wir selbst ein!"

Gatow nickte.

„Das ist eine gute Idee. So machen wir es. Dann wissen wir, ob wir uns auf ihn verlassen können."

# 24

Die Teammitglieder hatten sich um den großen Konferenztisch versammelt. Eine Kopie des Zeitungsartikels, den Hall vorgelesen hatte, lag vor ihnen.

## Schusswechsel in der Nacht
Vollsperrung auf der Münchener Straße in Düsseldorf-Holthausen.

Gegen 3.00 morgens ist ein gepanzerter Kleintransporter gegen einen Brückenpfeiler geprallt und vollständig ausgebrannt. Von den Insassen fehlt jede Spur. Man nimmt an, dass es sich um eine Auseinandersetzung rivalisierender Triaden gehandelt habe. So bezeichnet man die Chinesische Mafia.
In den frühen Morgenstunden war es nach einer Verfolgungsjagd mit mehreren Autos und einem Motorrad zu einem Feuergefecht gekommen. Vier Tote blieben zurück. Bei dem gepanzerten Transporter wurde eine Benzinleitung getroffen, der Wagen fing Feuer, explodierte und brannte aus. Die Explosion führte zu einer starken Beschädi-

gung der Brücke, die zu einem Teil einstürzte. Eine Umleitung ist eingerichtet.

Ein nächtlicher Fußgänger, der sich zufällig zu dem Zeitpunkt auf der Brücke aufhielt, konnte sich rechtzeitig in Sicherheit bringen. Er berichtet, das Aufblitzen der Waffen gesehen und Schusssalven gehört zu haben. Er wurde auch Zeuge, wie eine dunkel gekleidete Person zwei Menschen, die sich in einem zuvor verunglückten Mercedes-Geländewagen befanden, mit einzelnen Schüssen hingerichtet habe. Es sei grauenvoll gewesen, sagte der völlig verängstigte Mann. Er habe so schnell wie möglich das Weite gesucht. Seiner Aussage nach hat sich Folgendes ereignet: Er habe nicht schlafen können und einen Spaziergang unternommen. Dabei habe er auf der Brücke gestanden und den Mond angeschaut. Dann sei ein Motorrad mit zwei Personen herangerast, habe einen Transporter überholt und der hinten Sitzende habe auf den Wagen geschossen. Aus einem hinzu gekommenen Geländewagen wurde mit einer Maschinenpistole das Feuer auf den Transporter eröffnet. Der Geländewagen habe den Transporter von der Straße gedrängt. Einem dann auftauchenden Pkw sei eine Person entstiegen, die auf den SUV geschossen habe, der sich daraufhin überschlagen habe.

Hall schaute von einem zum anderen und erntete verlegene und ausweichende Blicke.

„Na, haben Sie alles gelesen? Sind Sie stolz auf diese Aktion? Was habe ich gesagt? Un-auf-fäl-lig! Nennen Sie das unauffällig? Ich hatte schon eine Anfrage", tobte Hall. „Das war wohl nichts! Die Polizei ist ja nicht blöd. Sie haben festgestellt, auf wen der Transporter angemeldet war. Nämlich auf uns."

Das geschieht eben, wenn der Chef zu sehr auf sein Budget achtet, dachte sich Tom, sonst hätten sie eben einen Wagen mieten müssen. Der Augenzeuge konnte das nach Toms Meinung gar nicht so genau gesehen haben. Die Presse hatte sich den Ablauf vermutlich nur aus Bruchstücken der Polizeiangaben zusammengereimt. Aber er sagte lieber nichts. Hall würde nur noch mehr ausflippen.

„Bisher ist das zum Glück noch nicht zu den Medien durchgedrungen", tobte Hall weiter. „Wenn das öffentlich bekannt wird, kann ich Ihnen nur raten, so weit wie möglich aus meinen Augen zu verschwinden. Spekulieren Sie doch spaßeshalber einmal …" Hall stellte sich in Positur und rezitierte erneut, diesmal aus einer imaginären Zeitung:

„Das Kennzeichen des Transporters konnte zum Bundesamt für Verfassungsschutz zurückverfolgt werden. Bei den Insassen des Autos handelte es sich um Jade Taylor und Tom Forge, beides Agenten des BfV."
Pause. Hall sprang auf, ging zwei Schritte, wendete, kehrte zu seinem Sitz zurück und blieb dahinter stehen.

„Und?"
Pause.

„Wie klingt das?"
Pause.

„Ich bemühe mich seit Jahren, zu verhindern, dass auch nur die kleinste Kleinigkeit auf uns zurückfallen kann. Ich vermeide jede Aufzeichnung, die uns belasten könnte, und was tun Sie?" Er ließ den Satz in der Luft hängen.
Gegen das Neonlicht des Büros beobachtete Tom die Tröpfchen Spucke, die bei Halls Schreierei durch die Luft flogen. *Oh oh, die Aerosole*, dachte er. Als Tom ansetzte, etwas zu äußern, fuhr Hall sofort dazwischen.

„Ich will nichts mehr dazu hören."

Alle saßen wie versteinert da und starrten vor sich hin. Hall stoppte das wilde Gestikulieren, mit dem er seine Ansprache begleitet hatte, schob mit dem Knie seinen Sessel zur Seite. Er stellte sich nah an den Konferenztisch, ließ beide Arme herunterhängen und setzte die Fingerspitzen auf die Tischplatte, wie um sich abzustützen. Von oben herab musterte er jeden der Reihe nach.

„Zumindest sind Chen Ze Ren und seine Assistentin wohlbehalten in dem sicheren Haus untergebracht."

Das klang etwas versöhnlicher. Vielleicht hatten die Bewegungen etwas seiner Energie verbraucht und zur Beruhigung beigetragen.

Hall atmete tief durch. Dann zog er seinen Sitz wieder heran und setzte sich.

Die Luft ist raus, vermutete Tom, er will nicht mehr daran denken, um die Katastrophe nicht heraufzubeschwören, dass etwas nach außen dringen könnte.

Keiner sagte etwas.

Hall begann in den vor ihm liegenden Akten zu blättern. Es schien ihn weiter abzulenken.

„Wir sollten uns also der aktuellen Hauptaufgabe zuwenden. Die *großen Sechs*. Wer hat etwas Neues?"

„Die alten Stasi-Akten", meldete sich Babette, „ich habe da eng mit Berlin zusammengearbeitet. Bisher konnten wir nichts finden."

„Das ist bedauerlich. Bleiben Sie dran. Die Aktien …?"

Freddie schüttelte den Kopf.

„Ich habe von den Kollegen aus dem Finanzbereich die ganze Woche Unterstützung erhalten. Wir haben auch das BKA eingeschaltet, die Abteilung Schwere und Organisierte Kriminalität und die Financial Intelligence Unit."

Tom wusste, dass die FIU eine dem Zoll unterstellte Einrichtung war.

Auf Halls Nachfrage zuckte Freddie Rees bedauernd mit den Schultern.

„Versuchen Sie es weiter." Hall wendete sich an Babette. „Gibt es etwas Neues von Herrn Hansen?"

„Ist krankgemeldet."

Hall schaute jetzt direkt zu Tom.

„Wir haben eine Meldung der Essener Polizei. Nicht erfreulich. Es wurde eine Übereinstimmung bei den mit Ihrer Hilfe angefertigten Phantombildern festgestellt. Eine Joggerin hat früh morgens auf einem Parkplatz am Waldrand einen SUV gesehen, dessen Tür nur angelehnt war. Das erschien ihr wohl verdächtig. Sie hat dann näher hingesehen und die Leiche entdeckt. Es könnte sich um einen der Bodyguards handeln."

Hall zog Fotos aus seinen Unterlagen und schob sie Tom hinüber.

Tom nickte. Es war einer der Bodyguards, die er bei Omega gesehen hatte.

„Leider kann er uns nichts mehr sagen. Im Auto erschossen. Die Schüsse erwischten ihn von außerhalb des Wagens. Vermutlich hatte er sich mit jemandem getroffen, den er kannte, dem er vertraute. Zwei Treffer haben ihn erledigt. Eine Kugel ins Herz, eine in den Kopf."

„Das Auto…?"

„Auch Sackgasse. Ein Leihwagen. Wurde über eine Kreditkarte bezahlt, die zu einem Unternehmen gehört …" Hall blätterte, „hier ist es, DUBESOR. Stellte sich bei der Überprüfung als eine Briefkastenfirma heraus. Die Spuren führen über verschiedene Holdings und über Offshore-Banken in Guernsey, Cayman Islands … und verlieren sich dann im Nichts … und das war es."

„Kennen wir die Identität des Mannes?", fragte Tom.

„Bisher nicht", sagte Babette.

Freddie blätterte in den Papieren herum, die vor ihm lagen.

„Wie hieß die Firma?", fragte er, „Der Name kommt mir bekannt vor."

„DUBESOR, Import-Export", sagte Hall.

„Hier ist es." Er zog mit einem triumphalen Ausdruck in den Augen ein Blatt hervor. „So heißt auch eine der Holdinggesellschaften, die eine Menge der Aktien erworben haben. Aber das bringt uns nicht weiter. Wir können die dahinter stehenden Personen nicht ausmachen."

„Immerhin zeigt uns das, dass eine Verbindung zwischen Omega, also den *großen Sechs*, und dieser Aktienspur tatsächlich existiert", sagte Tom.

„Nur führt sie uns nicht weiter", sagte Hall.

„Ich habe noch einen weiteren Mann im Bunker gesehen, haben wir über den etwas?"

„Die Fahndung nach den Phantombildern hat, bis auf die Leiche des Bodyguards, bisher keine Resultate erbracht", sagte Hall.

Halls Vortrag zusammengefasst beinhaltete für Tom nur die Botschaft: Nichts erreicht! Sicher, einiges war schiefgelaufen, aber immerhin hatten sie den Chinesen. Das war doch zumindest ein Teilerfolg. Tom fand, dass Hall ungerecht war. Als Misserfolg konnte man nur die bisherige Jagd nach den *großen Sechs* ansehen. Dabei waren sie noch kein Stück weitergekommen.

Hall raffte seine Papiere zusammen und schaute noch einmal in die Runde. Er erhob sich und zögerte.

Es sah für Tom so aus, als wenn er sie doch nicht so entlassen wollte.

„Was ist mit euch los, Leute? Sollen wir aufgeben? Alles hinschmeißen? Es ist doch nicht das erste Mal, dass eine Suche ins Stocken gerät. Hat jemand eine Idee?"

Allgemeines Kopfschütteln und Schweigen.

Hall beendete die Sitzung, indem er darauf verwies, dass es jetzt wenig Sinn mache, weiter darüber nachzugrübeln, was nicht funktioniert habe, sondern er erwarte neue Ideen, Strategien, Ansatzpunkte. Aufgeben wäre keine Option.

„Lasst euch etwas einfallen. Wenn es nicht weitergeht, spekuliert! Fantasiert! Seid kreativ! Es bleibt uns nichts anderes übrig. Lasst uns aus dem Vollen schöpfen. Wir haben nichts zu verlieren."

Jade und Tom wurden für die täglichen Vernehmungsrunden in das geheime Versteck des Chinesen abkommandiert. Sie sollten sich jetzt voll auf das Verhör des Chinesen konzentrieren. Das sei ihre vorrangige Aufgabe.

Tom unterrichtete Frank Scheller, dass sie den Chinesen aus dem Konsulat herausgeholt hatten, und musste sich den Spott des Kollegen von der CIA anhören, der bereits über das nächtliche Debakel informiert war. Scheller fragte, ob Chen Ze Ren wirklich sicher untergebracht sei, und schien sehr an dem geheimen Aufenthaltsort interessiert zu sein. Er drängte darauf, dass die Amerikaner den Mann so bald wie möglich verhören wollten.

# 25

Das sichere Haus, in dem Chen Ze Ren und seine loyale Kämpferin untergebracht waren, befand sich in Bonn-Beul. Von außen glich das Gebäude allen anderen Einfamilienhäusern in der Straße. Kleinbürgerlich, alle aneinandergebaut. Aber hinter der Einfahrt mit dem stabilen Tor lag der U-förmig hingestreckte Gebäudekomplex eines Restbauernhofs, der bis zur nächsten Parallelstraße reichte. Hohe Mauern verhinderten von einer Seite die Einsicht vom Nachbargrundstück und auf der anderen Seite der Hauptteil des Gebäudes selbst, dessen Fenster nur zu dem uneinsehbaren quadratischen Innenhof in der Mitte gingen. Die Rückseite war ebenfalls durch ein schmales Gebäude zur Straße hin abgeschlossen. Auch hier existierte eine Zugangsmöglichkeit.

Im sicheren Haus befanden sich als regelmäßige Besatzung eine Frau, Marion Voß, und ein Hausmeister, Walter Kostock. Sobald sich ein Gast in der Anlage aufhielt, kamen noch die Wachen hinzu. Mindestens zwei zur selben Zeit. Der Wechsel fand unregelmäßig statt, damit von außen kein Muster zu erkennen war.

In der gesamten Anlage gab es mehrere Schlaf- und Wirtschaftsräume, einen Aufenthaltsraum und weitere

Zimmer für Verhöre und Training, damit sich Personen, die für einen längeren Aufenthalt eingeplant waren, fit halten konnten. Der Bereich für das Personal und die Überwachung waren im Keller eingerichtet. Obwohl es von außen genauso klein wirkte wie die anderen Häuser in der Straße, bot es ausreichend Platz für eventuelle Gäste, zusätzliches Wachpersonal und Bodyguards. Die ständige Besetzung präsentierte sich den Nachbarn als Ehepaar, das sich nach außen bewusst distanziert verhielt und mit niemandem etwas zu tun haben wollte. Wenn das Haus belegt war, galt als Coverstory für die Nachbarschaft, dass sie manchmal Besuch von entfernten Verwandten bekamen, die ein paar Tage blieben. Sonst lebten sie eher zurückgezogen. Er schien Frührentner zu sein. Dieses Image wurde in der Nachbarschaft im Laufe der Zeit erzeugt und aufrecht-erhalten.

Marion Voß, Tochter einer philippinischen Mutter und eines deutschen Vaters, Anfang 40, Körper stabil, aber nicht fett, trug ihre Haare lang und offen. Es wirkte ihrem Alter nicht angemessen. Sie war kampferfahren und für Küche und Reinigung zuständig. Das Haus existierte in dieser Form seit Jahren und wurde immer wieder zur kurzfristigen Unterbringung gefährdeter Personen genutzt.

Walter Kostock übernahm die Hausmeisterrolle und kümmerte sich um die gesamte Technik. Er war etwas älter, hielt sich durch Training im hauseigenen Studio fit und war technikversessen. Er bastelte an der gesamten Einrichtung im Haus herum, bemüht, alles auf dem neuesten Stand zu halten, und schraubte in seiner Freizeit begeistert an seinem alten Saab 900. Dazu nutzte er die Zeit, wenn sich keine Gäste im Haus aufhielten. Das wurde auch geduldet, weil sich für diesen Posten sonst keiner fand. Er lief meist in

Arbeitskleidung herum, ansonsten leger mit Hosenträgern und Pantoffeln. Wenn Gäste betreut wurden, bemühte er sich um angemessenere Kleidung. Beide wirkten auf Jade, als wenn ihre Tätigkeit, die vorwiegend aus Warten bestand, zu einer gewissen Vernachlässigung ihres Äußeren geführt hatte. Man munkelte, die beiden würden ihre Rolle so ernst nehmen, dass sie auch etwas miteinander hätten. Wenn dem so war, hatte Jade es nicht bemerkt. Es schien nicht ihre Arbeit zu beeinflussen.

Chen Ze Ren hatte bisher jeder Befragung getrotzt. Er bot zwar Informationen an, die aber an die Erfüllung seiner Wünsche geknüpft waren.

„Ohne Garantien erfahren Sie nichts von mir!"

Zu seinen Bedingungen gehörten Geld und Anonymität. Im Einzelnen forderte er eine neue Identität, damit er an einem geheim gehaltenen Ort dauerhaft in Sicherheit wäre. Genug Geld – er nannte eine Summe in Höhe von zwei und einer halben Million Euro, die er als nicht verhandelbar bezeichnete. Jade wusste nicht, ob dem Verfassungsschutz solche Summen zur Verfügung standen. Auch konnte sie nicht einschätzen, ob die Informationen, die der Chinese verkaufen wollte, dazu in Relation standen. Darüber hinaus machte er jede Auskunft davon abhängig, dass ein persönlicher Wunsch erfüllt würde: Ein Treffen mit Laura Torg, der Frau, die er hintergangen und fast um ihr Lebenswerk gebracht hatte.

Das gefiel Jade aus ihrem eigenen Interesse an Laura, der Entwicklung ihrer persönlichen Beziehung, wiederum gar nicht. Als sie Laura abholte, fiel ihr sofort auf, dass diese mehr Schmuck als sonst trug. Konservatives Kostüm, dick aufgetragene Schminke. Es sah aus, als wenn sie eine Rüstung angelegt hätte.

Jade holte sie ab und verband ihr die Augen.

„Zu deiner Sicherheit."

„Wieso zu meiner?"

Jade erklärte ihr, dass sie auf diese Weise keine Information über den Aufenthaltsort erhalten würde und dadurch auch niemand auf die Idee käme, das geheime Versteck unter Gewaltanwendung von ihr erfahren zu wollen.

„Du meinst, dass jemand mich foltern könnte, um an Chen heran zu kommen? Aber dann muss uns doch nur jemand folgen."

Jade gab sich cool und unbeteiligt.

„Vertrau mir! Ich achte darauf, dass das nicht geschieht. Deshalb musst du auch dein Handy zu Hause lassen." Das war Routine. Ihre Gedanken drehten sich aber um ein anderes Thema: Dass Laura sich doch wieder auf Chen Ze Ren einlassen könnte.

Laura hatte sich zuerst überhaupt nicht auf das Treffen einlassen wollen. Das war für Jade nur ein Zeichen gewesen, wie sehr verletzt sie war und wie sehr ihr vermutlich noch an Chen Ze Ren gelegen war. Sonst hätte sie bestimmt der ganzen Situation gleichgültiger gegenübergestanden. Ausgerechnet zu Jades Job gehörte es, sie überreden zu müssen. Trotz der Angst im Nacken, Lauras Liebe durch den Kontakt zu dem Chinesen zu verlieren. Hall hatte diese Aufgabe Jade wegen ihrer Beziehung zu Laura ans Herz gelegt. Laura ließ sich nun nur darauf ein, weil Jade sie gebeten hatte.

Nachdem sie das Haus betreten hatten, löste Jade die Knoten des Tuches, mit dem sie Laura die Augen verbunden hatte. Sie verhielt sich nach außen absolut professionell. Auch wenn sie das Gefühl hatte, als wenn ihre Finger zittern würden, als sie die warme Haut Lauras spürte und ihren Geruch einatmete. Jade erklärte Laura noch einmal entschuldigend, dass die

Geheimhaltung des Aufenthaltsortes unbedingt nötig war, um Laura und auch Chen Ze Ren nicht zu gefährden.

„Mir egal. Er hat mir so wehgetan, von mir aus können alle wissen, wo er sich aufhält. Dann bekommt er vielleicht das, was er verdient."

Bei so viel Wut, dachte Jade, ist sie bestimmt noch nicht über ihn hinweg.

Sie begleitete Laura in den Aufenthaltsraum, der wie eine Art Wohnzimmer eingerichtet war und allen zur Verfügung stand, wenn sie keine speziellen Aufgaben zu erfüllen hatten. Jetzt war er bis auf sie beide leer.

Laura mied den Bereich mit den Polstermöbeln. Sie ließ sich an dem Esstisch mit den sechs Stühlen nieder.

Die gegenüberliegende Tür öffnete sich und Chen Ze Ren trat herein. Sein Begleiter, einer der Wachleute der ersten Schicht, blieb im Flur. Jade wusste, dass das ganze Haus verwanzt war und damit alles überwacht und aufgezeichnet wurde, was hier und jetzt gesprochen wurde.

Der Chinese war schlicht, aber sehr gepflegt gekleidet und glatt rasiert. Er trat an den Tisch, blieb mit einer Hand auf die Stuhllehne gestützt stehen und nickte Laura zu. Der verletzte Arm lagerte in einer Schlinge.

„Hallo Laura", sagte er, „sollen wir uns etwas zu essen kommen lassen? Die genehmigen das."

Laura schaute ihn entgeistert an. Eine Einladung zum Essen hatte sie wohl nicht erwartet.

„Nein, bestimmt nicht."

Jade ging zur Tür, wendete sich noch einmal um. Sie wollte noch etwas sagen, wusste aber nicht, wie sie es ausdrücken sollte. Sie schaute Laura in die Augen, schickte ihr stattdessen ein aufmuternden Nicken und verließ den Raum.

Laura wandte sich Chen Ze Ren zu. Sie blitzte ihn an.

„Was willst du? Was soll ich hier?"

„Ich möchte dir erklären …"

Die Tür klappte hinter Jade zu.

Sie beeilte sich, in den isolierten Kontrollraum im Keller zu kommen. Sie wollte nicht verpassen, was er vorzubringen hatte. Schon aus eigenem Interesse.

Im Keller kam Jade mitten in eine Diskussion zwischen den beiden Wachleuten der ersten Schicht und Marion Voß hinein. Lachen und witzige Kommentare füllten den Raum. Der kleine Drahtige hatte das Hemd geöffnet und den Krawattenknoten gelöst. Sein Jackett hing über der Stuhllehne. Der andere trug den Anzug wie eine Uniform und konnte seine Augen nicht von Marion Voß lassen.

„Unglaublich …", sagte der Stehende, „… ich sage, er kriegt sie rum." Es kostete ihn sichtlich Anstrengung, nicht mehr auf die Brüste der Frau des Hauses zu starren.

Jade fand das abstoßend.

Marion schien die Bewunderung zu genießen. Sie grinste und schüttelte den Kopf.

„Wie stehen die Wetten?", fragte sie.

Der kleine Drahtige streifte die Krawatte endgültig ab, steckte sie in eine Jackentasche und lehnte sich breitbeinig auf dem Stuhl zurück.

„Kannst du dich an das Video erinnern, als sie sich für ihn ausgezogen hat?"

„Das kennt doch jeder", sagte der andere. „Das hat die Runde gemacht."

„So blöd kann sie nicht sein", sagte Marion.

Jades Gesicht glühte. Sie war froh, dass es dunkel war. Sie schämte sich. Die sprachen über die Frau, die ihr mehr bedeutete, als ihr lieb war. So waren diese Typen eben. Sie wollte keinen Ärger. Beim nächsten Mal würde sie so etwas nicht durchgehen lassen, versprach sie sich. Jetzt wollte sie nur wissen, was oben geschah.

Alle starrten gebannt auf den Monitor, auf dem die Szene aus dem Gemeinschaftsraum wiedergegeben wurde.

„Interessiert dich nicht, warum ich dich sprechen wollte?", fragte Chen Ze Ren.

„Nein."

„Glaub mir, es ist nicht, wie du denkst."

„Hör auf. Die Situation war so eindeutig. Da kannst auch du dich nicht herausreden."

„Vielleicht doch."

„Ach, ja?" Laura lehnte sich zurück und legte ihre Hände vor sich übereinander. „Da bin ich aber gespannt."

„Darf ich mich setzen?"

„Mir egal. Vor mir aus", sie gestikulierte mit einer Hand, legte sie wieder zurück und schaute ihn erwartungsvoll an.

„Ich habe keine Lust auf Spielchen. Rück schon mit deiner sogenannten Wahrheit heraus."

„Hast du keine Wünsche? Etwas zu trinken vielleicht?"

Kommentare der Anwesenden im Keller lenkten Jade von der Situation ab.

„Das sind Tricks", sagte der zurückgelehnt und entspannt sitzende Wachmann, „wenn sie einmal ja sagt, hofft er, dass sie auch weiter ja sagt. Das machen Versicherungsvertreter auch so, passt nur auf."

Der andere gab ein beifälliges Gemurmel von sich. Er stellte sich näher zu Marion und legte wie zufällig eine Hand auf ihre Hüfte.

Jade wünschte sich, dass die Typen endlich den Mund

hielten.

„Haltet doch mal die Klappe!" Sie interessierte nur, was Laura und Chen Ze Ren dort im Gemeinschaftsraum sprachen.

Oben ging es weiter.

„Du erzählst nur Mist, um mich einzuwickeln. Du hast mich verführt, damit du die Unterlagen bekommst, und ich bin darauf hereingefallen. Wir haben auch Sprichwörter für so etwas. Sprüche sind ja dein Ding. Bei uns heißt es: *Wer einmal lügt, dem glaubt man nicht.*"

„Ich verstehe dich. Aber du kennst unsere Regierung nicht. Das System lässt nicht zu …"

Laura kniff ihre Augen zusammen.

Jade schöpfte Hoffnung, dass Laura sich nichts weismachen lassen würde.

„Das mag sein", sagte Laura, „das rechtfertigt aber nicht, dass du mich so hintergehen wolltest, ach, was sag ich, ausnutzen wolltest du mich!"

„Laura", er ergriff ihre Hände, „ich liebe dich und ich habe dich immer geliebt. Zu dem Zeitpunkt habe ich nur keinen anderen Ausweg gesehen. Jetzt bin ich hier."

Laura zog ihre Hände zurück und verschränkte sie vor der Brust.

„Wieso soll ich dir wohl glauben?"

„Ich gebe zu, dass es bestimmt für dich schwierig ist, mir wieder zu vertrauen, aber bedenke eines: Die Beziehungskrise, die wir durchmachen, beinhaltet auch die Chance für einen Neuanfang. Krise heißt in unserer Sprache *Weiji*. Dieser Begriff enthält zwei Bedeutungen: Einerseits steht es für das deutsche Wort *Gefahr*, andererseits aber auch für *Chance*."

Reden konnte er gut. Jade hatte den Eindruck, dass Laura bemüht war, ihre Fassung nicht zu verlieren. Hier unten im Keller kam es ihr sehr heiß vor.

„Ich bin nur wegen dir hier. Nur für dich habe ich das hier auf mich genommen …"
Lauras Augen funkelten auf einmal mit einer Härte, die Jade ihr nicht zugetraut hatte.
„Dann sag ihnen, was sie wissen wollen."
Chen Ze Ren verlor seine Überzeugungskraft und Sicherheit.
„Laura, das will ich gerne tun, aber ich brauche Garantien. Ich kann ihnen alle Informationen über den Corona-Fall geben. Die ganze Wahrheit dahinter. Ich habe es ihnen angeboten. Wenn sie mir eine neue Identität anbieten. Wirst du mit mir kommen?"

# 26

Tom ging über den Heumarkt und bemühte sich, die ordentlich geparkten Einsatzfahrzeuge nicht zu beachten. Die Beamten schienen heute nicht gebraucht zu werden. Trotz der Ruhe und Untätigkeit kamen sie ihm wie faschistische Streifen vor. Jetzt, wo immer ein Mitarbeiter des Ordnungsamtes und ein Polizist zusammen Dienst schoben, damit sie das Bußgeld für Verstöße gegen die Maskenpflicht eintreiben konnten. Wenige Menschen waren unterwegs. Es sah nicht so aus, als wenn eine erneute Demonstration gegen Corona-Maßnahmen stattfinden würde. Tom gefiel nicht, wie sich die Pandemie auf die Stimmung in der Bevölkerung auswirkte – ob nun stimmte, was er durch Christian gehört hatte, oder nicht.

Es war ein angenehmer Abend, kühl, aber trocken. Wenn es gestattet wäre, in einem Straßencafé zu sitzen, würde das mit Heizpilz und warmem Pullover bestimmt nett sein. Aber damit war ja vorerst Schluss. Soweit Tom informiert war, war Jade heute damit beschäftigt, Laura Torg zu Chen Ze Ren zu begleiten. Tom ging noch die Standpauke vom Vortag durch den Kopf, die Hall ihnen nach dem Eklat gehalten hatte. Er wollte sich mit einem langen Spaziergang beruhigen und gleichzeitig ein Bild von den Reaktionen der Leute auf der Straße machen. Aber hier war kaum jemand. Hall war ungerecht. Sie hatten in seinen Augen einen guten Job gemacht. Es gab immer unwägbare Ereignisse, die dazu führten, dass ein Plan geändert werden musste. Sein Job war es, auch mit diesen Überraschungen umgehen zu können. Sie zu meistern. Das hatte er geschafft. Sein Team war so gut wie unverletzt aus dem Überfall hervorgegangen und sie hatten die beiden Zielpersonen in Gewahrsam genommen und sie am Bestimmungsort abgeliefert.

Tom schüttelte den Kopf, als wenn er eine Last loswerden wollte. Er hätte sich für seine Leistung etwas anderes von Hall erhofft und die Auswirkungen dieses blöden Virus auf sein Leben gefielen ihm ganz und gar nicht. Irgendwie war sein privates Leben genauso wie sein Beruf ein einziger Kampf. Vielleicht sogar schlimmer als die Arbeit. Die war schließlich hin und wieder von Erfolg gekrönt und die eine oder andere Aufgabe erfolgreich beendet. Wenn auch diesmal nicht in Halls Sichtweise. Er atmete einmal tief durch und versuchte die Perspektive zu wechseln. Genau genommen war das alles doch Jammern auf hohem Niveau – er sollte sich nicht so abhängig von der Anerkennung seines Chefs machen und sich die Laune nicht von einem Virus verderben lassen. Masken, keine Masken. Gründe dafür, Gründe dagegen, gesundheitsschädlich, keine zu tragen, problematisch zu atmen, wenn man sie nutzte. Sein Adoptivvater hätte so etwas früher genannt: *Rin inne Kartoffeln, raus ausse Kartoffeln.* Was sollte man denn davon glauben? Die Medien schürten täglich die Angst. Aber wenn man einer Statistik, die er gesehen hatte, glauben durfte, starben im Haushalt täglich mehr Menschen als an Corona. Hatten die Gegner recht, stand die

Sterblichkeitsrate tatsächlich in keiner Relation zu den Maßnahmen? War dieses Denken unethisch? Aber warum hatten die Medien bei den wiederkehrenden veränderten Grippeviren, die – so hatte er sich informiert – auch an die 25.000 Todesfälle herbeigeführt hatten, nichts Vergleichbares berichtet? Nicht so ein Drama inszeniert? Cui bono? Das war die Frage, die man sich stellen musste. Wer hatte einen Vorteil davon? Gab es so etwas wie einen *Deep State behind*? War das diese Gruppe, die sie die *großen Sechs* nannten? Das musste man sich eigentlich nur fragen. Eindeutig war, dass die *großen Sechs* existierten. Aber hatten die wirklich so viel Macht? All das zu inszenieren? Ja, entschied Tom. Nach reiflichen Überlegungen kam er zu dieser Ansicht. Wenn das Virus und seine Ausbreitung zu einer Pandemie nicht durch Zufall entstanden, sondern tatsächlich erdacht und geplant war, konnte man einer Organisation, die einen Telepathen zur Unterstützung hatte, so etwas durchaus zutrauen. Mit Gatow an seiner Seite konnte Omega ständig an Insiderinformationen kommen, die den Aktienmarkt in Bewegung bringen würden, bevor es tatsächlich geschah, und rechtzeitig davon profitieren.

Plötzlich wurde Tom angestoßen. Er drehte sich um und sah eine sehr schlanke junge Frau davon hetzen, ungepflegt mit einer speckigen Steppjacke bekleidet, die ihr einige Nummern zu groß war. Unter einer Strickmütze quollen blau gefärbte Haare hervor.

„He!"

Sie blickte kurz zurück und murmelte etwas vor sich hin.

„'Tschuldigung."

Eigenartig. Es waren nur ein paar vereinzelte Personen auf dem Platz. Tom konnte absolut keinen Grund erkennen, warum sie unbedingt meinte, ihn anrempeln zu müssen. Vielleicht stand sie unter Drogeneinfluss. Mit einem zweiten Blick überzeugte er sich davon, dass sie bereits verschwunden war. Er setzte seinen Spaziergang fort. Seine Gedanken wurden klarer. Sein Kopf kühler.

Vor dem Reiterstandbild Friedrich Wilhelm III. entdeckte Tom einen recht normal wirkenden jungen Mann, der ein Plakat vor sich hielt: *Stoppt den Corona Wahnsinn! Schützt das Grundgesetz!*

Ein Polizist und ein Beamter des Ordnungsamts unterhielten sich mit dem am Boden Sitzenden. Es wirkte wie ein lockeres Gespräch zur Deeskalation.

Tom war gerade an ihnen vorbei und wollte sich auf eine Bank am Rhein setzen, als er eine Polizeisirene hörte. Er sah zurück. Die Beamten drehten sich zu ihm um. Das Geräusch kam von ihm. Als Klingelton in seinem Handy hatte er einen Bluesakkord eingestellt. Automatisch zog er sein Handy aus der hinteren Hosentasche. Nichts. Die Sirene tönte immer noch. Es kam aus seiner Jacke. Er tastete die Jackentaschen ab. Rechts vibrierte es. Er griff hinein und zog ein weiteres Handy heraus. Das gehörte ihm nicht. Im selben Moment, als sich seine Hand um das fremde Gerät geschlossen hatte, wurde ihm klar, dass er einen Fehler gemacht hatte. Wenn es Fingerabdrücke gegeben hatte, waren sie jetzt verwischt.

Auf dem Display erschien der Schriftzug: *Anrufer unbekannt*. Er nahm den Anruf entgegen. Eine wohl-bekannte Stimme drang in sein Ohr. Omega. Tom war sich im Gegensatz zu den anderen sicher gewesen, dass er noch etwas von den *großen Sechs* hören würde. Er hatte verstanden, dass sie wirklich ein großes Interesse an ihm hatten. Seine Fähigkeit, komplexe Zusammenhänge zu durchschauen, zu erkennen, wäre etwas, das sie für viele ihrer Aktionen, Strategien und

Pläne weltweit benötigten. Ein Telepath konnte Informationen einholen, aber die zu sortieren, ihre Brauchbarkeit abzuwägen oder auch grundsätzliche Strategien zu erarbeiten, dazu brauchten sie mehr qualifizierte Mitarbeiter. Vor allem, wenn sie weltweit operierten. Ja, er hatte geahnt, wenn nicht sogar gewusst, dass er wieder von ihnen hören würde! Das war der Durchbruch, auf den sie gewartet hatten. Jetzt standen sie bei der Suche nach dieser Organisation an einem Wendepunkt. Es gab wieder Kontakt zu den *großen Sechs*!

„Hallo Tom, Gatow lässt Ihnen bestellen, wenn Sie nur einmal an Ihre eigene Handynummer gedacht hätten, hätten wir Sie direkt kontaktiert. So mussten wir diesen Umweg wählen!" Er lachte.

„Was wollen Sie?"

„… Warum so unfreundlich, Tom? Vielleicht habe ich ja etwas für Sie? Sind Sie schon einmal an der Küste Cornwalls entlang gewandert? Es ist eine wirklich schöne Gegend. Dann werden sie auf den Cliffs bei Morwenstow einige riesige Kugeln sehen, deren Aufgabe darin besteht, alle Formen der elektronischen Kommunikation zu belauschen, damit feindliche Aktivitäten rechtzeitig entdeckt werden. Diese Überwachungsstation bei Morwenstow in Cornwall gehört zu dem *Echelon*-Programm. Sie wird in Kooperation des britischen Geheimdienstes GCHQ und der NSA betrieben. Wie Sie sicher wissen, ist das Government Communications Headquarters der britische Nachrichtendienst, dessen Aufgabe darin besteht, weltweit Daten zu erfassen. Ihr britischer Partner sozusagen."

# 27

Jade kam aus Köln mit dem roten Tesla und wollte Laura besuchen. Sie musste sich erst daran gewöhnen, dass sie mit dem Autoschlüssel nichts tun musste außer, ihn bei sich zu haben. Die Verriegelung der Türen öffnete sich automatisch, sobald sie sich dem Fahrzeug näherte, den Knopf drücken und der Motor startete. Kein Motorgeräusch zu hören, war ungewohnt. Aber, dachte sie, man konnte sich daran gewöhnen. Die Technik lenkte sie aber nur kurzfristig von ihren Sorgen ab. Wie sollte es mit Laura weitergehen? Hatte dieser Chinese sie wieder verführt? Wollte sie wieder zu diesem Kerl zurück? Sie wechselte von der A3 auf die A52 und nahm in Essen die Abfahrt Bergerhausen. Im Stadtverkehr war sie abgelenkt, sie musste sehr darauf achten, nicht zu schnell zu werden. Dieses geräuschlose Fahren verführte zum Rasen. An der Landeszentralbank vorbei und an der Villa Koppers abbiegen. Sie stellte den Tesla unter den neugierigen Blicken einiger Jugendlicher auf den Seitenstreifen vor Lauras Maisonettewohnung ab.

Lauras Stimme an der Gegensprechanlage klang reserviert. Aber vielleicht bildete sie sich das auch nur ein. Die Tür war angelehnt, als Jade in der oberen Etage ankam. Sie hörte Laura in der Küche hantieren. Jade war enttäuscht über die fehlende Begrüßung. Sie streifte ihre Lederjacke ab und folgte den Geräuschen. Laura kam ihr mit einem Tablett entgegen, auf dem zwei Drinks bereitstanden. Jades Stimmung wandelte sich zum Besseren. In dem Gespräch, das sich zwischen ihnen entwickelte, kam ihr Laura merkwürdig abwesend vor. Wenn sie lachte, klang es gekünstelt. Sie nickte an den falschen Stellen und wich Jades Blick aus.

„Was ist mit dir?"

„Nichts."

„Es ist Chen Ze Ren, stimmts??"

„Wenn du es weißt, warum fragst du dann?"

„Kannst du nicht an etwas anderes denken, wenn ich dich besuche?"

„Sicher. Aber du sprichst ja von ihm."

„Du hast doch schon vorher an ihn gedacht."

„Das kannst du gar nicht wissen."

Was ging denn hier ab? Das klang ja wie im Kindergarten!

„Du liebst ihn noch!"

„Behaupte doch nicht so etwas."

„Vielleicht solltest du dir erst einmal klar werden, was du willst."

Warum sprach sie so mit Laura? Das war bestimmt das Verkehrteste, was sie tun konnte. So trieb sie sie erst recht in seine Arme. Aber Jade konnte sich nicht beherrschen. Tränen schossen ihr in die Augen.

„Dann lass dich doch weiter von ihm hintergehen. Was muss der Kerl dir denn noch alles antun, damit du endlich glaubst, dass er dich nur ausnutzen will! Wer weiß, was er jetzt wieder vorhat?"

Laura sagte lange Zeit gar nichts

Jade hatte das Gefühl, als verließen sie alle Kräfte. Ihr fiel nichts ein, was die Situation retten könnte. Auf der einen Seite wünschte sie sich, weit weg zu sein, und auf der anderen Seite sehnte sie sich nach Lauras Umarmung.

„Nun sag doch etwas."

„Du hast recht", sagte Laura, „ich muss mir darüber klar werden, was ich wirklich will."

Das hatte Jade nicht beabsichtigt. Sie wollte gar nicht mit der offensichtlichen Tatsache konfrontiert werden. Verdammt.

„Du wirst doch nicht wieder auf ihn reinfallen?"

„Das kannst du nicht verstehen."

„Der hat dich nach Strich und Faden verarscht."

„Ich sagte doch, du kannst das nicht verstehen."

Für Jade war das wie ein Ohrfeige. Es war wie zurückgestoßen werden. Eine Ablehnung. Es war also aus. Sie verschloss sich. Nur nicht heulen. Keine Schwäche zeigen. Laura sollte nicht sehen, wie sehr sie das verletzte.

„Er hat mir versichert", sagte Laura, „seine Mitarbeiterin habe Informationen aus dem Konsulat geschmuggelt, um seine Flucht vorzubereiten. Sie sei ihm gegenüber loyal. Er sei ihr gegenüber auch immer offen gewesen, wenn es um seine Gefühle mir gegenüber gegangen sei. Sie könne seine lauteren Absichten bezeugen."

„Das glaubst du doch wohl nicht. Die bezeugt alles, wenn er sie darum bittet."

Jade fühlte sich völlig alleingelassen. Wie auf einem Schiff, das ablegt, und man sieht die Küste am Horizont verschwinden.

„Außerdem", fuhr Laura fort, „was willst du denn? Du bist diejenige, die unbedingt wollte, dass ich ihn wiedersehe. Du hast das Treffen arrangiert. Du hast mich missbraucht, wenn man es genau nimmt, damit ihr eure Informationen von ihm erhaltet."

„Er hat uns erpresst."

„Ja und? Du hättest dich ja nicht darauf einlassen

müssen."

Jade wusste, dass Laura natürlich nicht falsch lag.

„Was diese Vorgehensweise angeht, warst du genauso berechnend, wie ich es oft genug bei Männern erlebt habe. Du bist keinen Deut besser." Nach einer Pause fuhr Laura fort. „Er hat mir gesagt, dass er schon, als er mich kennengelernt hat, angefangen habe, darüber nachzugrübeln, wie er es am besten anstellen könne, überzulaufen." Ihr Stimme klang in Jades Ohren jetzt weicher.

Laura berichtete Jade alles, was sie im Keller des sicheren Hauses bereits mitgehört hatte. Wie Chen Ze Ren ihr erzählt habe, dass ihm nichts anderes übrig geblieben wäre. Er hätte so handeln müssen, da sonst seine Pläne vorzeitig aufgeflogen wären. Seine Vorgesetzten hätten seine Vorbereitungen entdecken und seine Flucht vereiteln können.

Jade konnte es nicht fassen. Laura, die clevere Managerin, glaubte diesem Lügner? Das konnte doch nicht sein.

„Du fällst auf diesen Schmus rein?"

„Wie redest du denn mit mir? Was bildest du dir eigentlich ein?"

„Ich dachte, wir wären …", bekam Jade nur noch heraus. Sie zog den Tesla Key aus der Tasche und warf ihn durch die Wohnung. „… und dein scheiß Auto kannst du auch behalten. Ich bin doch nicht dein Abschreibeobjekt."

Sie konnte ihre Tränen nicht zurückhalten. War die Ursache Trauer oder Wut? Sie rannte in den Flur, riss ihre Jacke von der Garderobe und stürzte aus der Wohnung. Dabei knallte sie die Tür an die Wand und ließ sie offen stehen.

Laura lief ihr nach, rief ihr hinterher.

Jade drückte mehrfach auf den Rufknopf, als sie am

Fahrstuhl wartete. Es dauerte, bis langsam die Ziffern der Etagen in der Anzeige aufleuchteten.

Laura erreichte sie und redete auf sie ein. Jade verstand kein Wort, stieß ihre Freundin weg und rannte die Treppe hinunter.

Draußen angekommen, ging ihr auf, dass sie jetzt ohne fahrbaren Untersatz dastand. Sie entschied sich, erst einmal ein Stück zu gehen. Die frische Luft würde ihr helfen, einen klaren Gedanken zu fassen. Ihr Handy ging. Auf dem Display leuchtete *Laura*.

# 28

Dr. Lawrence Hall und Tom saßen in einer Bar, die offiziell geschlossen hatte – wie alle Gastronomie-objekte. So etwa hatte Tom sich die Flüsterkneipen in den Zeiten der Prohibition vorgestellt. Die Beleuchtung war auf ein Minimum reduziert. Es standen überall Kerzen herum. Die Fenster waren verhüllt, wie zur Verdunklung bei einem Bombenangriff. Gäste wurden nur nach einem vereinbarten Klopfzeichen eingelassen. Die wenigen Besucher plauderten in kleinen Gruppen in gedämpftem Ton miteinander. Niemand trug eine Maske. Vor Hall stand eine dampfende Tasse Minztee. Tom hatte sich für einen Scotch mit Wasser entschieden. Er sah seinen Chef mit gemischten Gefühlen an. Auf der einen Seite schätzte er ihn, war aber auf der anderen Seite nicht erfreut über die Zügel, die Hall ihm immer wieder anlegte, wenn er verhindern wollte, dass Tom zu direkt seinen Impulsen folgte. Er merkte zwar, dass Hall ihn auf seine eigene, meist eher zurückhaltende Art sehr schätzte, aber der könnte es ruhig deutlicher zeigen.

„Das ist doch nicht zu verstehen, was unsere Regierung da bestimmt. Man darf nicht gepflegt unter Einhaltung aller Hygieneregeln Essen gehen", hatte Tom seinem Chef gesagt, „aber die Leute dürfen in den rappelvollen Bussen und Bahnen fahren! In den öffentlichen Verkehrsmitteln stecken die Leute sich nicht an?"

„Der ÖPNV ist eben systemrelevant."

„Systemrelevant, wenn ich das schon höre. Ich nenne das eher ein Kuddelmuddel."

Hall hatte sich überreden lassen, Tom an diesem illegalen Ort zu treffen. Vielleicht wollte er Tom gegenüber auch nur nicht als spießig gelten. Sie waren sich bewusst, dass der Wirt und alle Anwesenden gegen die Corona-Schutzmaßnahmen verstießen. Aber darüber wurde nicht gesprochen. Es war eben so etwas wie passiver Widerstand. So definierte Tom es für sich.

Hall verrührte seit geraumer Zeit den Honig in seinem Getränk.

„Und Sie sind sicher, dass es Omega war?"

„Eindeutig! Diese Stimme vergesse ich nicht!"

Die Auswertung der Überwachungskameras auf dem Heumarkt hatte die Szene deutlich gezeigt. Sie hatten ein brauchbares Foto der Frau aus den Aufnahmen nutzen können und eine Nachfrage bei der Polizei vor Ort hatte zu einer bekannten Stadtstreicherin geführt. Sie hatte einen Zehner dafür bekommen, dass sie das Handy überbringt. Und aus ihr war keine genaue Beschreibung des Auftraggebers herauszubekommen.

„Woher wusste Omega, wo Sie sich aufhielten? Wurden Sie beobachtet?"

„Das haben die nicht nötig."

„Stimmt. Die haben Gatow. Der kannte Ihre Gedanken und dadurch Ihren Weg bei dem Stadtbummel."

Eine Weile sagte niemand etwas.

Tom lauschte Gesprächsfetzen, die an einem Nachbartisch ausgetauscht wurden.

„Wegen Corona wurde bei der Stadt Essen tatsächlich ein Beschwerdeportal eingerichtet. Es wird das ‚Denunziantenportal‘ genannt. Verstöße können anonym gemeldet werden. Man kann dort seinen Nachbarn anschwärzen!“

„Nein, das glaube ich nicht!“

„Doch, so weit sind wir schon wieder!“

Aus der Ecke hinter ihm drang eine andere Meinung an sein Ohr.

„Wir sollten uns auf das Positive konzentrieren. Denk doch mal daran, durch Corona wurde die Digitalisierungswelle so weit vorangetrieben. In vier Wochen, als wenn es 10 Jahre wären. Wenn das kein Erfolg ist.“

An der Theke sagte jemand:

„Das Ganze ist ein Beispiel für Dekonstruktion. Wie man eine Gesellschaft auseinandernimmt.“

Hall rührte immer noch in seinem Tee.

„Was für ein Typ ist dieser Omega eigentlich?“

„Schwierig. Nicht wirklich einzuordnen. Nicht greifbar, aalglatt, wirkt überheblich. Versteckt das hinter dem Anspruch, für das Gemeinwohl das Beste zu wollen und nach seinen Möglichkeiten umzusetzen.“

„Und dieser Telepath? Wie würden Sie seine Persönlichkeit einschätzen?“

„Ein großes Kind. Hörig dem Retter und Chef Omega, würde ich sagen.“

„Es stellen sich für uns doch zwei Fragen. Erstens: Was will Omega eigentlich? Und zweitens: Können wir ihm trauen?“

„Fakt ist, er gibt uns Namen und Adresse eines voraussichtlichen Attentäters und das Ziel des geplanten Anschlags.

„Ja ja." Hall blickte gedankenverloren vor sich hin, „Azlan Mohammad Nazemi, wohnhaft Shepherd's Bush Market. Trifft sich mit Gesinnungsgenossen bei einem Frisör in der Uxbridge Road, ganz in der Nähe seiner Wohnung, und hat sich als Ziel ausgerechnet eine Überwachungsstation des GCHQ ausgesucht."

Tom zuckte mit der Schulter. Er wusste, dass die USA seit den 1980er Jahren über dieses globale Abhörsystem verfügten. Das Spionagesystem wurde vor dem Hintergrund des Kalten Kriegs entwickelt. Codename: *Echelon*. Die USA betrieb *Echelon* in Kooperation mit Großbritannien, Kanada, Australien und Neuseeland. Aufgrund der Größe der Abhörantennen, die für die Satellitenkommunikation nötig waren, konnten die Standorte der Stationen nicht versteckt werden. Eine der Anlagen lag in Cornwall, in der Nähe des Fischerdorfes Morwenstow.

„Darauf hat es dieser Azlan Mohammad Nazemi also abgesehen. Eine der *Echelon*-Anlagen. Als Quelle nannte er seinen Telepathen", sagte Tom.

„Können wir ihm vertrauen?", wiederholte Hall.

„Wir sollten die Information auf jeden Fall an Thames House weiterleiten", schlug Tom vor.

„Wenn nichts dahintersteckt, wie stehen wir dann da?"

„Hat der MI5 auch schon einmal danebengelegen, wenn er Mitteilungen an uns weitergeleitet hat? Wir müssen ihm ja nicht unsere Quelle verraten."

Hall lachte. Es klang nicht amüsiert.

„Das würde uns sowieso niemand glauben."

Tom stürzte den Rest seines Drinks hinunter und winkte der Bedienung, um Nachschub zu ordern.

„Als ich noch in London gearbeitet habe", sagte er, „habe ich so einiges über diese Überwachungsstation gehört. Bei Insidern wurde sie auch als elektronisches

Auge bezeichnet.

„Elektronisches Ohr", fiel Hall ihm ins Wort, „finde ich passender."

„Das war einmal", sagte Tom, „inzwischen kann der Geheimdienst mit dem *Echelon*-System nicht nur jede Form der internationalen Satelliten-Telekommunikation erfassen, sondern …"

„Wir müssen das nicht vertiefen. Das haben wir alles schon in Korfs Vortrag gehört. Ich kann verstehen, dass diejenigen, die etwas zu verbergen haben, so eine Station zerstören wollen."

Tom nahm einen Schluck und behielt den Whisky einen Moment im Mund.

„Wie will der Verdächtige denn an die Anlage herankommen? Soweit ich mich erinnere, ist das Gelände mit einem hohen Elektrozaun gesichert. Die Anlage ist hermetisch abgeriegelt."

„Darüber kann sich der MI5 Gedanken machen."

„Dann geben Sie die Information weiter?"

„Selbstverständlich. Denken Sie nur, der sprengt die Station in die Luft und es kommt heraus, dass wir davon wussten? Umgekehrt: Wenn es stimmt, haben wir bei denen etwas gut. Aber warum teilt uns Omega das mit?"

„Er will uns mit diesem kleinen Häppchen nur zeigen, dass wir ihm vertrauen können. Ich gehe stark davon aus, da kommt noch mehr."

# 29

Jade und Tom erreichten das sichere Haus. Die Tordurchfahrt war geschlossen. Die Birken auf der gegenüberliegenden Straßenseite hatten die meisten ihrer Blätter verloren. In der Sonne wirkte das vor kurzem neu gestrichene Haus besonders hell. Ein wild wuchernder Wisteria-Strauch rankte am Fallrohr des Hauses hinauf und zog sich dann über den Fenstern der ersten Etage an der Regenrinne des Gebäudes entlang. Die ganze Straße in Bonn-Beuel wirkte auf Tom, der sein lebhaftes Viertel in Köln liebte, recht kleinbürgerlich. Neben den durchschnittlichen Fahrzeugen der Mittelklasse und einigen Kleinwagen parkte ein älteres Jaguar-Modell ein paar Häuser weiter. Alle Fenster zur Straße in der ersten Etage und die zu ebener Erde waren von innen mit Rollos verschlossen oder mit schweren undurchsichtigen Gardinen verhängt. Tom wusste, dass die Scheiben aus Panzerglas gefertigt waren. Die Tür war massiv, ebenso der kleine Eingang von der Seite neben dem geschlossenen Garagentor. Von außen unterschied es sich nicht von den anderen Häusern in der Straße.

Tom drehte sich mehrfach um. Irgendetwas ließ ihn nervös werden. Er konnte den Grund nicht erkennen.

„Was ist?", fragte Jade.

Tom schüttelte den Kopf und schaute grimmig.

„Ich weiß nicht. Da ist so ein ungutes Gefühl. Als wenn uns jemand beobachtet."

„Ich habe die ganze Zeit darauf geachtet", sagte Jade, „es ist uns keiner gefolgt. Zumindest ist mir nichts aufgefallen."

„Das ist mir zu wenig. Es wäre nicht gut, wenn wir, ohne es zu merken, jemanden hierher führen."

Jade verzog ihren Mund. Es war der dritte Tag in Folge, an dem sie das Verhör Chen Ze Rens durchführten. Jade überquerte vor Tom die Straße, Tom sah ihr auf den Hintern. Wirklich schade, dass sie für Männer nichts übrighatte.

„Kannst du deine Augen nicht bei dir behalten?"

Wie konnte sie das bemerkt haben? Sie hatte sich noch nicht einmal umgedreht. Es schien sie fuchsteufelswild zu machen.

„Wenn man es genau nimmt, könnte ich das schon als sexuelle Belästigung nehmen", fügte sie hinzu.

„Was ist denn heute mit dir?"

„Nichts."

Warum reagierte sie so? Was wollte sie damit erreichen? Als sie weiter ging, sah er ihr weiter hinterher und freute sich an der Bewegung ihres trainierten Körpers. Sie konnten so viel über Sexismus schreiben, wie sie wollten, aber das Sehen, Denken und Genießen konnten sie ihm nicht verbieten. Dann fiel ihm Gatow ein und er fügte in Gedanken ein *Noch* hinzu.

Sie gingen auf das Gebäude zu und stellten sich in den überdachten Eingang der geschlossenen Durchfahrt. Jade winkte in die Kamera, die versteckt zwischen den Kletterranken der Wisteria in einer Ecke über der Seiteneingangstür montiert war. Eine der Wachen würde sie auf dem Monitor begutachten und einlassen, wenn keine Gefahr durch sie drohte.

Norbert Öhlert, sein schwarzes Haar ungekämmt und unrasiert, wie die blaue Schattierung im Gesicht zeigte, öffnete und winkte sie hinein. Also war die zweite Schicht der Wachmannschaft im Dienst. Tom freute sich auf die Kollegin Yvonne Fehr, die mit Öhlert zusammen ein Team bildete. Das Grinsen, das für Jade bestimmt war, erlosch, als Tom hinter ihr eintrat.

„Ach, ihr seid zu zweit", sagte er zu Jade.

„Hast du das nicht gesehen?"

„Die Kamera hat keinen großen Winkel. Ist ziemlich alt."

Das hatte Tom schon von Walter Kostock gehört.

„Stimmt", sagte er, „der Hausmeister will eine neue einbauen."

Öhlert lief auf Socken herum. Das Schulterhalfter mit seiner Glock hing locker über einem halb offenen Hemd. Es hatte sich eine entspannte Atmosphäre eingenistet. Alle Mitarbeiter des Verfassungsschutzes, die an diesem Auftrag beteiligt waren, duzten sich mittlerweile.

Sie hängten ihre Jacken an die Garderobe und betraten den großen Wohnbereich. Chen Ze Ren, mit Hemd und korrekt gebundener Krawatte, gepflegt wie immer, tupfte sich gerade die Mundwinkel ab und die Hauptbesetzung Marion Voß, noch im Bademantel, räumte die Reste des Frühstücks ab.

„Ich mach euch gleich Kaffee", versprach sie den Neuankömmlingen.

Walter Kostock war nirgends zu erspähen. Tom vermutete, dass er noch schlief. Tom sah, dass Yvonne Fehr, eine der jüngsten und hübschesten Kolleginnen, es sich im Wohnbereich auf der Couch gemütlich eingerichtet hatte. Als er auf sie zuging, legte sie ihr Buch beiseite. Sie hatte ihre Beine untergeschlagen und lächelte ihm entgegen. Ihre Schuhe lagen auf dem Boden.

„Es war alles ruhig", sagte sie, „ich hatte noch nie einen so angenehmen Job. Endlich komme ich zum Lesen."

„Was liest Du?"

Sie hielt ihm das Buch hoch. Tom plauderte mit ihr, bis Jade sich aus dem Hintergrund meldet.

„Sollen wir anfangen?"

Das klang für ihn zu arbeitseifrig.

Chen Ze Ren stand auf, nahm sein Jackett von der Stuhllehne und legte es sich über den bandagierten Arm. Es schien ihm besser zu gehen, er trug ihn nicht mehr in der Schlinge.

Als sie in den Verhörraum gingen, flüsterte Jade Tom zu: „Ist sie etwas für dich?"

„Sie ist süß", gab er zu.

Jade verdrehte die Augen. Was das wohl wieder heißen sollte, überlegte Tom. Hatte sie private Probleme oder war sie nur genervt, weil bei den Verhören bis zum gegenwärtigen Zeitpunkt nichts Konkretes, Verwertbares aus Chen Ze Ren herauszubekommen war? Er wollte zuerst eine schriftliche Bestätigung für seine Garantien haben. Vorher werde er sich nicht äußern. Nur Andeutungen hatte er von sich gegeben. Das Offensichtliche, dass ein chinesischer Konzern das Interesse an der bei COOLTECH entwickelten modernen Akku-Technologie hatte und er dafür verantwortlich gewesen war, die Informationen zu besorgen, das gab er zu. Aber das war nichts Neues. Er gab bereitwillig und ohne einen Hauch von Schuldgefühlen zu, dass die Chinesen noch nie für eine Idee bezahlt hätten. Darüber waren sie bisher nicht hinausgekommen. Tom wusste, dass Dr. Lawrence Hall, sein Vorgesetzter, mit dem Innenministerium im

Rahmen einer Verschlusssache darüber verhandelte, die von Chen Ze Ren geforderten Garantien gewährleisten zu können. Sie warteten auf eine Zusage. Nach Halls Meinung scheute sich der Innenminister, die Verantwortung für die gewünschten Bedingungen zu übernehmen. Chen Ze Ren wiederholte nur immer wieder, dass er ihnen eindeutige Beweise über Herkunft und Verbreitung des Corona-Virus geben könne. Aber, überlegte Tom, vielleicht wollten sie diese Information weiter oben ja gar nicht haben.

# 30

Gatow hatte sich auf seinem Sessel ausgestreckt, die Füße hoch, den Massagemechanismus ausgeschaltet. Die Jalousien vor den Fenstern waren heruntergelassen. Nur wenig Tageslicht drang herein und eine kleine Nachttischlampe sorgte noch für ein diffuses Licht. Omega schaute auf den liegenden Telepathen. *Mit seinem Rasputin-Bart sah er nicht nur so aus*, dachte Omega, *er war für die anderen ja auch so etwas wie der wahre Alptraum.*
Er war sich bewusst, dass Gatow nicht schlief, auch wenn er die Augen geschlossen hielt. Das Grinsen auf dem alten zerfurchten Gesicht zeigte, dass Gatow selbstverständlich diesen Gedanken gelesen hatte.
Er nahm sein Handy heraus, drückte eine Rufnummer, stellte auf laut und legte es auf die Ablage neben Gatow. Das Freizeichen ertönte laut in dem kleinen Raum, Gatow öffnete seine Augen. Nach dreimaligem Leuten meldete sich Tom Forge.
    „Der Anruf kann nicht zurückverfolgt werden. Ich sage Ihnen das, um Ihnen die Mühe zu ersparen, es zu versuchen", sagte Omega, „hören Sie einfach nur zu."
Er lächelte Gatow an und begann.
    „Zuerst meinen Dank an Sie, dass Sie die Information

an den MI5 weitergeleitet haben. Sie hatten recht mit Ihrer Annahme, dass es ein Versuch war, ob Sie unsere Botschaften ernst nehmen. Sie haben den Test bestanden. Also hören Sie gut zu."

Omega berichtete Tom von den Zeiten des Kalten Krieges, in denen die Alliierten genaue Vorstellungen davon hatten, wie ein Angriff aus dem Osten aussehen konnte. Der Westen ging davon aus, dass die Länder des Warschauer Pakts, wenn es denn einen Angriff geben sollte, dafür einen Bereich Deutschlands ausgesucht hatten, der aufgrund der geografischen Gegebenheiten besonders für einen Überfall geeignet war. Für ihre Panzer und die motorisierten Kräfte wäre dieser ebenerdige Talkessel ideal. Ein Angriff auf diesem Gelände würde den Truppen des Ostblocks ein relativ gutes und schnelles Vorankommen gewähren. Ziel war damals die schnelle Einnahme der deutschen Finanzhauptstadt Frankfurt und des dort liegenden Luftstützpunkts der USA, von dem der gesamte Ostblock angeflogen werden konnte. Die Amerikaner hatten für dieses Areal die Bezeichnung *Fulda Gap* geprägt. Um dem etwas entgegensetzen zu können, riefen die Alliierten zur Verteidigung den REFORGER-Plan ins Leben. Die Abkürzung ergab sich aus „Return of forces to Germany" und dahinter versteckte sich ein Programm zur Abwehr dieses vermuteten Angriffs. In dem betroffenen Streckenabschnitt wurden an Autobahnbrücken versteckte Schächte eingebaut und getarnte unterirdische Silos errichtet, in denen atomare Sprengsätze versenkt wurden.

Wenn ein Angriff erfolgen würde, sollte der Einsatz der Kernwaffen in diesem begrenzten Gebiet das Vordringen der Truppen des Warschauer Pakts verhindern oder zumindest erschweren. Man wusste, dass auch die Sowjets planten, bis zu dreihundert

Kernwaffen bei einem eventuellen Angriff zu nutzen. Das Zünden dieser – an versteckten Orten platzierten – Bomben sollte die Truppen des Warschauer Pakts aufhalten und den Amerikanern genug Zeit verschaffen, ihre eigens für diesen Zweck in den USA ausgebildeten Panzertruppen schnell herüberzubringen. Die Gegend wäre dadurch zu einer radioaktiv verseuchten Zone mutiert.

„Warum erzählen Sie mir das? Das existiert heute doch nicht mehr", sagte Tom.

„Wer weiß das schon so genau", sagte Omega.

Gatow nickte dazu. Sein Gesicht zeigte einen ernsten Ausdruck.

„Es ist kaum noch nachzuvollziehen, ob alle Schächte an Autobahnen und Brücken, die mit Atomsprengsätzen mit kleiner räumlicher Wirkung bestückt waren, später abgerüstet wurden. Oder ob überhaupt in allen Silos die vorgesehenen nuklearen Granaten installiert wurden. Zumindest sieht es aktuell so aus, dass jemand noch einen dieser Atomsprengsätze gefunden hat und an den Meistbietenden verkaufen will."

Omega unterbrach seine Erklärung. Er hörte Tom atmen.

Gatow klappte die Fußstütze herunter und richtete sich auf, um sich besser auf Toms Gedanken konzentrieren zu können. Er durchforstete ohne Anstrengung Toms Gehirn.

Tom dachte: *Das kann nicht wahr sein.*

„Er glaubt uns nicht", flüsterte Gatow Omega zu.

Ein Blick auf Gatows ernstes, enttäuscht wirkendes Gesicht überzeugte Omega davon, dass es den Tatsachen entsprach.

„Muss ich Sie daran erinnern, dass ich die ganze Zeit sofort erfahre, was Sie denken?" Omega konnte sich nicht beherrschen. Mit dem Telepathen an seiner Seite fühlte er sich so überlegen, dass er weder die Arroganz in seiner Stimme in den Griff bekam noch imstande war, sein Grinsen zu unterdrücken.

„Ich verstehe", hörten sie Tom aus dem Handy. „Wir können das nicht zulassen. Wir sollten etwas unternehmen."

Gatows Nicken bestätigte Omega, dass Tom sich jetzt auch in seinen Gedanken kooperativ zeigte.

„Deshalb melde ich mich. Wir müssen verhindern, dass dieser Atomsprengkopf in die falschen Hände gerät. Wir kennen die Namen der Leute, aber nicht ihre Aufenthaltsorte. Wir müssen warten, bis sie sich mit konkreten Ortsangaben beschäftigen, damit unser Mann mehr erfährt. Aber Zeit ist vielleicht ein weiteres Problem. Wir wissen noch nicht, wann der Handel stattfinden soll. Für den Verfassungsschutz sollte es mit seinen Ressourcen doch ein Leichtes sein, die Terrorzelle des IS anhand der Namen lokalisieren zu können, falls sie in Ihren Datenbanken vermerkt sind. Über den derzeitigen Besitzer des nuklearen Sprengkopfes kann ich nur rudimentäre Angaben machen. Es handelt sich um einen General, der einer rechtsextremen Vereinigung innerhalb der Bundeswehr angehört und vor kurzem pensioniert wurde. Auch diese Angaben sollten hilfreich sein, ihn ausfindig zu machen."

„Wenn wir es nicht schaffen, mit Ihren dürftigen Hinweisen die Personen zu lokalisieren, geht es also nur mit weiteren Informationen Ihres Telepathen?"

Schweigen im Raum.

Omega streckte seine Hand nach dem Handy aus.

Gatow winkte ab.

„Dann geben Sie mir die Namen", sagte Tom.

# 31

Einsatzfahrzeuge blockierten die kleine Seitenstraße in Bonn-Beuel. Alles war abgeriegelt. Blaulicht blinkte im Rhythmus. Die Sirenen waren verstummt. Es wimmelte von Polizisten. Menschen standen in Gruppen zusammen. Einige hatten nur Schlappen an und einen Bademantel übergezogen. Andere schauten aus den Fenstern. Beamte gingen herum, beruhigten die Menschen und baten sie, sich in ihre Häuser und Wohnungen zu begeben. Dieses Objekt würde nie wieder als sicheres Haus zu nutzen sein. Einige Nachbarn hatten Schüsse gehört und über den Notruf Hilfe angefordert.

Jade stand am Bordstein neben dem roten Tesla, an den sie sich mittlerweile gewöhnt hatte. Laura und sie hatten sich zwischenzeitlich vertragen und Laura hatte ihr den Schlüssel wieder aufgedrängt. Noch am Tag ihres Streits hatten sie sich auf einem langen Waldspaziergang ausgesprochen. Sie hatten sich gegenseitig versichert, wie wichtig sie sich waren, und wollten es erst einmal entspannt angehen.

Jade betrachtete das nächtliche Treiben. Ein Krankenwagen startete gerade, kurvte um die Einsatzfahrzeuge herum und nahm Fahrt auf. An der nächsten Kreuzung begann die Sirene zu jaulen. Tom und sie waren beide mitten in der Nacht geweckt worden. Man hatte sie informiert, was geschehen war. Nach kurzer Absprache waren sie getrennt gefahren, um sich hier zu treffen. Sollte Tom recht gehabt haben? Waren sie verfolgt worden? Diese Gedanken quälten Jade, bis Tom mit quietschenden Bremsen am Bordstein stehen blieb. Noch bevor er ganz aus seinem Z3 gesprungen war, fragte er:

„Warst du schon drin?"

„Nein, habe auf dich gewartet."

„Dann lass uns mal …"

Sie legten ihre Masken an und zeigten ihre Legitimation einem Beamten an der Absperrung. Tom fragte nach dem zuständigen Leiter, der das Chaos organisierte. Ein Mann mit schlecht sitzendem Anzug, verrutschter Krawatte und müden Augen stellte sich als Wolfgang Baumgard vor und führte sie durchs Haus. Er wirkte fahrig und unkonzentriert, als wenn er von der Situation überfordert war. Sie erfuhren, dass die Meldung über einen Anruf der Nachbarn erfolgte. In der Zentrale war 22:38 registriert. Eine verunsicherte Stimme hatte berichtet, Schüsse und Schreie gehört zu haben.

„Die Eingangstür stand offen, als wir ankamen", sagte er, kaum verständlich durch seine Maske, und schob die beiden Beamten der Spurensicherung zur Seite, die an der herausgerissenen Sicherheitskette nach brauchbaren Fingerabdrücken suchten. Neben der Tür lag der große Körper eines Mannes in einer Blutlache. Jemand hatte mit einer Jacke seinen Kopf bedeckt. Seine Waffe steckte unberührt im Holster. Tom kniete sich hin und schaute unter die Jacke. Es war Norbert Öhlert von der zweiten Schicht. Öhlerts Hemd wies ein Loch und einen roten Flecken auf.

Jade sah die schwarzen Haare und starren Augen des einmal gutaussehenden Mannes.

„Er ist einer von der zweiten Schicht", sagte Tom und bedeckte das Gesicht wieder. Rund um den Toten lagen viele Boxen mit chinesischem Essen. Der Aufdruck lautete: *Ming-Lee Restaurant, Chinesisches Fast-Food außer Haus.* Einige waren aufgeplatzt, der Inhalt über dem Boden verteilt. Die obligatorischen Essstäbchen und Plastikgabeln lagen dazwischen.

Baumgard hatte Toms Blick mitbekommen. Er deutete auf die Nahrungsmittel.

„Wir gehen davon aus, dass die Täter mit dem Lieferservice hereingekommen sind."

„Wie sinnig", sagte Tom, „sie waren die im Haus gekochten Speisen leid. Die Chinesen lassen sich das Gericht vom Chinamann kommen." *Er versucht auf lustig zu machen, um die Situation zu entspannen,* sagte sich Jade. Es funktionierte aber nicht.

Im Essbereich des Aufenthaltsraums war der Tisch gedeckt, bis auf einen Teller, dessen Scherben auf dem Boden neben Marion Voß verstreut lagen. An der Stelle, an der sich ihr rechtes Auge befunden hatte, klaffte jetzt ein schwarzes Loch. Ihre Hand umkrampfte einen Stapel Servietten.

Der Hausmeister, Walter Kostock, war bei dem Versuch, das Zimmer durch die andere Tür zu verlassen, von hinten erwischt worden. Drei Kugeln. Zwei im Rücken und eine im Bein. Der ausgewaschene Blaumann war durchlöchert. Nur an einem Fuß hing noch ein Pantoffel.

Auf der anderen Seite des L-förmigen Wohnzimmers war die Stehlampe neben der Couch umgekippt. Die Birne brannte noch. Yvonne Fehr, Öhlerts junge Kollegin von der zweiten Schicht konnte noch zwei Meter von der Couch auf die Eindringlinge zulaufen, bis sie von mehreren Kugeln in der Brust erwischt wurde. Sie war im Lauf gestoppt worden und zusammengesunken. Sie hatte noch Zeit gefunden, ihre Waffe zu ziehen, die ihr aber dann aus der Hand gefallen war. Das Buch, das sie gelesen hatte, *Der Fänger im Roggen*, war vom Sofa gerutscht. Blutspritzer entstellten die aufgeklappten Seiten.

Die Bilder verwandelten sich und Jade sah stattdessen wieder, wie ihr eigener erster Erschossener von der aus ihrer Waffe gekommenen Kugel getroffen zu Boden fiel. Was würde in Zukunft noch alles schiefgehen?

Sie bemerkte, dass Tom sie von der Seite ansah, strich sich ihr langes Haar hinter das Ohr und drehte sich von ihm weg. Alles entfernte sich und verschwand wie hinter einer Nebelwand. Wofür waren diese Menschen gestorben? So viele Leben einfach ausgelöscht. Sie hatten niemandem etwas getan. Jade wurde warm, sie nahm einen salzigen Geschmack im Mund wahr. Sie schluckte mehrmals, wollte distanziert und professionell wirken. Aber sie sah, dass es den anderen auch nicht besser ging. Baumgard und die Profis der Spurensicherung waren bestimmt einiges gewöhnt. Aber auch sie wirkten ziemlich ruhig und in sich gekehrt. Wieder drängte sich ihr der Begriff Schuld auf. Hatten sie etwas übersehen? Wäre dieses Massaker zu verhindern gewesen?

„He", sagte Tom, „was ist los?"

Sie zuckte zusammen und kam wieder im Hier und Jetzt an.

„Das ist ja eine riesige Sauerei hier", sagte sie. „Wo sind die Chinesen?"

Sie folgten Baumgard. Während er sie ins Treppenhaus führte, bemerkte Jade, dass Tom nicht so hart war, wie sie angenommen hatte. Das Ganze schien auch ihm nahezugehen.

„Kommen Sie, aber passen Sie auf, wo Sie hintreten", sagte Baumgard.

Eine Blutlache hatte sich am Fuß der Treppe ausgebreitet. Auf mehreren Stufen und an der Wand waren Spritzer und verschmierte Flecken, als wenn jemand versucht hätte, sich festzuhalten.

„Hier unten hat eine junge Chinesin gelegen. Wir gehen davon aus, dass sie die Treppe herunter wollte, getroffen wurde und dann die Stufen hinuntergestürzt ist. Sie hat noch gelebt, als wir herkamen. Ist jetzt auf dem Weg ins Krankenhaus. Der Letzte liegt oben."

Da, am Fuß der Treppe hatte sie also gelegen. Die kleine loyale Kämpferin, die ihrem Chef so ergeben war. Bis zum Schluss versuchte sie, Chen Ze Ren zu verteidigen. Vielleicht hatte sie sogar noch Kugeln aufgefangen, die für ihn bestimmt waren. Jade stellte sich das für sie in dem Moment schrecklich vor, keine Waffe zu haben und nichts tun zu können. Sie konnte die Hilflosigkeit nachempfinden. Es war auch ihr Thema, ausgeliefert, ohnmächtig zu sein. Sie könnte die Wände hochgehen. Alles zog sich in ihr zusammen. Sie ballte die Hände zu Fäusten und öffnete sie sofort wieder, als ihr bewusste wurde, wie töricht sie sich verhielt.

Vorsichtig stiegen sie in die erste Etage hoch, bemüht, nicht auf die blutigen Stellen zu treten.

Am Kopf der Treppe stießen sie auf ihn. Chen Ze Ren lehnte mit dem Rücken zur Wand. Ein Treffer im Bauch und ein weiterer Schuss in die Stirn. Er hatte seinen Mörder direkt angesehen. Sein Gesicht zeigte dieselbe Gleichgültigkeit und Emotionslosigkeit wie im Leben.

„Jetzt wissen wir wenigstens, dass das, was er uns noch hätte verraten können, von Relevanz war."

Damit hatte Tom sicher recht. Aber warum musste er so zynisch sein. Er war doch sonst so kontrolliert, so beherrscht und ruhig, dass Außenstehende seine Stimmung kaum einschätzen konnten. Das fand sie immer bewundernswert. Versteckte er dahinter seine Betroffenheit?

War das seine Art mit Schmerz und Verlust umzugehen? Sie wusste, dass Yvonne ihm nicht gleichgültig gewesen war. Waren Toms Augen nicht auch etwas größer und feuchter als sonst, zumindest sahen sie ziemlich rot aus. Er hielt sich, wie sie ihn kannte, vermutlich daran fest, dass er im Dienst war. Er sah es sicher als sein Pflicht an, zu funktionieren. Typisch. Jede emotionale Regung stellte für ihn ein Schwäche dar. Menschen, die oft mit dem Tod konfrontiert waren, versuchten ja das Schreckliche durch Witze ertragbar zu machen. Über Ärzte und Krankenschwestern hatte sie so etwas gehört. Das erklärte vielleicht Toms zynische Bemerkung. Sie selbst verhielt sich ja nicht anders. Überspielte auch ihre Gefühle. Versuchte, berufliche Distanz zu wahren.

# 32

Die Sonne verlieh den gelben und roten Ahornblättern ein besonderes Strahlen. Dieser herrliche Herbstnachmittag war nicht der Aufgabe angemessen, die Jade übernommen hatte. Es fiel ihr nicht leicht, der Freundin mitzuteilen, dass Chen Ze Ren ermordet worden war. Es gab nie die richtigen Worte, um eine solche Nachricht zu überbringen. Sie ließ den Tesla in der Nähe der Tennisplätze am Park mit den Skulpturen zurück. Düstere Gedanken begleiteten sie auf dem Weg zu Lauras Wohnung. Sie brauchte für die kurze Strecke länger als sonst.

Laura konnte es nicht fassen. Sie war in Tränen aufgelöst.

„Dir ist das doch ganz recht", schrie sie, „Du hast dir nur Sorgen gemacht, dass ich zu ihm zurück gehen könnte."

Jade fühlte sich vor den Kopf gestoßen. Aus Erfahrung wusste sie zwar, dass bei Trauer Menschen dazu neigten, um sich zu schlagen. Irgendwie wurde das Endgültige der Situation leichter zu ertragen, wenn man einen anderen verantwortlich machen konnte. Man nahm anscheinend den Schmerz weniger wahr. Jade stand daneben und wusste nicht, wie sie sich verhalten sollte. Einfach gehen? Auf Laura wirkte sie vermutlich teilnahmslos. Gerne wollte sie Laura zeigen, dass sie sich in dieser Situation auf sie verlassen konnte. Sie legte einen Arm um die Freundin.

Laura stieß sie weg.

„Lass mich. Dir ist das doch ganz recht, dass er nicht mehr lebt. Das letzte Mal, als du hier warst, habe ich mindestens zwanzig Mal hinter dir her telefonieren müssen, bis du dran gegangen bist. Solche Dramen brauche ich nicht schon wieder."

Jade führte die Widerstrebende zu einer Couch und setzte sie mit sanftem Druck darauf. Laura sank in sich zusammen und schluchzte.

Jade holte ihr ein Glas Wasser und ein Paket Tempo-tücher. Heute würde sie für ihre Freundin da sein. Laura hatte völlig recht. Beim letzten Mal war sie vielleicht ungerecht gewesen in ihrer Angst, Laura zu verlieren. Jetzt würde sie es wieder gutmachen. Laura durfte in ihrer Trauer sagen, was sie wollte. Jade nahm sich vor, alles zu akzeptieren, ohne es auf sich zu beziehen, schwor sie sich.

Im selben Moment merkte sie, wie sie genau das aber wieder tat. Sie stellte sich in Frage. Was war sie selbst für ein Mensch? Hatte Laura recht mit dem, was sie ihr gesagt hatte? Jade sah sich als Frau, die so frei und gleichberechtigt in der heutigen Gesellschaft war wie noch nie zuvor. Sie als Einzige entschied, wohin ihr Weg sie bringen sollte. Was sie aus sich und ihrem Leben machte. Wie sie es gestaltete. Sie lebte in einer modernen Gesellschaft in einer freien Welt, in der es ihr freistand, ob sie sich mit Frauen oder Männern einließ. Bis auf diese Beziehung zu Laura hatte sie keine ernst zu nehmenden Bindungen, musste auf niemanden Rücksicht nehmen. Alles stand ihr offen. Sie konnte tun und lassen, was sie wollte.

Was würde aus dem Kontakt zu Laura werden? Laura hatte ihr vorgehalten, dass sie ihre Freiheit viel zu hoch hänge und deshalb gar nicht in der Lage sei, eine ernsthafte Beziehung einzugehen. Dazu würde auch Verantwortung gehören. Als ob sie keine Verantwortung übernehmen könnte! Sollte sie auf Laura so gewirkt haben?

Nach Lauras Annahmen schien sie mehr mit Tom gemein zu haben, als sie gedacht hatte. Bei ihm war es ihr ja deutlich geworden, dass er vor jeder engeren Bindung zurückschreckte und weglief. Sollte sie auch so sein und das nur hinter dem Bedürfnis nach Freiheit und Unabhängigkeit verbergen? Sie musste unbedingt darüber einmal in Ruhe nachdenken. Sobald sich die Zeit oder die Gelegenheit dazu ergab.

Jade entschied sich zu bleiben. Sie versorgte Laura so gut es ging. Reichte ihr ein Glas Wasser und brachte sie dazu, ein Beruhigungsmittel zu nehmen. Vorsorglich hatte sie ihr Tavor mitgebracht. Es gelang ihr, sie so lange im Arm zu halten, bis Laura vor Erschöpfung durch das viele Weinen eingeschlafen war. Im Laufe des Abends wurde Jade eines klar. Irgendwie würde der Chinese in Zukunft immer zwischen ihnen stehen. Wollte sie das wirklich?

# 33

Einen Tag später war Tom so früh wie noch nie im Büro, sogar vor Babette. Hall und er hatten in der Nacht noch miteinander telefoniert. Sie wollten Omegas neue Nachricht und deren Bedeutung besprechen und ihr weiteres Vorgehen planen. Die Räume waren noch dunkel, nur aus Halls Büro drang ein Lichtschein. Tom klopfte. Hall klang ungeduldig, als er ihn hereinbat. Er kam ihm entgegen und ließ die Tür zum Konferenzraum angelehnt.

„Ich verstehe Sie doch richtig? Dieser Omega behauptet, dass sich ein pensionierter General der Bundeswehr aus alten Beständen einen atomaren Sprengsatz organisiert hat und diesen an eine IS-Terrorzelle verkaufen will?"

Tom berichtete Hall von dem Fulda Gap und den vergessenen nuklearen Sprengladungen.

„Wenn man sich das heute vorstellt", sagte Hall, „aber so war es. Die Alliierten haben damals tatsächlich mit dem Gedanken gespielt, taktische Atomwaffen in unserem Land anzuwenden, falls die Russen angegriffen hätten. *Gespielt* ist dafür ein schlimmes Wort. Einfach unglaublich. Ich habe nach Ihrem Anruf den Hintergrund recherchiert. Es gab auf beiden Seiten ballistische Kurzstreckenraketen, die mit nuklearen Sprengköpfen ausgerüstet waren. Die amerikanische Lance, eine Artillerierakete, konnte mit dem Nuklear-gefechtskopf W70 bestückt werden und hatte eine Reichweite von 130 km. Und Omega meint jetzt, sein Telepath habe aus den Gedanken dieser Araber erfahren, dass Restbestände der damaligen Waffen existieren und zu einer neuen Bedrohung geworden sind?"

„Er sprach nicht von den Raketen, sondern speziell von den Sprengsätzen, die stationär versteckt waren und ferngezündet werden sollten." Tom hatte sich auch zwischenzeitlich ausgiebig mit dem Thema befasst, bevor er seinem Chef die Information weiterleitete. In *Fulda Gap* waren damals seines Wissens nach 141 Minen mit Nuklearsprengköpfen in Sprengschächten untergebracht worden, deren Sprengkraft zwischen 1 und 10 Tonnen betrug. Sogenannte SADM, *Small Atomic Demolition Munition*. Wie viele hatte der General davon wohl beim Abbau und Aussortieren zurückbehalten? „Gatow meinte, dieser pensionierte General habe schon mit Interessenten Kontakt aufgenommen."

„Wenn es diese Leute tatsächlich schaffen, einen dieser nuklearen Sprengsätze in ihre Hände zu kriegen, dann gnade uns Gott. Wer weiß, wo sie das Ding dann einsetzen wollen. Das müssen wir auf jeden Fall ver-hindern. Die Namen?"
Tom hatte es sich aufgeschrieben. Er gab Hall den Zettel mit den Namen der Personen.

1. *Azadi Ghazi Ibn-Makiza ad-Dimašqi*
2. *Nasser Ibn-Omayrat ad-Wadi Khalid*
3. *Asad Ibn-Semou ad-Idlib*
4. *Zafer Aisha Siddika bin Khoury al-Almani*

In Halls Brille spiegelte sich der Bildschirm, als er sie in das System eingab und eine Nachricht an Babettes Rechner schickte, damit sie die Suche in den Datenbanken starten konnte, sobald sie zur Arbeit erschien. Der Verfassungsschutz hatte ganze Heerscharen von Mitarbeitern, die sich um den Bereich des islamistischen Terrors kümmerten. Darunter war auch eine Menge von Undercover-Agenten, die sich in dieser Szene aufhielten. Vielleicht waren die Personen zu denen die Namen gehörten, zu finden. Auch die Angaben zu dem General mussten doch ohne seinen Namen helfen, die Person zu finden. So viele Generäle, die vor kurzem in Pension gegangen waren, konnte es in Deutschland doch nicht geben, dachte Tom.

„Ich schlage vor, dass wir sie zur besseren Handhabung Ghazi, Nasser und Asad und die Frau Aisha Siddika nennen", entschied Hall. Die Gründe, die diese Araber zu einer solchen Aktion, überhaupt zum Terrorismus, brachten, musste Tom nicht mit seinem Chef diskutieren, die waren beiden klar. Die CIA hat jahrzehntelang als eine ihrer Hauptaufgaben gesehen, den Libanon und die gesamte Umgebung zu destabilisieren. Die Kämpfer wollten die Welt aufrütteln, den USA die Maske der Selbstgefälligkeit vom Gesicht reißen. Wenn ihnen gelang, was sie jetzt planten, würde das ein noch größeres Fanal als 9/11 anrichten.

„Warum teilt Omega uns das mit?"

„Das ist einfach. Für ihn und seine Projekte stellt das vermutlich auch eine Bedrohung dar. Für ihn ist es effektiver, wenn wir ihm das Problem aus dem Weg räumen."

„Der geplante Anschlag in Cornwall …"

„War ein Köder, um zu sehen, ob wir kooperieren, und gleichzeitig sollte er uns beweisen, dass wir ihren

Informationen trauen können."

„Es gefällt mir ganz und gar nicht, dass diese Leute uns für ihre Zwecke einsetzen. Aber die Bedrohung betrifft uns alle. Es bleibt uns nichts anderes übrig, als zu kooperieren."

„Das ist vermutlich genau das, was die sich dabei gedacht haben", sagte Tom.

Nebenan rumorte es. Das Licht wurde im Konferenzraum eingeschaltet. Das war bestimmt Babette, die zur Arbeit kam. Tom glaubte, er habe sie an der einen Spalt offen stehenden Tür vorbeihuschen sehen.

Bis die anderen zur Teamsitzung erscheinen würden, wollte Tom die Zeit nutzen, um mit Hall die Strategie zu besprechen, die sie der Presse gegenüber vertreten sollten. Er würde Christian Hellenkamp liebend gerne Informationen für einige Artikel zukommen lassen, ohne dafür seinen Chef hintergehen zu müssen. Er glaubte, das seinem Freund schuldig zu sein. Hoffentlich gelang es ihm, mit Hall zu erarbeiten, welche Sichtweise sie in der Öffentlichkeit präsentieren konnten, ohne den Verfassungsschutz zu diskreditieren. Auf diese Art könnte er Christian einige Recherchen durchführen lassen. Tom konnte sich auf den Freund verlassen. Christian würde dafür sorgen, dass der Verfassungsschutz als Behörde nicht involviert wäre. Journalisten hatten auch ihre Quellen, wenn es um die Untersuchung von rechtsradikalen Tendenzen in der Bundeswehr ging. Solchen Skandalen ging Christian gerne nach und dabei stöberte er vielleicht auch den General auf, der darin verstrickt sein sollte. Hall müsste von seiner Idee begeistert sein und seine Genehmigung dazu geben. Tom würden schon überzeugende Worte einfallen.

# 34

Jade wunderte sich, dass Tom schon vor ihr im Büro war und bei Hall saß. Sie schienen ein einvernehmliches Gespräch zu beenden, als sie die halboffene Tür aufzog und die beiden begrüßte.

„Mit dieser Form der Mediendarstellung kann ich mich gut anfreunden. Machen Sie das so, wenn Sie glauben, da kommt etwas dabei heraus", waren Halls letzte Worte, die sie noch mitbekam. Jade hatte den Eindruck, dass Halls Zorn nach der nächtlichen Aktion auf der Straße, den sie noch gut in Erinnerung hatte, einer nachdenklichen, niedergeschlagenen Stimmung gewichen war. Neue Pläne schienen ihn zu beschäftigen. Tom hockte auf der bequemen, antiken braunen Leder-couch in der Besprechungsecke, die sonst nur besonderen Gästen vorbehalten war. Er hatte sich vorgebeugt, die Ellenbogen auf die Knie gestützt. Jade ließ sich auf einen Sessel fallen. Hall thronte hinter seinem Schreibtisch und schaute mit ernstem Blick über den Rand seiner Brille.

„Ich muss Ihnen nicht sagen, wie ernst die Lage ist. Man wird Erklärungen verlangen und ich habe keine. Es liegt bereits eine offizielle Beschwerde der CIA vor. Wir sollen erklären, warum wir ihnen den Zugang zu Chen

Ze Ren verwehrt haben. Schließlich hätten sie uns den Tipp gegeben und wichtige Fragen an ihn gehabt, die durch unser Versagen jetzt unbeantwortet bleiben würden."

Jade wunderte sich über Hall. Er schien nicht so souverän zu sein wie sonst. Überall lagen Unterlagen herum. Er blickte ständig in verschiedene Richtungen, als suche er etwas. Stand mehrfach auf, schob Papierstapel herum und setzte sich wieder, ohne etwas gefunden zu haben. Es dauerte etwas, bis er sich gefangen hatte und begann.

„Wir sollten alle Möglichkeiten durchgehen, wie irgendjemand von dem Aufenthaltsort des Chinesen erfahren haben könnte. Vor allem: Wer war alles über die Adresse informiert? Gibt es einen Maulwurf, eine undichte Stelle?"

Tom begann mit seinen Überlegungen.

„Okay, wen haben wir da?"

„Chen Ze Ren und seine Mitstreiterin. Die Besatzung des Hauses und die Sicherheitsleute natürlich", sagte Jade.

„Wir selbst auch", sagte Tom. „Hast du irgendjemandem durch Zufall etwas verraten? Eine Bemerkung? Ein Nebensatz?"

„Hast du?"

Wieso versuchte er ihr das zuzuschieben? Er hatte doch bei der letzten Fahrt dorthin das unbestimmte Gefühl geäußert, sie könnten verfolgt worden sein. Aber da war nichts Konkretes gewesen. Sollten sie doch etwas übersehen haben?

„Das ist keine Antwort."

Jade spürte Halls Blick auf sich gerichtet. Was bildete Tom sich ein, sie hier bloßzustellen! Während sie innerlich kochte, schien Tom immer noch auf eine Antwort zu warten.

„Ich meine", korrigierte er sich, „Du hast Laura Torg einmal dorthin gebracht?"

„Was soll das heißen? Ich habe sämtliche Sicherheits-vorkehrungen eingehalten."

Wieso verteidigte sie sich? Sollte er doch darüber nach-denken, wo er sich verplappert haben könnte.

„Was ist mit dir?"

„Wem sollte ich …?"

„Hast du deinem Mann bei der CIA die Information weitergegeben?"

Tom schüttelte den Kopf.

„Nur, dass wir Chen Ze Ren in Sicherheit haben, aber nicht, wo wir ihn unterbringen. Genau wie es besprochen war."

Jetzt dachte er zumindest nach und konnte ihr nicht weitere Unverschämtheiten andichten.

„Ich habe weder Christian noch Jen gegenüber etwas erwähnt", überlegte Tom. „Natürlich nicht."

Hall brachte sie auf das Naheliegendste zurück.

„Chen Ze Ren selbst? Hatte er eine Möglichkeit, nach draußen Kontakt aufzunehmen?"

Jade überlegte, was für einen Grund er haben könnte. Dieses Boykottieren der Zusammenarbeit machte sie misstrauisch. Immerhin hatte er bei der Flucht nachts schon das Handy dabei, durch das sie vermutlich geortet wurden. Aber das hatte Gao Xia ihm ja abgenommen. Der hatte keine Spur legen wollen. Das war bestimmt nur reine Dummheit. Er war Funktionär, kein Kämpfer. Außerdem fürchtete er um sein Leben. Dann war da seine Assistentin. Sie begleitete ihn, kam mit als Überläufer und half ihm, stand ihm weiter zur Seite. Konnte man ihr trauen? Zumal sie die Einzige war, die den Überfall überlebt hatte?

„Hatte Gao Xia eine Möglichkeit, den Standort zu verraten?", fragte Jade. „Wie ich sie einschätze, ist sie ziemlich clever. Ich traue ihr zu, einen Weg zu finden, um Kontakt nach draußen aufzunehmen."

„Das geht mir jetzt zu durcheinander", sagte Hall. „Wir müssen ja nicht das Schlimmste annehmen. Behalten wir das im Hinterkopf. Lassen Sie uns mit der Situation des Überfalls beginnen, wie war der genaue Ablauf? Was wissen wir? Sie sind vermutlich reingekommen, indem sie sich als Lieferant vom China Food Imbiss ausgegeben haben. Wie hieß der?

„*Ming-Lee Restaurant, Chinesisches Fast-Food außer Haus*."

„Genau. Durch diesen Lieferdienst kamen die Killer herein. Die wussten, dass dort mehrfach bestellt wurde. Woher? Wir setzen mit unserer Befragung dort an. Vielleicht ist denen etwas aufgefallen."

Sie gingen die Stammbesetzung im Haus durch.

„Beginnen wir mit dem Mann", sagte Hall und zog seine Unterlagen zu Rate, „Walter Kostock war Hobbybastler, zufrieden mit dem Job. Wenig Arbeit, und die entsprach seinen Neigungen. Er hatte genügend Zeit, an seinem Oldtimer herumzuschrauben. Keine Außenkontakte bekannt.

„Bestechlich? Womit? Er hatte alles, was er sich wünschte", resümierte Hall. „Eher nicht."

„Es kann immer noch ein Zufall sein, dass jemand sich unwissentlich verplappert", sagte Tom.

Sah er sie schon wieder misstrauisch an, dachte Jade, oder was sollte die Bemerkung?

Hall schlug den nächsten Ordner auf.

„Marion Voß? Sie war Single, von vergangenen Beziehungen enttäuscht, Affären nicht abgeneigt. Sie war bereits als Sicherheitsrisiko eingestuft. Da sich niemand fand, der sich dort ständig aufhalten wollte, ließ man sie auf ihrem Posten."

„Man sollte ihre Kontakte überprüfen, soweit das

möglich ist", sagte Jade und schaute Tom streng an. Er sollte sich nicht noch einmal so eine Frechheit herausnehmen und sie in Frage stellen.

Sie entschieden sich, die vier Personen, die zur Sicherheit abgestellt waren, auszuschließen. Sie entsprachen alle den BfV-Sicherheitsstandards.

Aber es musste eine Erklärung für den Überfall auf das sichere Haus geben. Wer hatte den Ort gekannt? Wie sind die darauf gekommen? Gab es ein Leck?

„Haben die einen von uns dorthin verfolgt? Wir hatten doch einmal beide das Gefühl. Aber da war ja nichts. Es haben nur sehr wenige davon gewusst", sagte Tom, „Am wahrscheinlichsten ist, dass einer von uns unvorsichtig war."

„Du meinst jetzt nicht mich? Mit deiner Bemerkung?"

„Nein, natürlich nicht. Aber ich war es auf keinen Fall."

Jade schnappte nach Luft. Er fing schon wieder an. Sie drehten sich doch hier nur im Kreis.

„Das ist doch wohl das Letzte. Mich zu bezichtigen."

„Keiner gibt dir die Schuld", sagte Tom.

Hall ging dazwischen.

„Das hat doch keinen Sinn, Leute. Wir wollen hier zusammenarbeiten, nicht gegeneinander. Sehen Sie zu, dass Sie Ihre Zankerei in den Griff bekommen. Die meisten Ideen, die hier gefallen sind, können Babette und Freddie überprüfen. Für Sie beide habe ich eine spezielle Aufgabe: Besuchen Sie die kleine Chinesin im Krankenhaus und verhören Sie sie, soweit es ihr Gesundheitszustand erlaubt. Ich hoffe, es gelingt Ihnen, wieder zu dem Team zusammenzuwachsen, das Sie einmal waren und das ich zu schätzen weiß!" Seine Stimme wurde schärfer: „Ist das klar?"

Jade sah Tom an, der eine Hand anhob und ein gequältes

Grinsen sehen ließ.

„War nicht so gemeint."

Hall war noch nicht fertig.

„Ab morgen konzentrieren wir uns wieder auf die *großen Sechs*."

Tom fiel Hall ins Wort.

„Konnte Omega? – Natürlich! Über Gatow wussten die *großen Sechs* selbstverständlich, wo die Chinesen hingebracht worden waren."

Es war einen Moment still. Es schien jetzt erst allen klar zu werden. Aus ihrem früheren Kontakt wussten sie, dass Omega durchaus Menschen töten ließ, wenn es seinen Interessen diente. Natürlich, überlegte Jade, das war die beste Erklärung, die sie zurzeit hatten. Falls die dahinter steckten, stellte sich immer noch die Frage: Warum?

„Klar, mit einem Telepathen sind sie immer im Vorteil", sagte Tom. „nur wo ist das Motiv?"

Hall nickte.

„Was hätten sie davon, zu verhindern, dass Chen Ze Ren Informationen an uns weitergibt?"

Es entstand wieder eine Pause. Hall starrte vor sich hin, bevor er wieder ansetzte.

„Die haben mit ihren Möglichkeiten alle Macht. Das können wir nicht zulassen. Die Aufgabe, die die uns zugedacht haben, ist eine Sache. Natürlich werden wir die IS-Kämpfer ausschalten. Aber es reicht. Ich bin es leid, von denen manipuliert und herumgestoßen zu werden. Wir sind nicht deren Erfüllungsgehilfen. Wir kennen bisher nur eine Führungskraft aus dieser Vereinigung. Wo hält sich Omega auf? Wie kommen wir an ihn heran? Das sind die Fragen, die uns vorrangig beschäftigen sollten. Ich will, dass wir alles daran setzen, zumindest diese beiden bekannten Figuren der sechs Familien zu ergreifen und dem ein Ende zu machen!" Hall wedelte mit einer Hand in Richtung Tür. „Los, verschwinden Sie! Machen Sie sich an die Arbeit!"

Jade sah den Ehering an seiner Hand. Wie gut konnte Hall sein Privatleben von seinen beruflichen Aktivitäten trennen. Jade kannte niemanden, der je etwas von einer Ehefrau oder gar Familie des Chefs gehört hatte. Jetzt gerade fand sie das sehr bewundernswert. Wenn sie doch auch ihre Empfindlichkeiten besser unter Kontrolle hätte.

Sie verließen Halls Büro, um sich gemeinsam mit den anderen an die Arbeit zu machen.

Beim Hinausgehen ging Tom Jades Frage nach dem Amerikaner durch den Kopf. Er überlegte, dass Scheller ihn tatsächlich einmal gefragt hatte, wo das sichere Haus war, in dem der Verfassungsschutz gedachte, den Chinesen unterzubringen. Aber das hatte er ihm natürlich nicht verraten. Wieso hatte die CIA Interesse daran, wo der Chinese sich aufhielt? Hatte Scheller eine andere Möglichkeit gefunden, es in Erfahrung zu bringen? Aus welchem Grund? Aber am wahrscheinlichsten waren es die *großen Sechs*, durch ihren Stellvertreter Omega. Für ihn war es ein Leichtes, über den Telepathen Gatow den Standort des Chinesen zu erhalten. Das Motiv? Wollten sie verhindern, dass die Welt etwas über die Hintergründe der Pandemie erfuhr und dadurch die Machenschaften dieser Gruppe aufgedeckt wurden?

# 35

Jade und Tom saßen bereits im Wagen und wollten sich auf den Weg zu der Chinesin ins Krankenhaus machen, als er sie um einen Augenblick für ein Telefonat bat, noch einmal ausstieg und sich einige Schritte entfernte. Als Tom seinen Freund, den Journalisten Christian Hellenkamp erreicht hatte, gab er ihm, wie mit Hall besprochen, die ersten Informationen, die sie an die Öffentlichkeit geben wollten. Er empfahl ihm auch, über die rechtsradikalen Tendenzen in der Bundeswehr zu recherchieren und, wenn möglich, den General zu enttarnen, der dahintersteckte und dessen Identität noch nicht bekannt war.

„… ermittle mal wegen rechtsextremistischer Tendenzen in der Bundeswehr. Was du da zusammentragen kannst …"

Jade wartete mit laufendem Motor und gab mehrmals ungeduldig Gas, bis Tom einstieg. Er hatte kaum den Sicherheitsgurt einrasten lassen, als von ihr eine Bemerkung kam.

„Na? Hast du wieder Informationen weitergegeben?" Die Betonung lag dabei auf dem *Du*.

***

Die High-Tech-Geräte der Intensivstation piepten und ein Monitor zeigte Lebenskurven und Zahlen an. Der typische Krankenhausgeruch nach Desinfektionsmittel lag über allem. Gao Xia war fixiert und stand unter starker Medikation, wie ihnen der Arzt mitgeteilt hatte. Aus einem durchsichtigen Plastikbehälter tropfte in regelmäßigen Abständen Flüssigkeit in den Port, der an einer Hand gelegt war. Ein Rollregal mit weiteren Behältern zum Austausch stand bereit. Mehrere Schläuche verliefen von der Patientin zu den lebenserhaltenden Maschinen. Das Bett wirkte viel zu groß für die zierliche Person. Mitten darin waren die schwarzen Haare und ein kleines Gesicht, das genauso weiß war wie das Kissen. War überhaupt noch Leben in ihrem Körper? Auf der Nase sah Jade den Schorf der verheilenden Wunde, die Jade ihr in dem Kampf bei ihrer ersten Begegnung zugefügt hatte. Das kam ihr jetzt so lange her vor. Gegen die anderen Verletzungen, die sie bei dem Überfall auf das sichere Haus erlitten hatte, wirkte diese alte Blessur irgendwie rührend. Die Lider Gao Xias zuckten und hoben sich mit einem Flattern. Nach einem erneuten Lidschlag fokussierten sich ihre Augen. Der Blick wurde klar und das Feuer, das Jade kannte, strahlte wieder aus ihnen hervor. Trotz ihrer Unbeweglichkeit sondierten ihre Augen sofort die Umgebung, um die Lage einzuschätzen. Als sie Jade und Tom erkannte, erschien ein Lächeln auf ihrem Gesicht, das gleich wieder verschwand. Sie versuchte Worte zu bilden, aber es kam nur ein unverständliches Flüstern. Sie räusperte sich und erzeugte ein Krächzen. Jade und Tom beugten sich vor.

„Lebt Chen Ze Ren?", war das Erste, das Jade verstand.

Gao Xia hatte drei Schusswunden, eine Kugel unterhalb des Schlüsselbeins, aber oberhalb des Herzens, eine im Rumpfbereich und eine im Oberschenkel. Bei dem Treffer über dem Herzen handelte es sich um einen glatten Durchschuss. Die beiden anderen Kugeln steckten noch im Körper, als sie gefunden wurde. Nur der schnellen Reaktion der ersten Beamten, die am Tatort eintrafen, war es zu verdanken, dass sie so schnell ins Krankenhaus gebracht und durch den rechtzeitigen Einsatz der Ärzte gerettet werden konnte. Inzwischen war bekannt, dass es sich bei dem verwendeten Kaliber um 9-mm-Munition handelte. Über die Wirkung, die ein solches Geschoss im menschlichen Körper auslösen konnte, war Jade ausführlich in ihrer Ausbildung informiert worden. Das Gefährliche an diesem Kaliber war, dass sich die Energie des Projektils im Körper fächerförmig ausbreitete und starke Deformationen hervorrief. Das konnte zu schweren inneren Verletzungen führen. Arterien, Blutgefäße, selbst ganze Organe konnten platzen. Falls Knochen direkt getroffen wurden, entwickelten sich Splitter im Körper, die sich zu zusätzlichen kleinen Geschossen entwickelten. Diese konnten weiteren Schaden anrichten. Je schneller und größer der Blutverlust durch eine vom Geschoss verursachte Verletzung war, umso größer war die Gefahr, an dem Treffer zu sterben.

Der behandelnde Arzt hatte ihnen nur zögerlich die Genehmigung gegeben, mit Gao Xia zu sprechen. Erst nach Vorlage ihrer Dienstausweise und selbstverständlich nur mit FFP2-Masken ließ er eine Ausnahme zu.

„Fünfzehn Minuten. Nicht länger", hatte er gesagt, „und nur, wenn sie wach ist."

Er hatte ihnen auch anvertraut, wie knapp es gewesen

war. Bei dem Treffer im Rumpf war die Leber in Mitleidenschaft gezogen worden.

„Es war auf Messers Schneide. Wenn es länger gedauert hätte, wäre der Blutverlust zu groß gewesen."

Der Arzt schien stolz auf seine Leistung zu sein. Jade konnte und wollte sich nicht vorstellen, dass Gao Xia diejenige war, die den Ort verraten hatte. Dieser Gedanke war doch absurd. Warum sollte jemand eine derartige Gefahr auf sich nehmen, sich solche Verletzungen zufügen lassen, um zu verheimlichen, dass man etwas verraten hatte?

Tom schien auch nicht an eine Mitwirkung bei dem Einsatz des Killerteams durch einen Verrat Gao Xias zu glauben. Sie nahm die Nachricht vom Tod Chen Ze Rens gefasst auf. Es war eindeutig, dass sie keine Möglichkeit gehabt hatte, ihn zu retten.

Tom beugte sich über das Bett, umfasste Gao Xias freie Hand und hielt sie.

„Ich habe mich schlaugemacht", sagte er, „*Xia* bedeutet in unserer Sprache *Heldin* und genau das bist du auch!"

Gao Xia schloss die Augen und drehte den Kopf ein wenig zur Seite.

„Wir müssen dich aber einiges fragen", fuhr Tom fort.

Sie drehte sich ihm wieder zu.

„Ich weiß. Natürlich."

Jade wunderte sich, dass Tom die Chinesin duzte. Er tat es einfach so und die Kleine widersprach nicht.


Sie informierten sie, dass vor der Tür des Krankenzimmers Tag und Nacht Wachposten für ihre Sicherheit sorgten. Sie bekäme auf jeden Fall eine neue Identität. Die Entscheidung stände. Diejenigen, die für Chen Ze Rens Zusicherung mit ihrer Entscheidung so lange gewartet haben, bekämen jetzt Druck. Dafür sorgte der Chef ihrer Abteilung.

Gao Xia interessierte sich nicht für die Absicherung ihres weiteren Lebens. Nach dem Tod Chen Ze Rens schien ihr alles gleichgültig zu sein. Sie war ohne weitere Nachfragen kooperationsbereit.

„Ich kann euch all das mitteilen, was Chen Ze Ren wusste. Seine Mörder sollen nicht in den Vorteil kommen, den sie durch seinen Tod erreichen wollten!"

Je wacher Gao Xia wurde, umso lebhafter reagierte sie. Ein wenig ihrer alten Kraft flackerte auf. Sie bekam eine rote Gesichtsfarbe und der Puls begann zu steigen, wie der Monitor anzeigte. Sie klammerte sich an Toms Hand und zog sich hoch, soweit es ihre Fesseln zuließen. Die Geräte gaben Alarmsignale von sich. Eine Schwester stürzte in den Raum, scheuchte Jade und Tom vom Bett weg und hantierte an den Geräten. Sie drückte die Patientin vorsichtig auf das Bett und redete beruhigend auf sie ein. Eine zweite Krankenschwester traf ein und telefonierte nach einem Arzt, nachdem sie die Situation eingeschätzt hatte. Die erste zog eine Spritze auf. Die Zweite schob Jade und Tom vor die Tür, wo sie der Wachposten erwartete, der in dem entstandenen Tumult aufgesprungen war und beobachtete, was geschah. Seine Hand lag auf der Waffe.

# 36

Dr. Lawrence Hall nahm die durch Omega mitgeteilte Bedrohung sehr ernst. Er hatte einen Spezialisten für den islamistisch gefärbten Terror aus der zuständigen Abteilung zu ihrer Frühbesprechung gebeten. Der Mann war schlank und bewegte sich aufgrund seiner Körpermaße irgendwie hölzern, wie es bei sehr großen Menschen häufig vorkommt. Man hatte den Eindruck, als wenn er seine Glieder nicht richtig koordinieren konnte. Wie ein Elch kam er Tom vor. Im Gegensatz zu seinen ungelenken Bewegungen war die Sprache Dr. Klaus Gagdahns von exzellenter Ausdrucksweise. Er war Mitte vierzig, kurzer gepflegter Haarschnitt, aber unrasiert. Tom fiel der dunkle Schimmer der Bartstoppeln an Kinn und Hals auf. Der Hintergrund des Spezialisten war eine abenteuerliche Geschichte, wie Tom wusste. Er hatte als Kind im Einflussbereich eines Imam gestanden, der ihn radikalisieren wollte. Durch persönliche Erfahrungen war es ihm gelungen, sich aus dieser Szene zu lösen, und er arbeitete seitdem mit großer Überzeugung für die Integration der Menschen seiner Religion in die hiesige Kultur. Zu Beginn seines Vortrages hatte er – widerwillig, wie es Tom erschien – auch seine Maske abgenommen, bevor er sich für seine

Präsentation erhob.

„Wir haben alleine in NRW um die 200 Gefährder", begann er, „die aktionsbereit sind. Die Situation ist angespannt."

Tom hörte nur mit halbem Ohr zu.

„Durch die patriarchalischen Strukturen innerhalb der Familien", fuhr Gagdahn fort, „die natürlich die gesamte Gesellschaft durchziehen, wird jeder bedroht, der sich hier kritisch äußert. Vor diesem Hintergrund bildet sich eine Parallelgesellschaft heraus. Es bleibt uns also nichts übrig, als die Personen dann unter Polizeischutz zu stellen, die uns in seltenen Fällen durch eine Aussage helfen. In so einem Klima will mir doch keiner erzählen, hier sei alles in Ordnung? Problemlos? Von wegen Integration. Das ist unser tägliches Brot. Wir mischen uns ein, wo wir können, um Lösungen zu finden, zu erarbeiten. Integration findet in diesen Strukturen noch nicht wirklich statt. Wie soll jemand, der aus Syrien oder dem Irak aus einem Dorf kommt und diese fundamentalistischen Strukturen gewöhnt ist, mit der hiesigen demokratischen Grundordnung klarkommen? Die sind hier doch völlig überfordert und verängstigt. Bestimmte Imame, die uns zum Teil bekannt sind, sprechen diese Menschen an, fungieren wie Bauernfänger. Gerade die jungen Menschen, die jeden Halt verloren haben, werden dadurch eingefangen und radikalisiert. Die Imame geben ihnen die Sicherheit und ihre gewohnte Lebensweise zurück. Die wollen nicht ihre Identität als Muslime verlieren. Sie erfahren in diesem Umfeld die sonst fehlende Anerkennung, beginnen, sich mit den Ideen zu identifizieren, und werden zu Islamisten."

Gagdahn blickte in die Runde.

„So werden hier neue Kämpfer aufgebaut wie seinerzeit die, die in Deutschland für 9/11 vorbereitet wurden.

Wir vom Verfassungsschutz haben in ganz Deutschland etwa 10.000 bis 12.000 junge Radikalisierte unter Beobachtung, die sich dem IS angeschlossen haben."

Hall mischte sich ein.

„Wenn Sie einen solchen Aufwand betreiben, wieso wissen wir nichts darüber, dass eine Zelle des IS dabei ist, sich einen Atomsprengkopf zu besorgen? Wieso müssen wir das über andere Quellen erfahren?"

Dass es sich bei dieser Quelle um einen Telepathen handelte, würde Hall kaum zugeben, wusste Tom.

„Wir haben so viele Ressourcen zur Verfügung", sagte Hall. „Warum gestaltet sich das so schwierig? Verdammt, was ist in diesem Amt los?"

Gagdahn ließ sich nicht aus der Ruhe bringen.

„Da muss ich etwas ausholen. Im Haus ist ja bekannt, dass die Ansichten der Salafisten ein starkes Radikalisierungspotential besitzen und in fundamentalistisch gefärbten Moscheen labile Menschen zu Islamisten werden können. Unter den neuen Flüchtlingen wird immer wieder nach Gesinnungsfreunden gesucht. Es werden Leute für ihre Zwecke angeworben. Es ist auch vorstellbar, dass sich von vornherein zwischen den Flüchtlingen auch IS-Kämpfer befinden. Ich gehe jetzt auf Ihre Frage ein." Gagdahn sprach Hall direkt an. „Obwohl wir vom Verfassungsschutz hier diese Gruppen ebenso infiltrieren und Informationen sammeln, wo es nur geht, können wir kaum feststellen, wie viele IS-Terroristen sich dazwischen bewegen. Ein besseres Versteck als zwischen Flüchtlingen, die Hilfe suchen, kann es kaum geben! Aber auch kein infameres."

„Da haben Sie wohl recht", sagte Hall.

Gagdahn nahm mit einem wohlwollenden Nicken Halls Kommentar auf, ließ sich aber nicht in seinem Vortrag beeinträchtigen.

„Wir kennen eine ganze Anzahl gewaltbereiter Islamisten. Die Fahndung nach ihnen ist ausgeschrieben, aber wir finden kaum jemanden. In Kooperation mit den USA bekommen wir zwar viele Hinweise, aber da es quasi keine Kontrolle bei der Einwanderung gibt, können die hier durch Deutschland, durch Europa ziehen, ohne dass sie jemand aufhält. Das nur zum Hintergrund. Wenn wir überhaupt jemanden finden, dann nur durch Zufall. Den einen oder anderen. Die haben ein unüberschaubares Netzwerk. Es ist in voneinander unabhängige Zellen aufgeteilt und daher auch nicht auflösbar. Sie werden auch noch gedeckt von islamistischen Dachverbänden. Die kennen keine freiheitlich demokratische Grundordnung. Für die zählt nur das Gesetz des Stärkeren."

„Es gibt doch Bemühungen zur Integration", sagte Hall.

„Durchaus, aber helfen die wirklich?"

„Können wir für die Zukunft nur hoffen", sagte Hall.

„Und jetzt erst einmal das Schlimmste verhindern", bestätigte Gagdahn.

„Zu unserem konkreten Problem", sagte Hall, „Wir haben Namen, aber keine weiteren Daten dazu. Wie sollen wir die finden? Können Sie uns da helfen?"

„Das ist der Punkt, an dem unsere Leute, die auf diesen Bereich spezialisiert sind, sich immer beklagen. Wenn die als Flüchtlinge hier ankommen, werfen sie ihre Ausweise weg und geben sich als jemand anderer aus, um ihren Flüchtlingsstatus zu erhalten."

„Ja, ich glaube, wir haben genug gehört …", unterbrach Hall, „um die Situation einschätzen zu können. Wie kann die Hilfe aussehen, die Sie uns zur Verfügung stellen?"

Gagdahn ließ sich nicht beirren.

„Sofort. Nur das noch. Ein weiteres Problem besteht

allein schon aufgrund der fehlenden Sprachkenntnisse. Sie finden keinen Anschluss und landen deshalb oft unweigerlich bei den Anwerbern. Dazu kommt der Einfluss der Medien. Die Medien fördern mit ihrer Dramatisierung die Spaltung der Gesellschaft. Jede noch so kleine Kritik an dem Vorgehen der Regierung führt genau zu einer weiteren Radikalisierung. Die Medien fördern das Schwarz-Weiß-Denken. Vorurteile werden erzeugt und geschürt. So entstehen Fanatiker unter den Muslimen. Das ist das Problem, dem man sich stellen muss. Die Radikalisierung auf der einen Seite erzeugt natürlich die Gegenbewegung auf der anderen Seite. Der rechte Flügel, die Rechtsradikalen erhalten ebenso Zulauf. Wer sorgt letztendlich für den Kreislauf, in dem sich die Fronten gegenseitig hochschaukeln? Ich weiß, ich wiederhole mich: die Dramatisierung in der vierten Staatsgewalt."

Gagdahn sah in die Runde und atmete tief durch.

„Niemand, der hier aus Syrien oder dem Irak ankommt, hat die geringste Ahnung davon, was ihn hier erwartet. Die Menschen fühlen sich alleine gelassen, wissen nicht, wohin, und sind damit leichte Beute für die Mullahs, die zur Ermordung der Ungläubigen aufrufen."

Sein Vortrag schien Tom sehr von den persönlichen Erfahrungen in seiner Kindheit und Jugend geprägt zu sein.

„Das sind die Gründe für Extremismus und Radikalisierung. Punkt!"

Gagdahn setzte sich und lehnte sich zurück. Er sah sehr zufrieden aus, fand Tom.

„Danke für Ihre Ausführungen", sagte Hall, begleitet von Klatschen oder Klopfen der Anwesenden. „Also, wir haben Namen. Drei Männer und eine Frau. Wir wissen, dass es einen Kontakt gibt. Von dem existiert bisher nicht einmal ein Name."

„Die Namen kann ich in unser System eingeben. Wir haben viele Undercover-Agenten. Kann sein, dass die dem einen oder anderen über den Weg gelaufen sind. Was haben Sie über die Kontaktperson?

„Es soll sich um einen pensionierten General handeln", führte Hall aus, der mit einigen Leuten in der Armee einen rechten Flügel bildet. Dass es bei uns solche Tendenzen gibt, das wird ja gerade bekannt."

„Und da soll man nicht das Grausen kriegen", sagte Babette, die sich bisher ruhig verhalten hatte.

„Wie viele Generäle sind in letzter Zeit in Pension gegangen? Vielleicht erfahren Sie auf diesem Weg etwas über ihn?" Der Experte schien Tom überfordert zu sein. Das war nicht sein Gebiet.

„Diese vermutlichen IS-Kämpfer", fragte Gagdahn und ruderte damit wieder in seinen sicheren Bereich zurück, „gibt es Bilder der Araber?"

„Bilder existieren leider keine", sagte Hall und gab ihm die Namen. „Azadi Ghazi Ibn-Makiza ad-Dimašqi, Nasser Ibn-Omayrat ad-Wadi Khalid und Asad Ibn-Semou ad-Idlib."

„Interessant. Als Erklärung: Die Bezeichnung *ad* gibt einen Hinweis auf die Herkunft des Namensträgers. Zwei der Genannten stammen aus Syrien, einer aus dem Libanon. Wenn die Person länger hier lebt, kann sie noch ein *al* anhängen, das steht für *aktuell* oder *jetzt leben in*, zum Beispiel Dortmund oder Essen. Also: al-Dortmund. Es ist üblich, dass die Eltern Namen wählen, die zu der Aufgabe, die dem Kind im Leben zugedacht ist, oder zu dem Typ passen. Allerdings geben manche sich später auch selbstgewählte neue Namen. *Azadi* steht für *Freiheit*, *Nasser* bedeutet *Sieger* und *Asad* kann mit *Löwe* übersetzt werden. *Ibn* gibt den Namen des Vaters an. Die Bezeichnung: *Ghazi* übersetzt ist *Krieger für die Sache*."

„Die Namen sind uns so ungewohnt. Das verwirrt nur", sagte Hall, „ich habe entschieden, dass wir uns der Einfachheit halber auf die Vornamen beschränken."

„Das verstehe ich gut", sagte Gagdahn, „also Azadi, Nasser und Asad. Sie sagten, es gäbe auch eine Frau?"

„Zafer Aisha Siddika bin Khoury al-Almani."
Bei Tom löste der Name sofort das Bild einer dunkelhäutigen heißblütigen Schönheit aus, wie beim ersten Hören während des Telefonats mit Omega. Er stellte sie sich sportlich, mit wildem Blick und schwarzen Locken vor. Eine aufregende Mischung aus orientalischem Ursprung und westlichen Kultureinflüssen. Er schüttelte den Kopf, um die Fantasie loszuwerden.

„Das könnte gut eine Terrorzelle sein", sagte Gagdahn.

„Wenn Sie den Namen kürzen wollen, heißt sie Aisha Siddika. Sie lebt wohl schon länger in Deutschland."

„Spannend, was die Namen alles verraten. Woher wissen Sie das?"

„*al-Almani* ist, wie gesagt, die Bezeichnung für den aktuellen Aufenthaltsort, nicht den Geburtsort. Diese Bezeichnung *al-* nimmt man erst an, wenn man länger irgendwo lebt. Sie könnte ursprünglich aus dem Libanon stammen. Darauf deutet *Khoury* hin. Die weitere Bedeutung ihres Namens: *Kämpferin, die den Feind besiegt*, klingt sehr nach selbst ausgesucht. Man kann nie wissen, ob es sich nicht um angenommene Fantasienamen handelt. "

„Genauso wenig wissen wir, ob Gatows und Omegas Informationen richtig sind oder warum sie uns die zur Verfügung stellen."
Freddie erhielt für diese Bemerkung einen bösen Blick von Hall.

„Gatow und Omega? Wer ist das?", fragte Gagdahn,

„Ihre Quelle?"

Hall nickte.

„Um Ihnen das Ausmaß der Bedrohung zu verdeutlichen: Es handelt sich um den Versuch dieser Zelle, sich eine verlorengegangene oder, besser gesagt, vergessene atomare Sprengladung zu verschaffen …" Er machte eine Pause, „… Verkäufer soll der pensionierte General sein."

Tom war klar, dass Hall das nur anführte, um Gagdahn deutlich zu machen, wie dringend die Sache war.

Gagdahn pfiff durch die Zähne.

„Unter der Voraussetzung, dass Ihre Quelle vertrauenswürdig ist", ergänzte Gagdahn in Anlehnung an Freddies Aussage.

Hall ließ sich nicht die Schlussbemerkung nehmen:

„In Anbetracht der Bedrohung sollten wir lieber einmal mehr als einmal zu wenig hinschauen!"


Im Anschluss an die Sitzung sprach Hall kurz mit Jade und Tom. Er wollte wissen, was das Verhör mit der Chinesin ergeben hat.

„Ihr Zustand hat sich verschlechtert, als wir bei ihr waren. Wir müssen warten, bis es ihr besser geht", sagte Tom.

„Falls es ihr besser geht", ergänzte Jade.

„Versuchen Sie es wieder, wenn sie so weit ist. Tom, können Sie mit diesem Omega in Verbindung treten?"

„Leider nein, wir müssen warten, bis er sich meldet."

„Das ist kein Zustand. Wenn wir schon in Anbetracht der Situation gezwungen sind, mit diesen Leuten zusammenzuarbeiten, dann sorgen Sie dafür, dass wir die auch erreichen können!"

# 37

Zwei Tage lang waren alle Abteilungen, die sich mit der gewaltbereiten Szene der Islamisten beschäftigten, bis an die Grenzen ausgelastet. Die Namen wurden durch alle Datenbanken gejagt, die zur Verfügung standen. Alle Informanten und Undercover-Agenten des Verfassungsschutzes auf Bundes- und auf Länderebene wurden befragt. Anfragen nach dem Aufenthaltsort dieser Personen wurden an den BND, den MAD und die Geheimdienste der befreundeten Länder geschickt. Jede Information könne hilfreich sein. Es gehe ein hohes Gefahrenpotential von ihnen aus. Es ergab sich nicht der kleinste Hinweis. Unter den angegebenen Namen war niemand registriert oder als islamistischer Gefährder eingestuft. Erste Zweifel traten auf, ob Omegas Angaben richtig waren.

Am dritten Tag meldete sich Omega auf dem Handy, das er Tom zur Verfügung gestellt hatte. Durch Gatow wusste er selbstverständlich von den bisherigen Misserfolgen, den angegebenen Namen Personen zuordnen zu können. Tom fragte Omega, ob Gatow nicht weitere Informationen beschaffen, mehr Hinweise zur Verfügung stellen könne. Omega erklärte ihm, dass es für Gatow nicht so einfach sei, den Standort der gesuchten Personen zu ermitteln. Er beschrieb, wie schwer es für den Telepathen sei, eine örtliche Lokalisierung vorzunehmen. Er könne die Pläne lesen, die in den Köpfen der Personen geschmiedet wurden, wenn sie daran dachten, aber nicht ihren Aufenthaltsort. Es sei denn, sie würden sich explizit darüber Gedanken machen, *ich fahre jetzt lieber diese Straße als jene* oder *da steht ja das Ulmer Münster*. Nur ein solcher klarer eindeutiger Gedanke ließe eine Ortsbestimmung zu. Gatow gehe aber davon aus, dass die Gesuchten sich im Ruhrgebiet aufhielten. Das habe er den aufgefangenen Gedanken mit Sicherheit entnehmen können.

Während Tom telefonisch mit Omega in Kontakt stand, arbeiteten die Telekommunikationsleute des Verfassungsschutzes parallel intensiv daran, Omegas Standort zu ermitteln. Der Versuch, die Übertragungswege zu verfolgen, scheiterte.

Tom vereinbarte mit Omega, am folgenden Tag eine gemeinsame Suche nach den Terroristen zu starten, bei der Tom direkt mit Gatow in Verbindung stehen sollte. Der Telepath würde dann alle Gedanken, die er von den IS-Terroristen Azadi, Nasser und Asad empfing und die eine Lokalisierung ermöglichen könnten, sofort an Tom weitergeben. Tom sollte die Information dann unmittelbar an bereitstehende Einsatzkräfte weitergeben. Zum Schluss des Gesprächs gab Omega das Handy direkt an Gatow, der noch einen Hinweis loswerden wollte.

„Es tut mir leid", sagte Gatow zu Tom, „was in Ihrem sicheren Haus passiert ist. Ich habe es leider zu spät erfahren. Sie sollten außerdem die Chinesin an einem anderen Ort unterbringen. Sie ist da nicht sicher."

*Gao Xia*, fuhr es Tom durch den Kopf.

„Genau", sagte Gatow, „Gao Xia."

Erhöhte Alarmbereitschaft und eine Verdopplung der Wache wurde sofort veranlasst.

\*\*\*

Alle Vorbereitungen waren getroffen. Babette hatte auf Halls Anordnung die Landes- und Bundespolizei informiert. Sondereinsatzkommandos standen über das gesamte Ruhrgebiet verteilt bereit und warteten darauf, aktiviert zu werden. In Absprache mit den Polizeikräften vor Ort hatte man sich auf Verhaltensregeln geeinigt. Der logistische Aufwand war enorm, aber nach Jades Meinung der Gefahr angemessen. Die Teams warteten auf Einsatzfreigabe. Per Videokonferenz waren die Leitstellen der verschiedenen Einheiten zusammengeschaltet und warteten Standby auf jeden noch so kleinen Hinweis, den Gatow, wenn er etwas erfasste, weitergeben würde. Die Falle war vorbereitet. Die Jagd nach den Terroristen konnte beginnen. Zur vereinbarten Zeit um 10:00 hatten sich alle Mitarbeiter im Konferenzraum der Abteilung IV versammelt und warteten. Die Videokontakte waren vollzählig verbunden. Es fehlte nur noch der Kontakt zu dem Telepathen.

Hall saß vor Kopf und tippte mit seinen Fingern auf der Tischplatte herum. Auf dem Bildschirm an der Wand waren die Bilder der Vorgesetzten der für den Einsatz bereitstehenden Einheiten zu sehen. Das Begrüßungsprozedere lag hinter ihnen. Alle wussten Bescheid, dass kurzfristig durch einen Informanten Hinweise zur Ergreifung einiger gefährlicher Terroristen eingehen sollten. Aber niemand außer der kleinen Gruppe Abteilung IV war informiert, auf welche Art Botschaften dazu ermittelt wurden. Hall hatte sie ermahnt, ja nichts über Telepathie zu erwähnen. Sie warteten nur noch auf Omegas Anruf und Gatows Einsatz.

Freddie und Babette saßen vor den Rechnern, um jedes Detail einzugeben, das helfen konnte, den Aufenthaltsort der gesuchten Personen zu bestimmen.

Das Handy, über das der Kontakt zustande kommen sollte, war an externe Boxen und die Anlage angeschlossen, die erneut den Standort des Anrufers ermitteln sollte. Die zwei Techniker saßen davor. Für Tom und die gesamte Abteilung IV war es ab jetzt ein Kampf auf zwei Seiten. Zum einen sollten natürlich die IS-Terroristen unschädlich gemacht werden, zum anderen achteten alle darauf, ob in dieser erzwungenen Kooperation mit Omega und Gatow auf deren Seite nicht ein Fehler dazu führte, den entscheidenden Hinweis zu liefern, wo sich diese Mitglieder der sechs großen Familien aufhielten, um auch sie endlich ergreifen zu können.

Jade musste über diese Bemühungen grinsen. Nach allem, was sie über diesen Telepathen gehört hatte, war sie sich im Klaren darüber, dass Gatow sicher alle diese Bemühungen durchschaute, noch bevor sie damit begannen.

Nach einem Schauer in den frühen Morgenstunden hatte sich die Sonne durchgesetzt. Jade stand am Fenster und schaute hinaus. Ein leichter Wind schüttelte die letzten Blätter von den Bäumen. Hin und wieder ertönte ein lautes Atmen, das sich fast wie ein Stöhnen anhörte. Ein Stuhl knackte. Jemand scharrte mit den Füßen.

Freddie klickte auf der Tastatur herum.

Tom strich sich über das Kinn.

Einer der zugeschalteten Vorgesetzten fragte, wann es denn losgehe.

„Wir warten auf den Kontakt", sagte Hall. Er wirkte sehr angespannt. Jade konnte sich vorstellen, wie er sich fühlte als Verantwortlicher für die ganze Aktion.

An das Tragen einer ordnungsgemäßen Hygienemaske zum Schutz gegen Corona dachte niemand im Raum mehr. Ein Rauschen, Knacken und Rascheln kam aus der Videoverbindung.

Jade ging zu Babette und schaute ihr über die Schulter. Dann zog sie einen Stuhl heran und setzte sich neben sie.

Tom stand auf, öffnete ein Fenster und setzte sich wieder.

Das Rauschen des Windes drang in den Raum. Aus weiter Ferne näherte sich das Jaulen einer Sirene.

Babette entschuldigte sich, sie käme gleich zurück.

Jade schloss sich an. Die beiden Frauen verließen den Konferenzraum. Auf dem Weg zu den Toiletten begann Jade mit Flüsterstimme ein Gespräch, um die Spannung abzubauen.

„Und? Was ist mit diesem Korf?"

Babette lachte.

„Netter Kerl. Aber er ist verheiratet."


Als sie zurückkamen, stand die Verbindung. Gatow gab minutiös durch, was er aus den Gedanken der Araber erfassen konnte. Tom honorierte jeden Hinweis.

„Einer will Brötchen holen", sagte Gatow.

„Bei welchem Bäcker?"

Es knackte.

„Kann ich nicht sagen. Warten Sie … doch, *nicht die von Döbbe*."

Babette und Freddie gaben *Döbbe* auf ihren Rechnern ein.

„Zu viele Filialen", flüsterte Babette, „an die 50 allein im Ruhrgebiet."

„*Backtreff*", sagte Gatow, „er bevorzugt die aus dem *Backtreff*."

Babette gab *Backtreff* ein.

„17 Filialen. Duisburg … und Umgebung."
Die vor Ort bereitstehenden Einheiten wurden informiert.

„Wir brauchen mehr, um den Aufenthaltsort zu bestimmen", sagte Tom, „was haben Sie noch?"
Nach einer Pause erklang Gatows Stimme wieder, erst leise, verzerrt, dann klarer.

„Das sind nur zwei, die sich zum Frühstück treffen. Ghazi und Asad. Sie haben telefoniert. Vielleicht bekomme ich noch etwas, wenn Ghazi unterwegs zu Asad ist. Nasser scheint sich an einem anderen Ort aufzuhalten. Von der Frau habe ich nichts."
Tom drängte Gatow, auch Nassers Gedanken zu überprüfen. Die ganze Veranstaltung wirkte auf Jade skurril. Die Kollegen der ganzen Dienste mussten doch merken, dass hier etwas nicht stimmte. Auch wenn Tom sich um eine Wortwahl bemühte, die nicht unbedingt auf Gatows Art der Recherche schließen ließ.
Sie brauchten mehr Hinweise. Einer in Duisburg oder dort in der Nähe. Einer auf dem Weg dorthin. Aber das war nicht genug, den tatsächlichen Standort der Personen festzustellen. Gatows Stimme klang jetzt unsicher, verzerrt, brach ab, ertönte wieder, bis sie ganz unterging.
Jade fragte sich, was da los war.

# 38

Gatow war sich im Klaren darüber, was sich anbahnte. Das waren die ersten Anzeichen. Die typischen Symptome seiner beginnenden Migräne. Gerade jetzt, sagte er sich, wo es so nötig war, dass er seine ganze Konzentration zusammennahm. Er merkte, wie er sich selbst unter Stress setzte, genau das nicht verhindern konnte. Es war eigentlich Zeit für sein Medikament, sonst fiel er für längere Zeit aus. Die Pflicht war aber im Moment wichtiger. Ihm war klar, dass genau dieser Druck das Ungünstigste war, was er tun konnte. Seine Erfahrung sagte ihm, dass durch diese Verhaltensweise alles nur schlimmer wurde. Es führte nur dazu, dass die Schmerzen sich weiterentwickelten. Trotzdem machte er weiter. Da – er fing etwas von Ghazi auf. Die Person überlegte, ob sie über eine Autobahn – welche Bezeichnung? Hatte er *42* gelesen? – zu Asad fahren sollte. *Abzweig in Richtung? Abfahrt?*
Gatow wurde übel. Er würgte.
„Autobahn 42 – Abzweig", brachte er noch heraus.
Gatow hörte, dass Tom auf der anderen Seite der Verbindung die Information weitergab.
In Gatows Kopf drehte sich alles. Er hörte ein Blubbern. Geräusche aus dem Hintergrund. Mit Echo. Das musste

eine Leitzentrale sein, mit der der Verfassungsschutz während der Jagd eine Verbindung hielt. Gatow hörte die Anfrage.

„Haben Sie ein Kennzeichen? Eine Automarke? Die Farbe des Kraftfahrzeugs?"

Tom wiederholte die Fragen direkt an ihn. Warum machte er so etwas? Er wusste doch um die Probleme. Er wusste doch, dass Gatow nur erfassen konnte, was der Mensch gerade konkret dachte, vorhatte. Trotzdem gab er die Fragen an ihn weiter. Die Fragen kannte Gatow doch. Aber das andere bekam er nicht mehr mit. Er konnte die Gedanken der Terroristen nicht lesen. Gatow versuchte, etwas zu sagen. Sein Mund gehorchte ihm nicht mehr. Er reagierte nicht, wie er wollte.

„Hallo? Hallo?" Toms Stimme brüllte aus dem Handy, dass seiner Hand entglitt.

Lichtblitze durchzucken Gatows Gehirn. Sein Sehvermögen ließ nach. Vereinzelte Flächen wurden weiß. Langsam löste sich sein gesamtes Sichtfeld auf. Das Hämmern in seinem Kopf nahm zu. Er konnte keine konkreten Gedanken mehr fassen. Alles wurde zu einem Rauschen und Tosen, das sich mit den Geräuschen des Pressluftbohrers in seinem Schädel vermischte. Der Schmerz näherte sich der Grenze des Unaushaltbaren, er glitt in die wohltuende Bewusstlosigkeit.

Tom versuchte es weiter.

„Hallo? Hallo?"

Dann hörte er Omegas Stimme.

„Es tut mir leid, wir müssen die Aktion abbrechen. Wenn alles klappt, melden wir uns in 48 Stunden wieder."

Hall schüttelte den Kopf und strich sich durch die Haare.

„Das geht doch nicht. Die können doch nicht von uns

erwarten, dass wir halb Deutschland mobilisieren, und dann einfach alles abblasen."

Tom überlegte.

„Wenn wir unter solchen Umständen weiter zusammenarbeiten sollen", sagte er zu Omega, „dann geben Sie uns eine Nummer. Damit wir Sie erreichen, wenn es notwendig ist. Sonst können Sie sich alleine um diese Probleme kümmern."

Alle im Raum sahen Tom erschreckt an. Es war ihm egal. Er konnte Omega das nicht durchgehen lassen. Bei einer Kooperation hatten beide Seiten ihre Pflichten. Omega sollte das akzeptieren. Sonst hatte Hall recht und sie waren nur Lakaien, Erfüllungsgehilfen. Tom dachte auch daran, wie sie diesen Abbruch des Einsatzes erklären sollten. Er beneidete Hall nicht um diese Aufgabe.

„Omega? Sind Sie noch da?" Wie würde dieser Mann auf seine Forderung reagieren? Die Augen der anderen lasteten immer noch auf Tom.

Omega gab ihm tatsächlich eine Rufnummer und unterbrach dann ohne weitere Erklärung die Verbindung.

Tom wischte sich über die Stirn.

„Er hat uns tatsächlich die Nummer gegeben", sagte Hall und seine Stimme klang verwundert.

Tom nickte, tippte die Zahlen ein und drückte auf *Verbindung herstellen.*

Nichts.

„Versuchen Sie es noch einmal", sagte Hall.

Aber Omega meldete sich nicht mehr.

Hall wandte sich an die Techniker.

„Überprüfen Sie das."

Nach wenigen Augenblicken äußerte sich einer der Techniker.

„Wir bekommen kein Ergebnis. Die Rufnummer

existiert offiziell nicht. Ist nicht zu verfolgen."

„Das kann doch nicht sein. Wie macht er das?

„Keine Ahnung. Die nutzen eine Technik, wie wir sie auch kennen, nur noch etwas weiter entwickelt. Vielleicht haben sie die von den Amerikanern? Wer weiß, wie weit die uns schon voraus sind?"

„Omega und dem Rest dieser *großen Sechs* traue ich zu, dass sie die Technik dazu selbst entwickelt haben!", sagte Tom und zuckte mit den Schultern. „Keine Ahnung, was da eben passiert ist. Aber es klang so, als wenn mit Gatow irgendetwas nicht in Ordnung war. Hoffen wir, dass er uns bald wieder helfen kann. Er ist nicht mehr der Jüngste und ohne seine Hilfe wird es schwierig, die atomare Bedrohung abzuwenden."

# 39

Die Mitteilung, dass eine Terrorzelle eine Atomwaffe erwerben wollte, hatte viel Staub aufgewirbelt. Auch der Abbruch der Aktion, um die IS-Terroristen dingfest zu machen, schlug hohe Wellen. Hall hatte alle Hände voll zu tun, die Gemüter zu beruhigen. Er hatte eine weitschweifige Geschichte verbreitet, dass die Identität des Informanten geschützt werden musste. Das sei in dem Augenblick wichtiger als die Information gewesen. Was nütze es ihnen für die Zukunft, wenn die Quelle ganz ausfiele? Der Mann hätte kurz vor der Enttarnung gestanden und deshalb so überstürzt abbrechen müssen. Die Leiter der beteiligten Dienste hatten dafür Verständnis gezeigt. Nachdem die Wogen etwas geglättet waren und er Zeit zum Durchatmen hatte, fanden seine Gedanken immer noch keine Ruhe. Seine Befürchtungen kreisten um die Möglichkeit, man könne an seinem Stuhl sägen. Die Fehlschläge würden eventuellen Konkurrenten gerade recht kommen. Er rief Babette zu sich. Sie lächelte ihn an in Erwartung seiner Aufträge.

„Schließen Sie bitte die Tür."

So souverän, wie er vorher alles geregelt hatte, so nervös war er jetzt. Er kam sich wie ein kleines Kind vor.

„Haben Sie schon etwas gehört?"

Ob sie noch wusste, wovon er sprach? Aber er kannte sie ja als Schnellumschalter. Sie wusste tatsächlich sofort, worauf er hinauswollte. Allein durch ihre quirlige Art verbesserte sich sofort seine Anspannung und die durch die Belastung gedrückte Laune.

„Sie wissen ja, dass ich mir immer wieder das Rauchen abgewöhnen will. Klappt aber nicht. Oder, wie sagt man so schön: Ich habe es schon 12 oder sogar 15 Mal geschafft. Ich habe mich damit abgefunden. Jetzt ist es ein Vorteil, dass ich rauche. Ist etwas Besonderes geworden. Wenn man so mit den anderen ,Aussätzigen' vor der Tür steht und den großen Aschenbecher füllt."

Sie lachte.

Sie schien regelrecht Spaß daran zu haben, ihre Kontakte für ihn einzusetzen.

„Irgendwie gehört man dann dazu, zu dieser kleinen verschworenen Gemeinschaft", fuhr sie fort. „Der Austausch, der dort an Insider-Informationen stattfindet, ist unbezahlbar. Da erfahren Sie alles über die anderen Abteilungen. Jedes Gerücht lässt sich dort verifizieren oder falsifizieren, je nachdem."

Hall konnte sich das Grüppchen der geschwätzigen Raucherinnen gut in dem kleinen Eckchen neben der Tür vorstellen. Im Hintergrund die dunkle Gebäudekombination des Bundesamtes für Verfassungsschutz in seiner eindrucksvollen geometrischen Architektur.

„Die Frau, die Ihre Stelle im Auge hat, heißt Eva Lorrek, sie ist 38 Jahre, abgeschlossenes BWL-Studium, Sozialwissenschaften abgebrochen, Zusatzausbildung zur Motivationstrainerin, hat im mittleren Management in der Logistikbranche gearbeitet, jetzt soll sie durch ihren Mentor eine sichere Stellung kriegen. Wenn Sie mich fragen: Sie hat keinen Geschmack, ziemlich Übergewicht und versucht, ihre Körperfülle durch zu große Jacken, vorwiegend in Rot, zu kaschieren."

„Und? Gelingt das?"

Babette verdrehte die Augen.

„Unglaublich, was Sie alles erfahren haben. Welche Position hat sie momentan?"

„Überhangstelle."

„Meine Quelle in der Personalabteilung meint, sie hätte gute Chancen. Sie ist verwandt mit dem Dezernenten. Seine Nichte."

„Soso, Vetternwirtschaft also."

„Das ist nicht zu unterschätzen, Chef. Ich glaube, diesmal müssen Sie sich wirklich Sorgen machen. Und sie hat das richtige Parteibuch."

Babette klang besorgt. Die Dicke also. Dann waren seine Befürchtungen berechtigt. Die Nichte des Dezernenten, und der wollte sie unbedingt unterbringen. Da musste er sich wohl etwas einfallen lassen.

\*\*\*

Tom schlug die Hände zusammen und rieb sie. Jagd war für ihn normalerweise mit Aufregung verbunden. Das Warten und dieser abrupte Abbruch hatten ihn mit seinen Kraftreserven stehenlassen. Er wusste nicht, wohin mit seiner Energie.

„Ein echter Misserfolg", sagte er. Jade sah, wie er sich quälte.

„Sollen wir laufen? Lass uns irgendwo hinfahren. Du musst dir keine Vorwürfe machen, kannst nichts dazu."

„Egal, aber ich sehe es als Reinfall. Totalen Reinfall."

„Mir hilft immer, wenn ich dann laufe. Was hältst du vom Olof-Palme-Park? Oder lieber am Fühlinger See?"

Jade und Tom liefen im gleichen Tempo nebeneinander.

Den See an ihrer Seite. Sie hatten sich über die Jagd nach den IS-Leuten, den Verbindungsabbruch zu den *großen Sechs* und die Stimmung im Team ausgetauscht. Jetzt herrschte seit einiger Zeit Schweigen. Tom war froh über die Ruhe. In seinem Kopf kreisten genug Gedanken, sodass er sich auf kein Thema mehr hätte konzentrieren können. Er versuchte, sich nur auf seinen Körper zu beschäftigen, seine Bewegungen zu koordinieren, merkte aber, wie verbissen er selbst dabei war.

„Wovor läufst du weg?"

Was fragte sie da? Ja, überlegte Tom, wovor lief er eigentlich weg? Was sollte das? Er wusste nicht, ob sie die richtige Ansprechpartnerin für seine Probleme war. Aber er vertraute ihr. Wenn sie als Frau für ihn nicht in Frage kam, das hatte auch Vorteile. Dann stand nicht die erotische Seite zwischen ihnen. Das machte das Öffnen, das Reden für ihn irgendwie einfacher. Sie war nicht zimperlich, wenn es darum ging, ihm ihre Grenzen deutlich zu machen. Da gab es keine halben Sachen. Aber das waren Strukturen, mit denen er umgehen konnte. Klare Regeln gaben Sicherheit.

„Jade", begann er vorsichtig, „kann ich dich etwas fragen?"

Sie schaute ihn von der Seite an.

„Sicher."

„Ich", er zögerte, wie sollte er anfangen?

Sie lief ein Stück vor, drehte sich und lief rückwärts weiter. Jetzt hatte er ihre volle Aufmerksamkeit.

„Mit Jen, ich glaube …"

Jade reduzierte ihre Laufgeschwindigkeit, drehte sich, lief wieder neben ihm und schlug ihm kameradschaftlich auf die Schulter.

„Du liebst sie noch! Ich habe so etwas schon vermutet."

„Was soll ich tun?"

„Jetzt werde ich noch Berater in Liebesdingen für einen Hetero. Wie steht sie denn zu dir?"

„Als ich bei den beiden war, hatte ich den Eindruck, dass da auch von ihrer Seite noch etwas ist. Sie wirkte unsicher und verlegen."

„Ich denke, nachdem du dich damals einfach aus dem Staub gemacht hast, wirst du bei ihr nur landen können, wenn du ihr beweisen kannst, dass du es diesmal ernst meinst."

„Und wie mache ich das?"

„Tja, das ist das Problem. Was ist denn mit deinem Freund Christian, die beiden sind doch zusammen, oder?"

„Ja."

„Das macht dir nichts aus?"

„Doch. Aber was soll ich denn machen?"
Jade überlegte einen Moment.

„Lass das doch Jen entscheiden! Sie muss doch wissen, was sie will. Aber, ganz ehrlich, du hast doch nur Angst, dich zu binden."
Was meinte sie bloß? Er hatte vor nichts und niemandem Angst, was sollte das heißen? Das Gespräch mit Jade brachte Tom auf eine Idee. Er würde das nur noch mit Hall abklären müssen.

***

Nach dem Gespräch mit ihrem Chef dachte Babette über Jean-Baptiste nach. Sie hatte zwar mit ihm eine Schlacht geschlagen, als er sie mehrmals sexuell belästigt hatte. Aber das hatte sie hinbekommen. Sie war daran gewachsen. Sie war in der Lage, sich selbst durchzusetzen. Dafür brauchte sie kein #*MeToo* oder irgendeine Gleichstellungsbeauftragte. Aber das, was der Chef jetzt mit ihm abzog, das war nicht in Ordnung. Sie gehörte nicht zu denen, die auf Rache sannen. Nein, nachtragend war sie nicht, das gehörte wahrlich nicht zu ihren Eigenschaften. Kurz entschlossen rief sie Jean-Baptiste an.

„Junge, mach hin, gibt dir einen Stoß. Geh zum Frisör und lass das Kiffen. Am besten, du kommst einfach wieder zur Arbeit, wenn du beim Frisör warst. Damit setzt du ein Zeichen."

„Dann wird Hall sich etwas Neues überlegen."

„Ich gehe davon aus, dass er von dir verlangt, dass du eine Therapie machst."

„Die Genugtuung werde ich ihm auf gar keinen Fall geben."

„Das solltest du aber. Tut nicht weh und hilft dir bestimmt."

# 40

Tom erreichte das Krankenhaus in Bonn, als es bereits dunkel war. Es ging Gao Xia erstaunlich gut. Man hatte sie auf ein Einzelzimmer in einer regulären Station verlegt. Selbstverständlich hielten sich immer noch zwei Polizisten zu ihrer Sicherheit vor dem Raum im Flur auf. Tom wies sich als Agent des Verfassungsschutzes aus und teilte den Männern mit, dass er gedenke, die Patientin mitzunehmen. Nach Rücksprache mit ihrem Vorgesetzten, der durch Hall informiert worden war, zogen sie ab.

In dem vorausgegangenen Telefonat hatte Hall zuerst seine Bedenken geäußert.

„Ist das nicht zu gefährlich? Das sind schließlich Privatleute?"

„Zu gefährlich ist es für Gao Xia, im Krankenhaus zu bleiben. Wir haben doch die Information, dass die Leute, die Chen Ze Ren umgebracht haben, auch hinter ihr her sind. Die werden alles daran setzen, sie auch aus dem Weg zu räumen, um zu verhindern, dass sie ihre Informationen an uns weitergeben kann."

Nach kurzer Diskussion hatte Hall seine Zustimmung gegeben.

„Sagen Sie mir nicht, wo die wohnen, dann kennen nur Sie ihren Aufenthaltsort."

Nun betrat Tom das Krankenzimmer. Etwas von dem Stolz und der alten Kraft Gao Xias war in ihre Augen zurückgekehrt. Trotzdem wirkte sie auf Tom immer noch schwach und hilflos. Während er ihr die Lage erklärte, stöberte er in allen Einbauschränken nach den wenigen Habseligkeiten, die ihr ins Krankenhaus gebracht worden waren. Er warf alles in eine Reisetasche, die er unter dem Bett fand. Dann stützte er sie beim Aufrichten, half ihr in den Bademantel. Mit einer Hand ergriff er die Reisetasche, nahm Gao Xia auf die Arme und schaffte sie aus dem Zimmer. Nach anfänglichem Sträuben ließ sie es geschehen. Tom trug sie zum Parkplatz. Sie legte die Arme um seinen Hals und schmiegte sich an ihn. Es schien ihr zu gefallen. Tom musste sein ganzes Geschick aufwenden, um sie in seinen BMW zu verfrachten. Es dauerte etwas, sie auf dem Autositz so zu platzieren, dass der Transport an einen sicheren Ort schmerzfrei vor sich gehen konnte.
Bei der Fahrt achtete er sehr darauf, welche Fahrzeuge sich hinter ihm befanden. Immer wieder änderte er die Richtung, wechselte mehrfach die Autobahnen, bis er sicher war, dass ihm niemand folgte. Im Gegensatz zu den Wagen aus dem Fahrzeugpark des Verfassungsschutzes war sein privates Auto nicht mit einem GPS-Tracker versehen. Über diesen Weg konnte also der Standort, den er nun ansteuerte, nicht ermittelt werden.
Etwa anderthalb Stunden später hatte er seinen Zielpunkt erreicht. Nach dem Laufen und im Gespräch mit Jade über seine Freunde Jen und Christian hatte er seinen Plan entwickelt. Bei den beiden wäre Gao Xia am besten aufgehoben. Durch den verschärften Lockdown und die Ausgangssperre war Jen wieder von

ihrer Arbeit entbunden und konnte sich um die Patientin kümmern. Die beiden hatten sich sofort damit einverstanden erklärt.

Tom fand in dieser kleinen Straße in Rüttenscheid tatsächlich nur wenige Meter vom Haus seiner Freunde entfernt eine Parkmöglichkeit. Beim Einparken informierte er Christian über die Freisprecheinrichtung, dass er angekommen sei. Christian kam aus der Haustür, als Tom Gao Xia wieder auf seine Arme lud. Diesmal leistete sie keinen Widerstand.

Christian nahm ihre Tasche und hielt den beiden die Haustür auf. Kurz bevor sie den Flur betraten, fielen die ersten Regentropfen vom Himmel, als wenn sie den verpflanzten Baum begießen wollten, damit er an seinem neuen Standort gut anwächst. Tom sah, wie Gao Xia mit ihrer Zunge eine Tropfen auffing und ihn anlächelte. Wie kam er nur auf solche Gedanken?

Vor der Wohnung wartete Jen und geleitete sie in das vorbereitete Gästezimmer. Sie kümmerte sich darum, alles für ihre Patientin angenehm zu bereiten. Tom beobachtete, wie die Frauen sich mit einem Blick zu verständigen schienen, und schloss daraus, dass Gao Xia hier gut aufgehoben war. Jen setzte sich zu Gao Xia, die sehr erschöpft wirkte, und begann ein Gespräch mit ihr. Tom und Christian zogen sich ins Wohnzimmer zurück.

Christian sprach mit gedämpfter Stimme, so besorgt um den chinesischen Gast schien er zu sein.

„Was haben denn die Ärzte gesagt? Durfte sie überhaupt schon transportiert werden?"

„Sie hat in der Zeit, seit ich sie mit Jade das letzte Mal besucht habe, gute Fortschritte gemacht. Im Krankenhaus waren sie nicht gerade begeistert. Wie üblich, *auf eigene Verantwortung* haben sie gesagt. Es macht euch wirklich nichts aus?"

„Alles gut. Wir helfen gerne", bestätigte Jen, die leise die Tür zum Gästezimmer geschlossen hatte. „Sie schläft jetzt. War doch etwas anstrengend für sie. Mach dir keine Sorgen, ich kümmere mich um sie."

„Ich natürlich auch", fügte Christian mit einem Seitenblick auf Jen hinzu.

Die beiden schienen sich trotz ihrer Streitigkeiten einig zu sein. Es fühlte sich nach Geborgenheit an, so wie Tom sich eine heile Familie vorstellte. Er wagte nicht, Jen anzusehen. Für Gao Xia war er froh, sie hier in guten Händen zu wissen. Von den Insidern innerhalb des Verfassungsschutzes kannte jetzt nur noch er selbst den Aufenthaltsort, und zu Jen und Christian konnte aus seiner Sicht niemand eine Verbindung ziehen. Niemand, der Gao Xia Schaden zufügen konnte. Hier war sie in Sicherheit. Gatow konnte natürlich ihren Standort feststellen, aber warum sollte er Tom erst informieren, sie in Sicherheit zu bringen, wenn von ihm eine Gefahr ausging? Oder wollte er sie aus dem Krankenhaus heraus locken, um besser an sie heran zu kommen? Tom hatte keine Erklärung für seine Annahmen, aber er war sich sicher, dass er dem Telepathen trauen konnte.

# 41

Das Team hatte sich in Halls Büro versammelt, in der Hoffnung, dass es heute zu einem Kontakt mit Omega käme. Erneut waren die verschiedenen Behörden mit ihren SEKs in Alarmbereitschaft versetzt. Die anderen Einheiten waren diesmal mit Standleitung verbunden. Eine Schaltung über Videokonferenz wurde als nicht notwendig erachtet. Die Führungsebene wurde nicht benötigt. Man verließ sich auf die Einsatzleiter, die ihren Vollmachten gemäß handeln sollten. Babette meldete, dass die einzelnen Verbindungen standen. Jede Gruppe wartete auf den Einsatzbefehl. Duisburg wurde vorrangig behandelt. Eine nervöse Stimmung füllte den Konferenzraum. Niemand saß auf seinem Stammplatz. Freddie lief auf und ab, Babette telefonierte und schaute zwischendurch von ihrem Schreibtisch durch die offene Tür herüber, ob es wohl losging. Ihre Maske hing an einem Kettchen vor der Brust, wie manche älteren Leute ihre Lesebrillen trugen.

Jean-Baptiste war den ersten Tag wieder da. Er wich allen Blicken aus und sprach mit niemandem. Seine Haare trug er erheblich kürzer. Tom vermutete, dass er es selbst geschnitten hatte. So sah es zumindest aus und die Frisöre waren ja geschlossen. Jean-Baptiste drückte sich unauffällig im Hintergrund an Hall vorbei, um in den Konferenzraum zu gelangen. Hier blieb er an die Wand gelehnt neben dem Fenster stehen, aus dem Jade in das triste Grau schaute, das typisch für den Dezember war. Tom hatte einen zweiten Stuhl herangezogen und seine Füße darauf gelegt.

Jean-Baptiste war mit einem Duft in das Zimmer gekommen, den Tom kannte. Es war das Herrenparfum Oud Wood. Tom hatte einmal damit geliebäugelt. Fand es dann aber zu penetrant.

Hall schnupperte durch die Gegend und fragte:

„Was stinkt hier so? Ist etwas ausgelaufen?"

Jean-Baptiste bekam einen roten Kopf, äußerte sich aber nicht dazu.

Hall verfolgte die Frage nicht weiter, setzte sich wie bei einem Meeting üblich vor Kopf und sah auf die Uhr. Freddie war der Einzige im Raum, der ordnungsgemäß seine Atemschutzmaske trug.

„Tom, gibt es Nachricht von Omega? Ich hasse es, von diesen Leuten abhängig zu sein", ließ sich Hall vernehmen. Tom verneinte.

„Mit anderen Worten, wir sind hier zum Warten verurteilt. Die spielen mit uns. Können wir denen eigentlich grundsätzlich glauben, was die uns mitteilen? Ist das vertretbar, dass wir mit dieser Gruppe zusammenarbeiten, obwohl wir sie als eine Gefahr für die freiheitlich demokratische Grundordnung betrachten?"

„Wenn dadurch die Möglichkeit gegeben ist, die IS-Kämpfer unschädlich zu machen", warf Tom in die sich entwickelnde Diskussion.

Jade drehte sich zum Tisch und legte ihre Hände auf die Rückenlehne eines Stuhls.

„Die Frage müsste eher lauten: Können wir es uns erlauben, denen nicht zu glauben? Vor allem vor dem

Hintergrund der atomaren Bedrohung?"

Keiner nahm seinen Platz ein. Tom gefiel seine Rolle nicht. Es kam ihm so vor, als wenn alles von ihm abhing. Dabei hatte er keinen Einfluss darauf, ob sich nun Omega oder Gatow dazu herabließen, sich bei ihm zu melden. Nach einigen ergebnislosen Versuchen hatte er aufgehört, die Nummer anzuwählen, die er von Omega erhalten hatte. Er konnte Hall gut verstehen. Diesen Leuten ausgeliefert zu sein, ging auch ihm auf die Nerven.

Jade hatte ihre Maske über das Handgelenk auf den Unterarm geschoben. Sie spielte damit, wie mit einem Armband.

„Freddie, setz dich", sagte sie, „dein Herumgerenne ist ja nicht auszuhalten."

Hall tippte mit den Fingern unzusammenhängende Rhythmen auf den Tisch. Er unterbrach diese Tätigkeit nur, um die Zeit zu kontrollieren. Dann stand er abrupt auf, verließ den Konferenzraum und brummelte etwas vor sich hin.

„Bin gleich zurück. Sagt mir Bescheid, falls sich etwas tun sollte."

Babette bearbeitete immer noch die Tastatur, schaute zwischendurch kurz auf und rief Jean-Baptiste zu sich in den Nebenraum.

Er eilte hinüber und beugte sich zu ihr herunter.

Tom bekam mit, wie sie ihm im Flüsterton erklärte, dass zu viel des Guten nichts bringe.

„Etwas übertrieben eingedieselt, das ganze Büro riecht danach!"

Jean-Baptiste glühte und antwortet ebenfalls mit gesenkter Stimme.

„Egal was ich tue, er ist nie zufrieden! Da siehst du es wieder!"

Tom grinste. Da hatte Babette noch eine Aufgabe vor

sich, wenn sie aus Jean-Baptiste einen zuverlässigen Kollegen formen wollte.

Eine Viertelstunde später tauchte Hall wieder auf. Er grinste über das ganze Gesicht. Was mochte diesen Umschwung bei ihm ausgelöst haben? Alle schauten erwartungsvoll ihren Chef an. Sogar Freddie beendete seinen Dauerlauf.

Hall setzte sich auf seinen üblichen Platz und legte seine Hände zusammen vor sich auf den Tisch. Er wirkte auf Tom plötzlich viel entspannter als vor seinem Verschwinden.

Hall räusperte sich.

„Eine Sorge müssen wir uns nicht mehr machen", sagte er.

Tom nahm die Füße vom Stuhl und setzte sich gerade hin.

„Und? Die wäre?"

„Ich habe gerade mit Mike Deacon telefoniert. Das ist die rechte Hand von Ken McCallum."

„Ken McCallum, dem Chef des britischen Inlands-Geheimdienstes?"

„Genau. Mike ist ein ziemlich umgänglicher Typ. Er hat mir bestätigt, dass sie nach unserem Hinweis Azlan Mohammad Nazemi überwacht haben. Nachdem sie genug Beweismaterial gesammelt hatten, haben sie ihn geschnappt, die Wohnung durchsucht und reichlich Material zum Bombenbau gefunden. Das hätte für mehr als nur einen Anschlag gereicht. Mike gab zu, dass sie keine Ahnung von dieser Zelle hatten. Als sie ihn verhörten, hat er wider Erwarten recht schnell seine Kollegen verraten. Einen haben sie erwischt, zwei weitere sind entkommen. Das Ziel konnte auch bestätigt werden. Sie seien uns sehr dankbar. Das hat er mehrfach betont."

Hall strahlte über das ganze Gesicht. Tom ging davon

aus, dass er sich schon ausrechnete, wie er bei einer anderen Gelegenheit beim Britischen Geheimdienst einen Gefallen einfordern würde.

„Mit anderen Worten: Wir haben eine Bestätigung dafür, dass Omega uns die Wahrheit gesagt hat. Dann könnte die aktuelle Information vermutlich auch richtig sein", sagte Tom.

„Das macht es nicht weniger bedrohlich", sagte Jade. Sie hatte natürlich recht. Ein atomarer Sprengsatz in Deutschland war allein schon Bedrohung genug, aber wenn dieser auch noch in die falschen Hände geriet … Diese Gotteskrieger, die keine Gewalt scheuten, Menschenleben opferten, um ihre Ziele durchzusetzen, für die Selbstmordattentate eine Normalität darstellten, würden auch nicht vor dem Einsatz eines nuklearen Sprengsatzes zurückschrecken. Davon konnte man ausgehen.

„Einen Durchbruch würde ich das nicht gerade nennen", sagte Jade.

Freddie setzte sich. Seine Maske dehnte und zog sich zusammen im Rhythmus seines Atems.

Das Klackern aus Babettes Büro stoppte. Der Drucker spuckte einige Blätter aus. Dann kam sie in den Teamraum, einen Berg Papier im Arm. Sie schaffte es gerade, ihre Unterlagen auf den Tisch zu bugsieren, bevor etwas herunter rutschte.

„Ich habe einen Vorschlag. Wenn wir hier schon alle nur warten, möchte ich gerne das Ergebnis meiner Recherche mitteilen. Ich habe gestern den ganzen Tag daran gearbeitet. Einiges habe ich heute noch zusammengetragen, während ihr euch hier herumgedrückt habt." Sie sah der Reihe nach alle an, Jade, die auf der Fensterbank lehnte, Jean-Baptiste neben ihr, Freddie, der auf einem Papier herumkritzelte, und Tom, der sofort gegen den Impuls ankämpfen musste, die Füße von dem zweiten Stuhl zu nehmen, auf den er sie gelegt hatte. Selbst Hall streifte sie mit einem Blick. „Ich bin alle Generäle durchgegangen, die in irgendeiner Form aufgefallen sind, dass sie a) Zugang zu einer solchen Waffe haben und b) von ihrer Gesinnung dazu fähig wären, diese an Terroristen zu verhökern, und c) vor nicht allzu langer Zeit in Pension gegangen sind."

Ein Rascheln und alle nahmen am Tisch Platz. Tom hielt sich nicht zurück. Endlich passierte etwas.

„Wer ist es?"

„Karl von Rattner, ein Vier-Sterne-General."

Jeder hatte Fragen. Es entstand kurzfristig ein Durcheinander.

„Ruhe!", donnerte Hall. „Was ist das für ein Sauhaufen hier?" Und ruhiger: „Das sollten Sie uns im Detail erklären. Wir warten lange genug auf Omega. Nutzen wir lieber die Zeit und kommen mit diesem Thema voran!"

Jade sah Tom an.

„Tom?"

„Auf jeden Fall! Ich bin dafür. Ich achte auf das Handy. Falls Omega sich meldet, können wir immer noch auf die Verfolgung der IS-Kämpfer umschalten."

Hall übergab das Wort an Babette.

„Auf geht's. Stellen Sie uns Ihren General vor!"

# 42

Alle saßen in ausreichendem Abstand am Konferenztisch, Babette neben ihrem Chef. Keiner trug eine
Maske. Sogar Freddie hatte seine abgelegt. Statt einer
umfangreich organisierten Verfolgung der IS-Mitglieder
konzentrierten sie sich jetzt auf die Daten, die Babette
über den General zusammengetragen hatte, bei dem es
sich vermutlich um die Person handelte, die den
vergessenen atomaren Sprengsatz an diese IS-Kämpfer
verkaufen wollte. Sie sortierte den Berg an Papier vor
sich und blickte in die Runde. Die erwartungsvolle
Spannung, die während der Wartezeit in Langeweile
umgeschlagen war, kehrte zurück. Tom hoffte, dass die
Warterei auf Omegas Anruf sich jetzt erübrigte und er
endlich etwas zu tun bekam. Er war lieber unterwegs,
als im Büro abzuhängen. Babette zog ein Blatt aus dem
Stapel, das vermutlich eine Gliederung enthielt, und
richtete ihre Lesebrille. Alle schauten sie an. Die
Ablenkung schürte die Erwartung.

„Ich habe mich auf Personen konzentriert, die den
Kriterien entsprachen, die ich schon genannt habe. Man
braucht eben ein gutes Suchraster. Alle anderen konnten
aussortiert werden. Es kam nur einer in Frage, der den
Kriterien entsprach."

Tom hatte Babette noch nie mit so roten Wangen gesehen. Sie strahlte richtig bei ihrem Vortrag.

„General Karl von Rattner war verantwortlich für eine Kompanie des KSK, die wegen rechtsradikaler Tendenzen aufgelöst wurde."

Tom kannte das Kommando Spezialkräfte, eine Einheit der Bundeswehr, die für Sondereinsätze zuständig war. Für die Öffentlichkeit war fast alles um das KSK als streng geheim eingestuft.

„Recherchen …", Babette nickte Tom zu, „die Toms Freund, der Journalist Christian Hellenkamp, betrieben hat, haben ergeben, dass in der Kompanie erhebliche Mengen Munition und etliche Kilo Sprengstoff einfach verschwunden sind. Und das über Jahre immer wieder. Normalerweise wird über jeden einzelnen Schuss genau Buch geführt. Danke an deinen Freund, dass er uns die Unterlagen zur Verfügung gestellt hat. Ich habe euch den Artikel, den Hellenkamp daraus erstellt hat, kopiert."

Tom sah zu Hall, der ihm mit einem anerkennenden Nicken signalisierte, dass er zufrieden mit der durch Tom angestoßenen Entwicklung war.

Babette reichte die Kopien an ihren Nachbarn. Jeder nahm sich eine und reichte den Rest weiter.

„Die Recherchen Hellenkamps zeigen, dass Soldaten, die unter von Rattner gedient haben, in einschlägigen Chats über Jahre eindeutige SMS und E-Mails ausgetauscht haben und dabei auch Kennzeichen verfassungsfeindlicher Organisationen benutzten. Die Inhalte waren extrem rechts und ausländerfeindlich und handelten vom Vorgehen gegen Andersdenkende bis zu Plänen für einen Bürgerkrieg."

Zu dem Zeitpunkt, als Christian Tom von seinen Recherchen berichtet hatte, war noch nicht klar, dass es sich um den gesuchten General handelte. Christian war anscheinend durch die E-Mails an die Hintergründe gekommen.

„Da war unter anderem die Rede von verschwundener Munition. Daraufhin hat Christian Hellenkamp offiziell um Aufklärung gebeten und – siehe da! – es wurde von offizieller Seite bestätigt. Man habe aber sofort Maßnahmen ergriffen, um den Skandal einzudämmen. Ihr habt darüber in der Zeitung gelesen. Hier ist ein Auszug der E-Mails."

Babette reichte ein weiteres DIN-A4-Blatt herum:

## Auszüge aus den recherchierten E-Mails und SMS:

*- Wir sind für den Bürgerkrieg gerüstet*
*- so geht es nicht weiter*
*- mich hält keiner zurück, wenn ich*
  *abdrücke dann knallt es gewaltig*
*- wir müssen die Antifa unterwandern*
*- komplette Ausrüstung hat jeder von uns*
  *zu Hause parat, falls es losgeht*
*- ich weiß wer meine Feinde sind*
*- Bewaffnung bis Kaliber 38-45 im*
  *Kleiderschrank, haben die in der Schweiz*
*doch auch, wieso nicht auch wir, Ha!*
*- Für den Fall der Fälle …*
  *Kampfausrüstung*
*- ich habe meine Vorbereitungen getroffen*

„Das ist nur eine Übersicht. Es wurde auch eine Liste mit Politikern und Prominenten sichergestellt, die anscheinend mit dieser Bewegung sympathisieren. Manches deutet sogar darauf hin, dass die Soldaten um von Rattner einen Umsturz planten. Jedenfalls vermutete der Reporter das. Ist vielleicht ein wenig übertrieben." Babette lachte. „Er hat die Überschrift: *Plant das*

*Militär einen Umsturz* auch mit einem Fragezeichen versehen. Immerhin wurden bei Durchsuchungen illegale Waffen bei einigen Soldaten zu Hause sichergestellt. Auf meine Nachfrage beim MAD hieß es: *Die Ermittlungen dauern an.* Mir wurde mitgeteilt, dass eine – die am stärksten unterwanderte – von mehreren Kompanien bereits aufgelöst worden sei. Alles sei im Wandel, mehr Transparenz, bessere Ausbildung, Bla Bla. Wahrscheinlich will man das verschleppen, bis sich keiner mehr daran erinnert. Ihr kennt ja die Leute vom MAD. Beim Militär sind sie ja immer eigen mit ihren Angelegenheiten. Es hat mich einiges an Überredung gekostet. Sie überwachen den Mann bereits. Er wurde aufgrund der rechten Tendenzen vorzeitig gegen seinen Willen in Pension geschickt. Man legte ihm nahe: entweder Pensionierung oder Degradierung."

„Wie kommst du darauf, dass von Rattner diese Bombe haben soll?"

„Von Rattner war Kommandierender General für den Standort der Bundeswehr in Schwarzenborn."

Tom wusste, dass aufgrund der Nähe zu der ehemaligen DDR dieser Bereich während des Kalten Krieges von großer Bedeutung war. Aktuell war dort das Jäger-regiment 1 stationiert und der Sitz des Stabes. Bei dem Jägerregiment handelte es sich um einen luftbeweglichen Infanterieverband des Heeres. Das bedeutet, dass sie leicht und schnell mit dem Hubschrauber zu unterschiedlichen Einsatzorten unterwegs sein konnten. Sehr beweglich in ihren Operationen und daher gefährlich.

„Das KSK ist ein Verband, bei dem Geheimhaltung oberstes Gebot ist", referierte Babette weiter. „Die rele-vanten Kräfte im KSK stehen auch nach von Rattners Ausscheiden aus dem aktiven Dienst immer noch hinter dem General, wird behauptet. Zum Ende des Kalten

Krieges war er auch der Verantwortliche, als die Waffen abgebaut wurden, von denen wir eine suchen."

Tom rechnete in Gedanken nach. Das Ende des soge-nannten Kalten Krieges war Anfang der 1990er Jahre. Bis vermutlich bei der Unbeweglichkeit der Politik das atomare Arsenal zurück gebaut wurde, waren bestimmt noch einmal 10 Jahre vergangen. Dann lag das jetzt etwa 20 Jahre zurück. Es war klar, dass es für einen Mann in seiner Position ein Leichtes gewesen sein musste, eine oder vielleicht sogar mehrere dieser Dinger verschwinden zu lassen.

Auf Babettes Ausführungen folgte ein allgemeines rat-loses Schweigen. Alle schienen sich der Tragweite der Bedrohung bewusst zu sein.

„Wieso sollte ein rechtsradikaler General an Islamis-ten verkaufen? Das sind doch seine Gegner", sagte Freddie.

„Das ist doch wohl klar. Wenn die damit etwas unter-nehmen, dann wird das seiner politischen Richtung recht geben und die werden einen enormen Zulauf bekommen. Das gibt denen die Möglichkeit, massiv gegen Andersdenkende vorzugehen", sagte Hall.

Freddie runzelte die Stirn und nickte.

„Klar. Außerdem bringt es ihm eine enorme Menge an Geld ein. Das ist wohl auch nicht zu vernachlässigen."

„Haben Sie Bilder dieses Pensionärs?", fragte Hall. „Wo wohnt der General? Veranlassen Sie eine Abhör-schaltung!"

„Der MAD ist da engagiert. Ich habe um Amtshilfe gebeten. Wir bekommen Zugang zu den Aufnahmen."

Babette schob Fotos über den Tisch. Soldaten posierten als Helden in Kampfausrüstung, Tarnanzügen und mit Maschinengewehren. Posen, die Tom an Superhelden-Comics erinnerten.

„Das sind Posts von privaten Webseiten", ergänzte Babette.

Tom vertiefte sich in ein Foto des Generals. Das war also sein neues Ziel. Auf dem Bild präsentierte sich Karl von Rattner in Uniform mit stolz geschwellter Brust voller Orden. Sein Blick schweifte in die Ferne.

„Er wohnt im Westerwald, in der Nähe eines Dorfes", sie pausierte, um es nachzulesen, „Horhausen. Er hat da ein größeres Anwesen."

Tom sah Jade an, die genau zu wissen schien, was er wollte. Ihrem Lächeln entnahm er, dass sie zustimmte. Nur Hall musste noch sein Okay geben.

„Dann sollten wir uns das einmal näher ansehen", sagte Tom, „solange wir nichts von Omega hören."

# 43

Dr. Lawrence Hall hatte diesen Abend für einen Besuch bei einem besonderen Freund reserviert. Der Stress des Tages fiel von ihm ab. Er lehnte sich in angenehmer Atmosphäre bei gedämpftem Licht und dem Prasseln des Kaminfeuers zurück und ließ seinen Blick wandern. Die Wände waren bis auf die Feuerstelle mit Regalen bis zur Decke verkleidet, die wertvolle Erstausgaben und in Leder gebundene Bücher enthielten. Den Fußboden bedeckten dicke Teppiche. Der Politiker und Mitglied des Bundestags Eberhard Lauer und er saßen sich auf schweren alten Ledersesseln gegenüber. Hall hatte nicht das Bedürfnis zu reden – das humanistische Gedankengut mehrerer Generationen um ihn herum, der Geruch des Leders und des Feuers reichten ihm völlig aus. Die Bibliothek seines Golfkollegen beeindruckte ihn jedes Mal aufs Neue. Sie hatten sich nach einem Attentatsversuch, den Hall vor fünf Jahren durch seine Leute hatte verhindern können, kennengelernt. Durch das gemeinsame Hobby Golf hielten sie losen Kontakt. Hall besaß die Begabung, Menschen für sich einzunehmen, und als guter Netzwerker war er davon überzeugt, dass jeder Kontakt irgendwann einen Nutzen bringen konnte. Das wollte er heute testen. Er hatte kurzfristig um dieses Gespräch gebeten. Nach dem Austausch anfänglicher Freundlichkeiten hielten beide einen Cognacschwenker in der Hand. Hall bewegte das Glas und betrachtete die im Schein des Feuers leuchtende Flüssigkeit. Schließlich roch er daran und nahm einen Schluck.

„Ich hätte dich lieber unter anderen Umständen getroffen", sagte Hall. „Schade, dass die Golfsaison vorbei ist."

„Ja, wirklich schade. Ich freue mich schon, wenn wir wieder eine Runde spielen können."

„Wenn diese Corona-Geschichte vorbei ist, gönnen wir uns das. Ist wirklich ein schöner Kurs im Hespertal, auch anspruchsvolle Löcher. Für manche eine echte Herausforderung."

„Das machen wir", Lauer rieb sich die Hände. „Mir gefällt vor allem, dass man auf dem Platz immer etwas zu trinken bekommt." Er grinste: „Magst du noch …?"
Hall verneinte und stellte sein Glas auf den antiken Art-déco-Rauchtisch zwischen ihnen.

„Der Club ist wirklich schön im Grünen gelegen", schwärmte Lauer weiter. „Seit der Flugverkehr wegen Corona reduziert ist, ist es herrlich ruhig dort. Ich habe das zu Beginn der Pandemie noch sehr genossen. Wirklich ein angenehmes Ambiente – und eine sehr gute Küche. Die verstehen es, eine Gans zuzubereiten. Ich habe da eine serviert bekommen, das war die beste, die ich je verspeist habe. Aber zurzeit gibt es das ja leider aufgrund der Beschränkungen nicht. Das Personal dort, die sind alle sehr freundlich und zuvorkommend. Vor allem die Blonde, kennst du die? Ich kann dir sagen … Ach, du bist ja verheiratet."
Was war das nur für ein Mensch, mit dem er da manchmal Golf spielte, fragte Hall sich. Seine Frau war vor kurzem ermordet worden und er hatte nur andere

Weiber im Kopf.

„Und glücklich", bestätigte Hall.

„Wie geht es deiner Frau?"

„Sehr gut. Danke der Nachfrage. Wie läuft es in Berlin?"

„Du weißt, wie es in der Politik geht. Nur keine schlechte Presse, wir wollen unsere Positionen behalten. Nach der Wahl ist vor der Wahl! Die Merkel hat direkt gesagt: Wenn das Volk nicht glaubt, was wir sagen, macht sie den Bürgern das durch die Medien klar. Sie nennt das repräsentative Demokratie!"

Hall nickte.

„Du bist doch nicht wegen Corona hier? Da kann ich dir nur eines sagen: Politisch ist jeder Rückzug versperrt. Die Politik kann nicht zurück! Außerdem haben dadurch die Regierungsparteien einen enormen Zulauf bekommen. Wir werden das zumindest bis zur Wahl so halten! Wenn es irgendwie geht."

„Aber Schweden zeigt, dass es alternative Vorgehens-weisen gibt. Das funktioniert zwar nicht perfekt, aber die zeigen, dass es Alternativen gibt. Mit weniger totalitären Einschränkungen. Findest du das hier nicht etwas übertrieben? Diesen Corona-Sozialismus? Individualitätsrechte werden zugunsten der Allgemeinheit eingeschränkt. Es wird gehandelt, ohne juristischen Regeln zu beachten. Man schafft einfach neue Vorgehensweisen ohne Rechtsgrundlagen."

„Ja genau", sagte Lauer. „Du siehst, wie es ist. Deshalb ist es der Politik gar nicht möglich, jetzt einen Rückzieher zu machen. Wir würden jedes Vertrauen verlieren. Man würde uns absetzen. Vielleicht schlimmer, man würde uns lynchen! Aber jetzt haben wir das Infektionsschutzgesetz."

„Damit habt ihr schnell nachträglich eine Legitimation geschaffen, um das Vorgehen ohne

parlamentarische Absicherung zu rechtfertigen."
Lauer starrte ins Feuer.

Hall bemerkte, dass sich sein Blick verfinsterte. Er hoffte, dass er nicht zu weit gegangen war, setzte aber seinen Gedankengang fort: „War es wirklich sinnvoll, wenn wir jetzt die Auswirkungen betrachten? Die großen Konzerne bereichern sich, der Mittelstand geht drauf. Die Hidden Champions, die kleinen Unternehmen, unbekannte Technologieführer, werden von den Hedgefonds aufgekauft. Das sind die großen Gewinner der Krise."

„Du sagst es. Wir können es nicht aufhalten. Es ist, wie es ist."
Lauer griff nach der Flasche.

„Möchtest du noch einen?"
Hall deutete mit Abstand zwischen Daumen und Zeigefinger an, wie klein sein Drink sein sollte.
Lauer schenkte ihm einen Fingerbreit ein, füllte sein eigenes Glas zur Hälfte, verschloss den edlen Tropfen und stellte die Flasche neben den Sessel zu seinen Füßen.

„Unsere einzige Hoffnung ist jetzt, Deutschland, Europa, besser noch: die Welt pandemiesicher zu machen. Das muss jetzt einfach so geschehen, um zu zeigen, wir haben das Mögliche getan. International gesehen kriegen wir das nicht mehr weg, es gibt kein Zurück mehr!"

„Das ist wohl wahr. Das Angst- und Bedrohungsszenario, das die Medien verbreiten …", sagte Hall.
Lauer ließ sich nicht von seiner Darstellung der Situation abbringen.

„Die Ausnahmesituation wird zur Regel gemacht. Maßnahmen werden als gegeben hingenommen. Jeder, der sich mit seiner Argumentation dagegen stellt, wird ins Abseits, an den Pranger gestellt. Wer wird sich je trauen, da einer anderen Richtung zuzustimmen? *Wollen*

*Sie etwa verantwortlich für die Toten sein?* Sag mir eines: Welcher Politiker kann das auf sich nehmen?"

„Da hast du recht, das ist natürlich das Totschlagargument."

Lauer schwenkte wieder sein Glas, nahm einen großen Schluck.

„Ich denke, wir müssen nur lange genug warten. Entweder – und das wäre der Königsweg – rettet uns der Impfstoff oder wir müssen Geduld haben, bis die Medien merken, dass die Bürger die Schnauze voll haben. Nichts mehr davon hören wollen. Dann wird es sich drehen. Dann sind die Toten plötzlich nicht mehr das Argument."

*Ja, so sind sie, unsere Politiker. Hinter der sozialen Fassade reine Menschenverachtung.* Hall räusperte sich, um diesen Gedanken abzuschütteln. Er wollte ja noch zu etwas anderem, für ihn persönlich Wichtigem kommen.

„Wo du die Medien erwähnst, die 200 Millionen, die an die Presse fließen? Wird damit das Schweigen oder, besser, die Richtung gekauft, die die Medien verfolgen sollen? Damit ja keine Andersdenkenden zu Wort kommen?"

„Die sind zur Unterstützung der Digitalisierung gedacht. Gedruckte Tageszeitungen sind nicht mehr ökologisch vertretbar. Weiter sage ich dazu nichts."

„Nein? Alles okay."

Beide lachten und prosteten sich zu.

„Aber, sag, das ist doch nicht das, was du willst? Um was geht es dir? Doch nicht um diesen Corona-Scheiß, oder?"

Hall räusperte sich erneut.

„Du hast mich durchschaut. Da ist tatsächlich noch etwas, dass ich dich fragen wollte."

„Ich ahnte es doch. Was soll ich tun?"

# 44

Tom und Jade hatten für ihre Sondierungsfahrt zu General Karl von Rattner aus dem Fuhrpark des Verfassungsschutzes einen Volvo XC90 erhalten.

„Es ist nervig", sagte Tom. „Irgendwie kommen wir in keiner Weise voran." Ihn beschäftigte immer noch der plötzliche Abbruch der Verbindung zu Gatow. Das Handy, auf dem Omega sich melden konnte, lag jetzt bei Babette im Büro auf dem Schreibtisch. Sie würde darauf achten und Omega überzeugen, dass er auch über sie seine Informationen weitergeben könne. Im Team hatten sie überlegt, ob es sinnvoll sei, Tom und Jade bei Karl von Rattner telefonisch zu avisieren oder überraschend aufzutauchen. Wenn der Besuch angemeldet würde, konnte Karl von Rattner sich vorbereiten. Wenn sie ohne Vorwarnung auftauchten, hatten sie das Überraschungsmoment auf ihrer Seite, das zu Unsicherheit führen konnte, sodass sie auf diese Weise etwas entdecken könnten. Aber es bestand dann natürlich auch die Gefahr, dass sie gar nicht vorgelassen würden. Sie hatten sich für einen unangemeldeten Besuch entschieden.

„Hoffentlich empfängt uns von Rattner. Dann haben wir die Chance, uns ein unverfälschtes Bild von der

Lage dort zu machen."

„Mit dem Argument hast du Hall überzeugt", sagte Jade.

Tom war froh, dass sie überhaupt etwas tun konnten.

„Schade, dass wir ihn nicht direkt fragen können, ob er gedenkt, eine Atombombe an IS-Terroristen zu verkaufen", lachte er, „oder das gleich aus ihm herausprügeln dürfen!"

Tom trat das Gaspedal durch, um vor einem Lkw auf die Autobahn einzuscheren.

Jade und Tom unterhielten sich auf der einstündigen Fahrt über die A3 in den Westerwald über Filme, die sie gesehen hatten, Bücher, Lieblingsgetränke und Urlaubserlebnisse. Toms Stimmung besserte sich, je näher sie dem Ziel kamen.

„Welche Abfahrt?"

„Neuwied."

Sie näherten sich ihrem Ziel durch einige Dörfer. Zuerst Horhausen, dann stellten sie fest, dass es noch weiter durch den nächsten Ort ging. Erst nach Pleckhausen stießen sie auf die Grenzbachstraße. Am Grenzbach erstreckte sich von Rattners Grundstück. Das Areal lag mitten im Wald. Die Zufahrtsstraße war so zugewachsen, dass sie zuerst daran vorbei fuhren. Jade meinte, sie hätte etwas gesehen. Tom wendete und sie entdeckten die Einfahrt in einen Weg, der nicht als ein solcher bezeichnet werden konnte. Zwei Fahrspuren, die Mitte dazwischen mit Gras bewachsen. Von beiden Seiten verschleierten Büsche und hohe Farnpflanzen die Sicht. Sollte es das sein? Sie entschieden sich dafür, es auszuprobieren. Der Weg sah nicht so aus, als wenn er häufig genutzt würde. An einigen Stellen wurde es so eng, dass Gestrüpp und Zweige an den Türen des Volvos kratzten. Nach einigen hundert Metern wurde der Pfad breiter. Er bestand jetzt durchgehend aus Betonplatten mit Ritzen dazwischen, die ein stetiges, sich wiederholendes Geräusch verursachten. Tom drängte sich das Bild eines alten Militärgeländes auf. Dann war es so weit. Hinter einer Biegung, die sie vorher nicht einsehen konnten, verbreiterte sich die Fahrbahn und mündete in ein Gelände, das mit Maschendrahtzaun umgeben war. Die Einfahrt wurde von einem Schlagbaum verwehrt und aus einem gemauerten Häuschen daneben überwacht. Ein Schild, an einer Metallstange verankert, wies auf Gefahren hin.

**Vorsicht Lebensgefahr!**
**Militärischer Sicherheitsbereich!**
Auf dem Truppenübungsplatz finden militärische Übungen statt. Halten Sie Abstand von der Umzäunung. Jedes unbefugte Betreten ist strengstens verboten und wird zivil- und strafrechtlich nach § 27 Schutzbereichsgesetz geahndet.
Der Kommandant

Jade schaute Tom fassungslos an.

„Ich dachte, das ist hier ein Privatgelände?"

Sie hielten vor dem rotweißen Schlagbaum, in dessen Mitte zusätzlich das Verkehrszeichen mit dem roten Kreis: *Verbot für Fahrzeuge aller Art* montiert war. Aus dem Häuschen, dessen Putz grau und unansehnlich und zum Teil abgeblättert war, trat ein Wachposten in voller Militärmontur vor und fragte in höflichem Ton, ob sie sich verfahren hätten und er ihnen helfen könne.

Tom gab sich und Jade als Mitarbeiter des Verfassungsschutzes zu erkennen und äußerte den Wunsch, zu General von Rattner vorgelassen zu werden. Da sie keinen Termin hatten, war ihre Ankunft auch nicht auf dem Tageszettel des Wachhabenden vermerkt. Er musste erst telefonisch Rücksprache halten und bat sie um etwas Geduld. Er verschwand mit ihren Ausweisen im Haus. Das Dach war vor kurzem mit neuen roten Ziegeln versehen worden. In dem Gebäude konnten sich gut mehrere Wachen aufhalten. Bestimmt gab es auch einen Nebenraum mit Schlafmöglichkeit. Auf dem Grundstück dahinter erblickten sie die Umrisse mehrerer Gebäude.

„Jetzt sehen wir, was geschieht", sagte Tom.
Augenblicklich erschien der Posten wieder und hielt ihnen ein Handy hin.

„Er möchte selbst mit Ihnen sprechen."
Als Anlass gab Tom an, dass der Verfassungsschutz sich in einem persönlichen Gespräch bei ihm vorstellen möchte. Da er nun in Pension sei, sozusagen Privatier, seien sie jetzt für ihn die zuständige Institution. Sie würden nicht die Sichtweise des MAD übernehmen, ohne seine Seite zu hören. Die Zusammenarbeit mit dem MAD sei schwierig. Sie wollten sich selbst überzeugen, dass alles in Ordnung sei. Tom wäre sicher, dass der General nichts zu verbergen hätte. Vor allem wollten sie dem Herrn General ersparen, extra in das Amt geladen zu werden. Tom fand, dass er überzeugend klang.
Von Rattners Stimme wirkte auf Tom eher herrisch, als er sagte:

„Geben Sie mir Wolfgang noch einmal!"
Sie mussten sich auf einer Liste, die Wolfgang ihnen auf einem Klemmbrett reichte, eintragen. Mit Uhrzeit ihres Eintreffens.

„Die Ausweise erhalten Sie zurück, wenn Sie uns verlassen", erklärte Wolfgang, als er den Schlagbaum hochklappte. Er beugte sich noch einmal zu Tom herab und beschrieb, dass sie sich rechts halten sollten. Dann kämen sie automatisch zu den Hauptgebäuden.

# 45

Je weiter sich Jade und Tom nach dem Passieren des Schlagbaums dem Mittelpunkt des ausgedehnten Grundstücks des Generals näherten, umso mehr wirkte es, als wenn auf seinem Grund und Boden gerade Truppenbewegungen stattfanden. Überall herrschte reges Treiben. Einzelne Männer in Tarnanzügen waren eifrig mit unterschiedlichsten Tätigkeiten beschäftigt. Eine kleine Gruppe führte auf einem Feld Übungen zur Körperertüchtigung aus, an einer anderen Stelle wurde ein Baum gefällt, andere hackten Holz und bereiteten ein Lagerfeuer vor. In der Ferne wurde auf Zielscheiben geschossen.

Tom stellte den Volvo auf einem Parkplatz gegenüber dem Hauptgebäude ab, das einer kanadischen Blockhütte auf einem Natursteinsockel ähnelte, nur von den Ausmaßen wesentlich größer war. In der Mitte des Platzes stand ein Mast, an dem die deutsche Fahne flatterte. Zu dem Haus führte eine Treppe hinauf. Im Hintergrund sah Tom Holzbaracken, wie Kasernen für die Mannschaft. Beim Verlassen des Wagens schaute Tom einmal rundum. Er fand auf Anhieb Hinweise, dass diese Siedlung autark existieren konnte. Es gab ein Windrad, Sonnenkollektoren und einen Generator zur

Stromerzeugung. Eine Brunnenanlage konnte er nicht sehen, aber es würde ihn wundern, wenn die nicht auch vorhanden wäre und mit dem Bach zusammen auch die Wasserversorgung sicherte. Tom erwartete kernige Kerle mit trainierten Oberarmen, fand aber ganz normale Männer in tarnfarbenen Kampfanzügen. Gerade die Normalität der Männer und ihr selbstverständlicher Umgang mit den Waffen, die sie alle bei sich trugen, wirkten auf Tom bedrohlich.

„Ein wenig wie Karneval", sagte Jade, „Ist es denn schon wieder so weit, dass man sich verkleidet?"

„Wir sollten das ernst nehmen."

Karl von Rattner empfing sie auf der Terrasse vor dem Haus, wie ein Großgrundbesitzer auf einer Sklavenfarm. Die schlanke Frau an seiner Seite war einen halben Kopf größer als er, trug ein helles Kleid und hatte eine Strickjacke übergeworfen.

„Meine Gattin", sagte der General, „Ingeborg von Rattner."

„Sagen Sie einfach Ingeborg", begrüßte sie die beiden. „Hier auf dem Land sind wir nicht so förmlich." Das Lächeln, mit dem sie ihr Angebot begleitete, löste bei Tom ein Frösteln aus. Vielleicht war es hier draußen auch nur etwas kühl.

„Sie haben ein wunderschönes Haus", sagte Jade, als Ingeborg ihr die Hand reichte. Hygieneschutzmaßnahmen im Hinblick auf die Pandemie fielen Tom nicht auf. Er äußerte seine Verwunderung darüber.

„In der Natur hier haben wir kein Problem mit diesem Corona-Zeugs", erklärte der General mit einem lauten Lachen. „Den ganzen Tag an der frischen Luft, da hält sich kein Virus."

Ingeborg von Rattner wickelte eine aus ihrer hochgesteckten Frisur heraushängende blonde Strähne um den Finger. Sie sah ihren Mann an, als wenn sie seine bollerige Ausdrucksweise korrigieren wollte.

Zur Demonstration atmete von Rattner einmal tief und geräuschvoll die Westerwaldluft ein. Sie betraten den Wohnbereich über die Terrasse durch eine Glasfront.

Ingeborg geleitete Tom und Jade auf einer Führung durch die für die Öffentlichkeit vorgesehenen Bereiche des Anwesens. Von Rattner nahm sofort seinen Platz ein und wartete, bis sie zurückkamen und sich in dem rustikalen Wohnbereich niederließen. Eichenholz dominierte, die Polster der Sitzgarnitur hatten ein Muster mit großen Blumen auf grauem Hintergrund. Ein mit weißem Tüll und silbernen Kugeln geschmückter Weihnachtsbaum, der bis zur Decke reichte, stand erleuchtet neben dem Natursteinkamin. Tom wurde zum ersten Mal klar, dass es kurz vor Weihnachten war.

General Karl von Rattner schwenkte seinen Arm in einer ausholenden Geste zur Glasfront.

„Meine Jungs …"

Das kann nicht sein, dachte Tom, er nennt sie tatsächlich *seine Jungs*.

„… leisten entbehrungsreichen Dienst und ihr Lohn besteht in Geheimhaltung und in negativer Presse. Die Politik stärkt ihnen nicht nur nicht den Rücken, sondern verurteilt sie. Die Soldaten fühlen sich hintergangen. Sie setzen für dieses Land im Einsatz ihr Leben aufs Spiel und werden von den Medien und den Politikern kritisiert. Das ist noch verharmlosend ausgedrückt. Statt dass man ihnen den Rücken stärkt, zu ihnen steht. Ich kann gut verstehen, dass sie mit dieser Behandlung unzufrieden sind. Nur die Besten dienen in meiner Einheit. Die haben etwas anderes verdient, nämlich Anerkennung für ihren Dienst als Eliteeinheit!"

Ingeborg bot den Besuchern etwas zu trinken an. Sie

verschwand dann und kam mit einem Tablett zurück. Sie kredenzte jedem eine Tasse Tee, bis auf ihrem Mann. Ihm reichte sie ein Glas Wasser. Er nahm es entgegen, ohne mit der Wimper zu zucken. Tom vermutete jedoch, dass er sich etwas Stärkeres gewünscht hätte. Ingeborg stellte die Teekanne auf ein Stövchen und bot selbstgebackene Plätzchen an. Jade probierte und lobte das Weihnachtsgebäck.

Karl von Rattner machte deutlich, dass er froh darüber sei, endlich einmal seine Sichtweise darlegen zu dürfen. Er fühle sich vom MAD und den Medien falsch verstanden und verleumdet. „Die sehen überhaupt nicht, was wir leisten. Die Jungs absolvieren Hunderte von entbehrungsreichen Einsätzen. An meinem letzten Standort, in Schwarzenborn, hatten wir ein großes abgelegenes Übungsgelände. Dort konnten Schießübungen stattfinden und Hubschraubereinsätze simuliert werden, ohne dass es für die Bevölkerung zu Lärmbelästigung führte. Den haben sie uns weggenommen."

Der General war immer lauter geworden und rot angelaufen. Seine Frau setzte sich neben ihn auf die Armlehne seines Sessels und strich ihm sanft über den Hinterkopf. Tom konnte sich nicht des Eindrucks erwehren, dass eine Erzieherin ein ungezogenes Kind beruhigen wollte.

„Er hat sich aufgeregt, weil sein Übungsplatz durch die Grünen zu einem Naturschutzgebiet umgewandelt wurde", erklärte sie.

„Diese Umweltterroristen! Verteidigen sollen wir, aber wenn es dann ernst wird, machen die einen Rückzieher. So kann man nicht kämpfen."

Toms Zwischenfrage nach den in den Medien zitierten E-Mails mit rechtsradikalem Inhalt tat er mit einer Handbewegung ab.

„Meine Güte. Jeder macht doch mal ein paar Sprüche, das ist doch nicht so gemeint. Alles überbewertet. Wir haben hier eine vorbildliche Eliteeinheit. Die Jungs erfüllen ihre Pflicht und die Öffentlichkeit fällt über sie her. Sie werden sauer, wenn sie keine Anerkennung bekommen. Dann schreibt man schon mal so etwas. Das ist doch nachzuvollziehen."

Tom nickte, zum Zeichen, dass er verstand, und rührte in seinem dampfenden Tee.

„Auf jeden Fall ist das kein Grund", fuhr der General fort, „eine Kompanie nach der anderen aufzulösen. Dabei sind wir die Einzigen, die hier noch ordentliche Arbeit geleistet haben und Deutschland schützen. Sehen Sie sich nur unsere Armee an, da funktioniert doch nichts mehr. Wenn es uns nicht gäbe, wären wir einem Angriff schutzlos ausgeliefert. Wer soll das denn sonst machen? Die Bevölkerung muss aufgeklärt werden. Wenn wir das nicht tun, zeigt ihnen keiner, welcher Bedrohung wir ausgesetzt sind."

Tom nickte sein Einverständnis, in der Hoffnung, noch mehr aus dem General herauszubekommen.

„Und das wollen Sie sein?"

„Einer muss es doch tun!"

„Aber um welchen Preis? Sie wurden entlassen?"

„Anders geht es eben nicht. Man muss die Menschen in diesem Land wachrütteln."

Der General nahm einen Schluck Wasser.

„Ein wenig Patriotismus ist wichtig, wofür sollen die Jungs denn sonst kämpfen? Dafür, dass unsere Steuergelder für Asylanten verpulvert werden?"

Das war der Hintergrund, auf dem das rechtsradikale Gedankengut wucherte, vermutete Tom. Vor allem, was war das hier? Das war nicht mehr eine offizielle Einheit der Bundeswehr, das war eine Privatarmee. Tom sah aus dem Augenwinkel, wie die Frau dem General einen warnenden Blick zuwarf.

Von Rattner nahm eine steife, kontrollierte Sitzhaltung ein. In seinen weiteren Ausführungen sprach er akzentuierter, weniger emotional und formulierte so wie ein Politiker: druckreif und ohne verräterische Bemerkungen.

Frau von Rattner entspannte sich.

Jade nippte an ihrem Tee.

„Sie haben viele Leute hier auf dem Gelände. Haben Sie Ihre Einheit mitgenommen?"

„Nein, das ist keine Armee. Das ist unser Sicherheitsdienst", sagte von Rattner.

„Wenn man auf dem Land lebt, kann es manchmal ziemlich einsam sein. Wir fühlen uns dann sicherer", sagte Ingeborg und setzte wieder ihr Lächeln auf.

„Es ist wichtig, dass man sich schützt. Alles gute Jungs, auf die Verlass ist. Ich gebe ihnen eine Aufgabe. Jemand muss sich ja um sie kümmern."

Karl von Rattner hatte sich jetzt im Griff und für Jade und Tom war im Moment hier nichts mehr zu holen.

„Ich hoffe, Sie konnten sich überzeugen, dass hier alles seine Richtigkeit hat. Das ist mein Grundstück und hier kann ich tun und lassen, was ich will."

Mit diesen Worten verabschiedete der General seine Besucher.

Tom und Jade wechselten einen Blick. Wenn von Rattner nicht die freiheitlich demokratische Grundordnung verletzte, konnte Tom dieser Aussage zustimmen. Aber ob man das von einem Mann sagen konnte, der eine eigene Armee auf seinem Grund und Boden beherbergte und vielleicht einen Umsturz plante?

# 46

Am nächsten Nachmittag war es so weit. Als Babette Jade und Tom aus Halls Büro kommen sah, dem die beiden, wie sie wusste, ihren Bericht über den Besuch bei Karl von Rattner erstattet hatten, trommelte sie alle zu einer außerordentlichen Teambesprechung zusammen. Sie nahm selbst neben Jean-Baptiste Platz, der einen Vortrag vorbereitet hatte. Sie merkte, wie nervös er war, und legte ihm eine Hand auf den Arm.

Jean-Baptiste schwitzte und eine Röte zog sich über sein Gesicht und wurde am Hals noch dunkler.

„Freddie hat wirklich gute Vorarbeit geleistet", begann Jean-Baptiste, „ich habe mich noch einmal intensiv damit beschäftigt. Wir können davon ausgehen, dass die *großen Sechs* einen enormen Aktienanteil an der COOLTECH besitzen. Direkt und indirekt. Damit will ich sagen, dass große Anteile der COOLTECH mittlerweile längst in die Hände anderer Gesellschaften übergegangen ist. Freddies Hinweis bin ich noch einmal im Detail nachgegangen." Er räusperte sich. „Jeder, der schon einmal mit Aktien gehandelt hat, wird das kennen. Es ist wie ein Spiel, wie eine Sucht …" Jean-Baptiste schluckte und warf Hall einen Seitenblick zu. „Es stellt sich immer wieder die Frage: Wann steige ich ein, wann steige ich aus? Wenn Sie auf der Gewinnerspur sind, dann wollen Sie mehr. Wenn Sie verlieren, wollen Sie zurückgewinnen, was Sie verloren haben. Zur Not holen Sie sich dafür Geld, woher Sie es nur bekommen können. Sogar mit Kredit, solange Ihnen einer gewährt wird."

Jean-Baptiste pausierte kurz, holte Luft und wischte sich den Schweiß von der Stirn. Nachdem er einmal in die Runde geschaut hatte, fuhr er etwas gelassener fort.

„Aber wenn man vorher weiß, wann die Kurse fallen werden … Konzentrieren wir uns jetzt auf die *großen Sechs*. Wenn es stimmt, dass ihre Macht so groß ist, dass sie das alles entweder mit inszeniert haben oder zumindest vorher davon wussten, hatten sie einen ungeheuren Vorteil. Dieser Vorteil heißt Insiderhandel und ist strafbar. Wenn sie wussten, vielleicht sogar mit anderen zusammen inszeniert hatten, was da geschah …, dann war den *großen Sechs* ganz genau bekannt, wann sie aus allen Aktien aussteigen mussten. Bei Bekanntgabe der Pandemie sind innerhalb weniger Wochen die Aktien weltweit um bis zu 60 % gefallen. Am Tiefstpunkt sind sie dann vermutlich wieder eingestiegen. Die Verluste, die die ganzen Kleinanleger erlitten hatten, waren ihr Gewinn. Es dürfte uns klar sein, dass auch eine Organisation wie die *großen Sechs* sich in irgendeiner Form finanzieren muss. Das tut sie auf diese Weise."

Erneute Pause.

„Jetzt zu meiner Schlussfolgerung. Wir müssen also nach jemandem suchen, der vor dem öffentlichen Bekanntwerden des Virus Unmengen an Aktienpaketen veräußert hat. Und das weltweit. Das waren die Leute, die sich hinter der Bezeichnung die *großen Sechs* verbergen."

Babette schaute auf ihren Schützling und nickte dann Hall zu. Sie freute sich, dass Hall den Vortrag aufmerksam über den Brillenrand hinweg verfolgte. Sie deutete sein Interesse als ein gutes Zeichen, dass er sich zu fragen begann, ob er sich mit seiner negativen Meinung über Jean-Baptiste getäuscht haben konnte. Sie wünschte Jean-Baptiste, dass er sich auch weiterhin in den Griff bekam.

An dieser Stelle übergab Jean-Baptiste, wie vereinbart, das Wort an sie.

„Also haben wir gemeinsam begonnen, weltweit nach auffälligen Aktienverkäufen in großem Stil zu suchen, und zwar vor Bekanntwerden des Corona-Virus …"

„… und den entsprechenden Käufen, nachdem die Kurse gefallen waren", ergänzte Jean-Baptiste.

Babette schenkte ihm ein Lächeln.

„Wir sind auf ein merkwürdiges Unternehmen gestoßen, einen Trust, der sich DUBESOR nennt. DUBESOR, Import-Export."

Freddie rutschte auf seinen Stuhl herum. Babette schaute zu ihm hinüber und nickte ihm zu.

„Das war der Name, der Freddie, Herrn Rees, auch schon bei seinen Recherchen über den Weg gelaufen ist. Deshalb erwähnte Jean-Baptiste das eingangs." Babette holte Luft. „Das Grundprinzip der Betreiber besteht darin, alles so gut wie möglich zu verstecken, zu vernebeln, aufzulösen, verschwinden zu lassen. Das Ganze findet über offizielle und legale Kanäle statt, wenn man so will."

Babette berichtete und schaute immer wieder Hall an. „Eigentlich hat Jean-Baptiste die Arbeit gemacht. Ich habe ihm nur geholfen."

Während sie weitersprach, registrierte sie, wie Hall Jean-Baptiste wieder einen Blick zuwarf. Sie vermutete, dass er wohl den neuen kurzen Haarschnitt seines Mitarbeiters registrierte. Er ging aber nicht weiter auf Babettes Lobgesänge über Jean-Baptistes Einsatz ein.

Tom drückte mehrfach einen Kugelschreiber.

„DUBESOR? Was soll das sein? Setzt sich das vielleicht aus den Initialen dieser großen sechs Familien zusammen? Lässt sich daraus ein Hinweis ableiten?"

„Vielleicht ist das ein Anagramm", schlug Jade vor.

„Darüber habe ich mir schon Gedanken gemacht", sagte Freddie, „als ich auf diese Gesellschaft gestoßen bin. Aber das sind einfach zu viele Kombinations-möglichkeiten."

Babette schaute in die Runde, ob es weitere Vorschläge gäbe, und setzte dann ihren Bericht fort.

„Es existieren Urkunden für eine Stiftung in den Niederlanden, dadurch werden Steuern vermieden. In den Niederlanden ist die Gesetzgebung relativ lax. Erhebliche Geldmengen, die in Stiftungen fließen, werden kaum kontrolliert. Von dort werden sie in die Niederländischen Antillen verschoben und in dort ansässige Trusts investiert. Von dort aus können die Wege des Geldes nicht mehr nachvollzogen werden, und es werden auf diese Art keine Steuern gezahlt. Letztlich, wenn man so will, ist das alles legal. Es wurden nur Schlupflöcher ausgenutzt, die jedem zugänglich und in keiner Weise strafbar sind. Das Geld fließt auf dem ganzen Weg über viele Länder, Liechtenstein, Guernsey und Jersey, die Cayman Islands, Gibraltar und andere Steuerparadiese, bis es meist in der Schweiz landet. Die Konten können nicht eingesehen werden. Die Höhe des Kapitals kann nach allen Transaktionen nicht mehr exakt festgestellt werden. Auch in der Schweiz, wenn es denn unter anderem dahin fließen sollte, sind dann keine Steuern fällig. Hinter allem steht eine undurchschaubare Konstruktion von verschiedenen Firmen. Aber genau genommen macht das jeder große Konzern so – Import-Export-Unternehmen werden so ineinander verschachtelt, dass in den Ländern, in denen sie tätig sind, vorwiegend Kosten erzeugt und kaum Steuern gezahlt werden. Der eigentliche Gewinn fließt steuerfrei ab über Offshore-Konten und Briefkastenfirmen in Steuerparadiese. Clever."

„Dann sollten wir uns die Stiftungsurkunden ansehen", schlug Tom vor.

„Niemand kommt an die Stiftungsurkunden heran. Es lässt sich nicht kontrollieren, wer oder was eigentlich dahintersteckt. Rechtlich alles niet- und nagelfest abgesichert", sagte Babette.

„Selbst wenn, dann werden das auch nur Strohmänner sein, die da unterschrieben haben", sagte Jean-Baptiste.

Ein allgemeines Gemurmel entwickelte sich. Jeder hatte eine Bemerkung auf Lager. Alle redeten durcheinander.

Hall stand auf und gebot dem durch ein Handzeichen Einhalt.

„Wir vermuten es, haben aber keine Beweise gegen die *großen Sechs*", gab Hall zu bedenken.

„Und wir wissen nicht, wo zumindest der eine, den wir kennen, sich aufhält", sagte Jade.

„Doch", sagte Jean-Baptiste.

Alle verstummten und die Köpfe drehten sich zu Jean-Baptiste.

„Die Verbindung kann ich belegen, den aktuellen Aufenthaltsort habe ich noch nicht."

Das Rascheln begann wieder. Tom stützte die Ellenbogen auf den Tisch, legte den Kopf auf die Hände und schloss die Augen. Jade sah zur Decke. Freddies Stuhl knarrte, als er ihn zurück schob. Er gähnte. Hall schob seine Papiere zusammen.

Die Störungen schienen Jean-Baptiste nicht mehr zu verunsichern. Jetzt war er in seinem Element.

„Aber ich weiß, wie wir ihn finden!"

Er hatte wieder die Aufmerksamkeit der Anwesenden.

„E-Mail ist das Stichwort. Aus dem Bunker unter dem Berliner Platz muss es eine Standleitung gegeben haben. WLAN funktionierte ja nicht. Aber die mussten eine Leitung nach außen haben, allein aus organisatorischen Gründen."

„Wie sind Sie darauf gekommen?", fragte Hall.

„Wir haben die Verbindungen aus der Bunkeranlage unter dem Berliner Platz …"

„Der war doch völlig abgeschirmt."

„Genau das hat mich stutzig werden lassen. Ich konnte mir …", er warf Babette einen prüfenden Blick zu.

Sie nickte ihm zu.

Jean-Baptiste fuhr fort, „… einfach nicht vorstellen, dass eine solche Organisation sich länger an einem Ort aufhält, von dem keine Verbindung zur Außenwelt existiert. Sie hätten dann keine Möglichkeit der Einflussnahme auf das Geschehen an der Oberfläche. So schätze ich die aber nicht ein. Also musste es etwas geben, das wir übersehen hatten. Und das konnte eigentlich nur eines bedeuten: Es gab eine Festleitung nach draußen. Von der bestanden weltweite Verbindungen. Wir sind dabei, die IP-Adressen auszuwerten. Speziell konnten wir viel Traffic zu Banken in Gibraltar und Andorra feststellen."

„Und?"

Jean-Baptistes Stimme klang voller. Er redete akzentuierter, weniger stockend.

„Wir müssen jetzt nur nach einem ähnlich hohen Aufkommen an Traffic suchen mit denselben Verbindungen in den Steuerparadiesen, das müsste dann der derzeitige Standort der *großen Sechs* sein."

„Wie lange wird das dauern?"

„Ein paar Tage. Wenn alles gut geht, weniger als eine Woche."

Hall schwieg und sah seinen Mitarbeiter lange an. Dann nickte er.

„Gut gemacht, Hansen!"

\*\*\*

Gemeinsam besprachen sie das weitere Vorgehen. Sie hatten noch einen regulären Arbeitstag, dann Donnerstag, Heiligabend, einen halben Tag. Jean-Baptiste erklärte sich bereit, auch an den Feiertagen zu arbeiten. Babette schloss sich ihm an. Alle hatten Verständnis dafür, dass Freddie das Fest bei seinen Kindern verbringen wollte. Es wurde festgelegt, dass Jade und Tom sich über die Feiertage Ruhe gönnen sollten, da ihr Einsatz erst erfolgen konnte, sobald Jean-Baptiste den Standort festgestellt haben würde. Sie standen über Weihnachten auf Abrufbereitschaft. Es sollte eine Rufweiterleitung zu Tom eingerichtet werden, falls Omega sich zurück meldete. Das Grundstück des Generals wurde vom MAD überwacht. Wenn sich dort in dieser Zeit etwas ergeben sollte, würden sie benachrichtigt werden.

Zu Halls Erstaunen erklärten sich alle mit der Regelung einverstanden. Sie schienen froh zu sein, dass es voranging. Er selbst spürte ein Kribbeln. Es hatte mit der emsigen Stimmung zu tun, die sich verbreitete, wenn man sich dem Ziel näher fühlte. Die Beschäftigung mit den konkreten Aufgaben half, die Gedanken an die atomare Gefahr zu verdrängen, die sie zu verhindern suchten. Hall war sich dessen bewusst. Allen saß die Angst im Nacken. Aber sie hatten versucht, was möglich war. Jetzt konnten sie nur hoffen, dass der Gegner in der Zwischenzeit nicht unbemerkt tätig wurde. Es blieb ihnen nichts anderes übrig, als darauf zu vertrauen, dass Gatow sich meldete. Die Teilnehmer verliefen sich nach dem Meeting. Jean-Baptiste und Freddie begannen ihre Arbeit an den Computern, Jade und Tom wollten die Zeit zum Training nutzen.

Babette betrat kurz danach Halls Büro und sah ihren Chef eindringlich an.

Hall unterdrückte ein Lächeln.

„Glauben Sie, ich merke nicht, worauf das hier hinausläuft?

Babette zeigte ein unschuldiges Gesicht.

„Er hat sich als unser Chefanalyst doch wirklich bewährt", sagte sie.

„Ja, Herr Hansen hat das gut gemacht. Er soll seine Chance bekommen."

„Schön! In der ganzen Zeit hat Jean-Baptiste sich bemüht. Man kann schon erste Veränderungen sehen. Er wird sich für eine Therapie anmelden, eine stationäre Reha, hat er mir gesagt."

Hall fragte sich, wie sich seine Assistentin mit dem Wissen um die Bemühungen der IS-Terroristen eine schmutzige Bombe in die Finger zu bekommen, gleichzeitig für so alltägliche Dinge wie das Wohlergehen eines Kollegen einsetzen konnte. Er nickte, um sie zu beruhigen, war aber noch skeptisch, ob die Verhaltensänderung des Mitarbeiters von Dauer sein würde.

# 47

Gao Xia saß auf der Couch, als Tom bei Jen und Christian eintraf. Als Mitbringsel für die Weihnachtsfeier überreichte er drei Flaschen Wein, die er in Jacques' Weindepot besorgt hatte. Er war sich bewusst, dass er jederzeit abberufen werden konnte, hatte sich aber fest vorgenommen, an diesem Abend die Gedanken an die dunkle Wolke der Bedrohung, die über Deutschland hing, nicht zuzulassen. Als er mit Jen und Christian in den Wohnraum trat, erhob Gao Xia sich. Sie trug ein dunkles Kleid, das Jen ihr geliehen hatte. Der tiefe Ausschnitt erlaubte Tom einen Einblick in ihr Dekolleté. Neben den dünnen Schulterriemchen des Kleides schnitt der glänzende Träger eines schwarzen BHs in ihre Schulter. Tom bewunderte ihre wohlproportionierte Figur und die trainierten Arme. Die dunklen Haare hatte sie zu einer kunstvollen Hochfrisur gesteckt.

„Meine Heldin", begrüßte Tom die kleine chinesische Kämpferin an. Es schien ihr gut zu gehen.

„Deine gebrochene Nase haben die aber gut hin-bekommen", scherzte er.

Bei der Umarmung hatte Tom noch den Eindruck aus dem Krankenhaus in Erinnerung, er müsse einen schwer verletzten Menschen beschützen. Bis er spürte, wie sie ihre festen Brüste an seinen Körper drückte. Auch hielt sie ihn einen Moment länger im Arm, als es ihm angemessen erschien. Nach der Begrüßungszeremonie setzte sie sich und kreuzte ihre Beine übereinander. Das Kleid schob sich etwas hoch. Tom bemühte sich, nicht auf ihre Oberschenkel zu sehen. Sie war eine interessante Frau, intelligent und kraftvoll, aber auch sehr zurückhaltend. Tom hatte am Vortag erfahren, dass die neue Identität für sie genehmigt war. Er hatte vor, es ihr im Laufe des Abends als Weihnachtsüberraschung mitzuteilen.

Jen hatte den Weihnachtsbaum mit gläsernen Kugeln, Sternchen und vielen LEDs geschmückt. Sie löschte das Licht im Raum, sodass nur die Kerzen auf dem Tisch und die Lichterketten für Atmosphäre sorgten. Die Kugeln blitzten und funkelten in allen Farben.

Christian mixte allen zur Einstimmung einen Cocktail und fing sich einen verärgerten Blick seiner Freundin ein. Der Tisch war wie eine Tafel dekoriert, mit goldenen Platztellern, Tannenzweigen und Kerzen. Gao Xia hatte für jeden individuell ein kleines Tier aus Papier gefaltet und stellte es jetzt neben die Teller. Jen sprach mit Bewunderung davon, wie großartig Gao Xia das kunstvollen Falten des Origami beherrschte.

Christian begann mit seinem Lieblingsthema.

„… Die drehen eine Statistik so lange hin und her, bis sie ein Drama daraus machen können …", schimpfte er wieder über die Presse. Tom wusste, dass anschließend die Politiker ihr Fett abbekommen würden. Aber unrecht hatte sein Freund Christian nicht.

„… Inzwischen ist das Ganze nur noch eine simple Rechtfertigung für eklatante Fehlentscheidungen. Nach dem Desaster und dem extremen Schaden, das die Politiker angerichtet haben, können sie nicht mehr zurück! Überlegt doch: Einschränkung der Grundrechte!

Dann haben sie das Infektionsschutzgesetz durchgeprügelt, als nachträgliche Legitimation der ohne Parlament getroffenen Entscheidungen. Erst die kompletten Bürgerrechte einschränken und sie später Stück für Stück als Privileg den Bürgern zurückerstatten. Das ist das Vorgehen unserer Regierung."

„Christian, hör auf! Heute ist Weihnachten. Ich will nicht die ganze Zeit dein Meckern hören. Es soll ein schöner Abend werden", sagte Jen. Es klang energisch, als wenn dem eine längere Diskussion vorausgegangen wäre.

Sie wendete sich an Tom.

„Was ist mit Jade? Wolltest du nicht Jade mitbringen? Wie geht es ihr?"

„Sie ist bei ihrer Partnerin."

„Alles wieder im Reinen?"

„Sie hat mir gesagt, dass sie glaubt, mir ähnlicher zu sein, als sie gedacht habe. Enge Bindungen machen ihr wohl auch Angst." Tom lachte und riss sich zusammen, als er Jens Blick sah.

„Sind die beiden fest zusammen?"

„Ich vermute das. Jade will jetzt sogar ihre Studenten-WG aufgeben. Mit Lauras Hilfe sucht sie eine Wohnung. Sie hat schon etwas in Aussicht. In Bochum, am Kemnader See."

„Echt? Da ist es wirklich schön."

„Ich konnte es erst nicht glauben. Sie will am Ende tatsächlich etwas kaufen, stellt euch das vor."

Tom hatte sich neben Gao Xia auf die Couch gesetzt. Er versuchte mit ihr ins Gespräch zu kommen. Aber seine Art, halb im Ernst, halb im Spaß herumzualbern, kam bei ihr nicht an. Er wusste nicht, wie er ihr Verhalten einordnen sollte.

Christian kam wieder auf das Thema zurück, das die

ganze Welt bewegte:

„Nach den neuen Gesetzen können die uns verbieten, mit wem wir feiern! Eine WG ist doch auch eine Familie und ein Gast? Darf das jetzt? Oder machen wir uns strafbar?" Er stand auf, hob sein Glas so hoch er den Arm recken konnte und proklamierte mit lauter Stimme: „Diese Zusammenkunft entspricht nicht den offiziellen Regeln!"

Sofort traf ihn ein weiterer strafender Blick und Jen gab eine neue Richtung vor.

„Wann sollen wir mit dem Kochen anfangen?"

Alle halfen in der Küche mit.

Gao Xia setzte Reis auf, Christian schloss einen Bluetooth-Lautsprecher an sein Handy an, sorgte für Weihnachtsmusik und Getränke. Tom schnitt Lachs wie angeordnet in kleine viereckige Stücke. Jen dirigierte die Vorbereitung des Festmahls. Eine Champignoncremesuppe mit Croutons eröffnete die Menüfolge. Das Hauptgericht wurde in Alufolie portionsweise auf einem Reisbett vorbereitet. Dazu gehörten rotes, scharfes Pesto, Peperoncini, die Lachsstücke, die Tom geschnitten hatte, Gambas und Cherry-Tomaten. Nach 15 Minuten im Backofen bei 200 Grad wurde das Ganze mit Olivenöl, Balsamico, Knoblauch und frischen Gewürzen verfeinert.

Als serviert wurde, zog der Duft des Basilikums durch die Luft.

Tom war hungrig, aß langsam und mit Genuss. Er sah die ganze Zeit Gao Xia an, die in kleinen Häppchen speiste, einen verträumten Ausdruck im Gesicht. Christian diskutierte mit Jen, während er das Essen in sich hineinschlang, ohne sich bewusst zu sein, was er vor sich hatte.

Nach dem Hauptgang wischte Tom sich das Fett aus den Mundwinkeln. Er überlegte, ob er es Gao Xia jetzt sagen sollte. Er war satt und zufrieden, vergaß aber nicht, ständig sein Handy in Sicht- und Hörweite zu haben.

*Driving Home for Christmas* ... Die Playliste dudelte einen Weihnachtssong nach dem anderen.

Als Nachspeise hatte Jen Bratäpfel vorbereitet.

„Gao Xia", sagte Tom, als der Teller leer war, „hier ist meine Weihnachtsüberraschung für dich. Alles ist arrangiert. Du kannst deine Tasche packen! Am Montag hole ich dich ab und nehme dich mit nach Köln."

Das war ihre Chance für den Neuanfang. Jetzt wussten auch Christian und Jen Bescheid, dass ihr Besuch sich verabschieden musste. Tom würde sie zu Hall mitnehmen. Im BfA würden Beamte sie abholen und an einen unbekannten Ort begleiten. Vielleicht sogar in ein anderes Land.

„Niemand wird wissen, wie du dann heißt und wo du in Zukunft leben wirst."

„Auch du nicht?"

Sie machte keinen begeisterten Eindruck. Eher schien sie traurig über die Mitteilung zu sein. Zumindest deutete Tom den Blick aus ihren mandelförmigen Augen so. Er hatte mit einem Freudenausbruch gerechnet und dass sie ihm um den Hals fallen würde.

Christian drückte wortreich seine Anerkennung aus, dass die Behörde das hinbekommen hatte. Die beiden Frauen sahen sich stumm an. Jen räumte den Tisch ab, Gao Xia half ihr und begleitete sie in die Küche. Tom hörte sie flüstern. Dann war es eine Weile still.

Jen brachte einen Espresso für Christian und Gao Xia den Kaffee. Sie schenkte Tom ein. Als sie sich wegdrehte, sah Tom wie einzelne kleine Strähnchen sich aus ihrer Frisur gelöst hatten und ihren zierlichen Hals umspielten. Auf seine Frage, ob sie sich denn nicht freuen würde, wich sie aus und erklärte ihm, dass es in

China nicht üblich sei, das zu zeigen.

Sie setzte sich wieder neben ihn auf die Couch und wechselte das Thema.

„Ich habe erst gedacht", sagte sie, „das Kleid wäre nicht angemessen, es wäre dafür zu kalt, aber jetzt ist mir doch warm geworden."

Tom wusste nicht, was er von dieser Aussage halten sollte.

„Mir gefällt, dass du es angezogen hast."

Sie lächelte.

Christian holte eine Flasche Cognac und drängte jedem ein Glas auf.

„Zur Feier des Tages! Der Fisch muss schwimmen!"

Jen wollte auf jeden Fall nur bei Wein bleiben.

„Ist euch vielleicht weihnachtlich zumute? Dieses Jahr?"

*Last Christmas ...*

Das schien für Christian, bei dem langsam die Wirkung des Alkohols einsetzte, wieder das Stichwort zu sein.

„Kein Wunder, wenn man bedenkt, wie dieses Jahr gelaufen ist. Jetzt haben sie einen Impfstoff und wie lange wollen die den Lockdown noch durchziehen?"

Jen atmete kräftig durch. Tom sah, wie wütend sie wurde.

„Ja", sagte Christian und sah Jen an, „Jen hat da eine andere Meinung."

„Die habe ich allerdings ..."

„In normalen Wintern mit normaler Grippe sterben auch Menschen", sagte Christian.

Jen schüttelte den Kopf.

„Christian, lass es doch, ich will dieses Thema nicht mehr hören."

„Jetzt lass sie doch auch zu Wort kommen", mahnte Tom.

Christian hielt inne, sodass Jen ihre Meinung ausführen

konnte.

„… Zu dem Virus an sich und der Verbreitung gibt es keine Meinung! Das sind Fakten! Zum Umgang damit: Ja! Wir müssen halt aus den Erfahrungen lernen! Wir können nicht einfach aufhören, Menschen zu retten, das wäre absolut unethisch! Wir können nur daran arbeiten, das Risiko zu minimieren! Wann begreifst du das endlich?"

Gao Xia blättert in einem Magazin.

Christian traute sich anscheinend nicht mehr, Jen zu widersprechen. Er sah Gao Xia an.

„Du bist ja so nostalgisch! Zeitschriften, wer liest heute noch Zeitschriften?"

Gao Xia lächelte.

„Ich hoffe, dass du das nett meinst. Bei deinem Beruf sollte dich das doch freuen." Dann wendete sie sich an alle. „Schaut euch das an. Wer dieses Jahr alles gestorben ist."

„Das ist ja nun nicht gemeint", stänkerte Christian, dem das Sprechen inzwischen etwas schwerfiel, „auf ein besseres Jahr hinzuarbeiten, indem wir über Tote sprechen?"

Die Chinesin an Toms Seite ließ sich nicht beirren, sie schmunzelte nur.

„Hier steht, welche berühmten Menschen uns verlassen haben: Sean Connery und Honor Blackman, die war auch in einem James-Bond-Film …"

„Ich glaube, das war *Goldfinger*", sagte Jen.

„… und Diana Rigg", fuhr Gao Xia fort, „das war doch auch so eine Serie über Agenten, habe ich gehört?"

„Genau", sagte Tom, „*Mit Schirm, Charme und Melone*, da hieß sie Emma Peel und war eine ganz Harte. Und in einem James-Bond-Film hat sie auch mitgespielt, die einzige Frau, die Bond je geheiratet hat."

„Und John le Carré, der Autor der Agentenromane."

„Ja, ein sehr guter Autor. Habe ich immer gern gelesen", bestätigte Christian. Er ließ tatsächlich von seinem Thema ab.

„Das sind ja nur Leute, die mit Spionage zu tun haben", sagte Jen, „zumindest im Kino."

„Wer noch?"

„Musiker! Little Richard, die Rock-Legende, Eddie van Halen…"

Jen beugte sich über den Tisch und deutete auf ein Foto.

„Pierre Cardin, der Modedesigner…"

„ … der Aktionskünstler Christo" fuhr Gao Xia fort, „Kobe Bryant, der Basketball-Star, Kirk Douglas …"

„Vater von Michael", fügte Christian hinzu, „wie alt ist der geworden?

„103 Jahre."

„Das ist ja der Hammer!"

Tom schaute jetzt mit in die Zeitschrift und las vor.

„Da haben wir noch: Die Beatles-Fotografin Astrid Kirchherr, Carlos Ruiz Zafón und Norbert Blüm."

„Das war wenigstens ein ordentlicher Politiker", ergänzte Christian, stand auf und stellte sich neben Tom, um besser in die Zeitschrift sehen zu können.

„… und Sir Stirling Moss, der Formel-1-Fahrer", sagte Tom.

„… und Albert Uderzo, der Zeichner von Asterix", sagte Jen, die sich ebenfalls über das Heft beugte.

Christian nuschelte inzwischen.

„Die Welt ist nicht mehr dieselbe ohne alle diese fantastischen Leute. Das sage ich euch!"

*Wonderful Christmas Time* … plärrte es aus den Boxen. Da niemand darauf reagierte, lamentierte er weiter.

„Über Verstorbene schreiben sie, aber die Wahrheit über Corona verhindern sie mit allen Mitteln." Tom wusste, dass sein Freund den abgelehnten Artikel meinte, in dem er die wahren Hintergründe der Pandemie aufdecken wollte.

„Ist ja gut, Christian", sagte Tom und fragte Jen. „Konntest du ihn nicht abhalten, den Artikel zu schreiben?"

„Du weißt doch, wie er ist. Was er sich in den Kopf gesetzt hat, zieht er durch."

Christian schwankte zu seinem Sessel zurück und fiel mehr darauf, als dass er sich setzte.

„Der Chefredakteur hat mich sowas von niedergemacht. Das hat der echt drauf. *Hör auf mit diesen hochtrabenden Spinnereien. Mach einfach deinen Job.* Dann hat er mich zum Vorsitzenden einer Kleingarten-Anlage geschickt. *Besuch ihn, mach ein Interview.* Hat er gesagt. *Verfasse einen schönen, ich betone: schönen Artikel. Die schalten eine Anzeige. Also gib dir Mühe.*"

Christians Stimme wurde immer verzweifelter und gleichzeitig nuschelte er mehr. Der Alkohol entfaltete seine Wirkung. Er griff nach der Flasche. Jen hielt sie fest. Christian zerrte daran, bis sie losließ. Es gelang ihm gerade noch, zu verhindern, dass der Rest des Cognacs auf den Tisch spritzte. Nur eine kleine Pfütze entstand, als etwas aus der Flasche schwappte. Christian wischte mit einem Finger darüber und leckt ihn ab.

„Die Veränderungen durch den Kampf gegen die Pandemie", setzte Christian seinen Monolog fort und dabei hob er das Wort *Kampf* besonders hervor, „um einmal in dem reißerischen Jargon meiner Journalistenkollegen zu sprechen, die Veränderungen bleiben! Mit anderen Worten: Die Kontrollen, die Kartierung unserer Wege, unserer Kontakte, die Bewegungs- und Begegnungs-Profile, durch die Registrierung in Gastronomie und durch Handy-App, die bleiben! Das ist der totale Überwachungsstaat, den wollte kein Bürger, und jetzt haben wir ihn und alle machen lustig und ohne Widerspruch mit. Ich kann es nicht begreifen."

*So This is Christmas…*

Christian stand auf und schwankte in Richtung Klo. Tom und Jen sahen sich an. Gao Xia betrachtete mit Interesse die Bücher im Regal und nahm einen Bildband heraus und blätterte darin. Es war Dennis Hopper, *Photographs 1961–1967*, sah Tom.

Einen Moment sagte keiner etwas. Alle wussten, dass Christian gleich hinüber sein würde.

Gao Xia sah auf und wechselte mit Tom einen Blick. Dann sahen beide Jen an.

„Hilf mir bitte, ihn ins Bett zu bringen", sagte die zu Tom. Die Situation war ihr sichtbar peinlich.

„Auf jeden Fall", sagte Tom und wurde von Christians Poltern übertönt, der zurück kam und mit seinem Klagelied wieder einsetzte.

„Heute muss ich noch wirklich eines sagen: Nicht die Pandemie ist das Problem, sondern die Maßnahmen! Nicht das Virus, sondern wie unser Leben in Zukunft, nach dem Corona-Debakel wohl ablaufen wird."

Christian, in seinem Alkoholrausch nur noch lallend, rutschte vom Stuhl, auf den er sich gerade niederließ, und sank zu Boden. Tom griff ihm unter die Arme und schleppte ihn durch den Flur ins Schlafzimmer. Jen stützte ihn von der anderen Seite.

Gao Xia beschäftigte sich in der Küche. Tom hörte, wie sie Geschirr abspülte und in die Spülmaschine einräumte.

Jen und Tom bugsierten Christian, der mit seinem ganzen Gewicht zwischen ihnen hing, auf das Bett. Jen knöpfte ihm das Hemd auf und zog ihm die Schuhe aus.

Die Musik brach mitten im Song ab, Gao Xia wünschte durch den Flur eine gute Nacht und zog sich in ihr Zimmer zurück.

Als Jen Christian zudeckte, kam sie Tom ganz nah, wich aber sofort zurück. Kurz darauf ging sie in dem schmalen Gang zwischen Bett und Wand wieder an ihm vorbei. Er ergriff ihren Arm. Sie ließ es geschehen. Sie setzten sich nebeneinander auf die Bettkante neben Christian, der zu schnarchen begann.

Tom legte einen Arm um Jen.

„Kann ich irgendetwas für dich tun?"

„Nein. Nett von dir. Aber da muss ich alleine durch. Willst du dich nicht lieber um Gao Xia kümmern?"

„Gao Xia?"

„Sie ist doch ganz heiß auf dich. Hast du das nicht gemerkt?"

Tom konnte es nicht fassen.

„Sie war doch völlig abweisend."

„Natürlich. Verstehst du denn nicht? Du kennst uns Frauen doch. Sie kann dir das doch nicht direkt zeigen. Warum hat sie sich wohl so zurechtgemacht? Sie wartet, dass du darauf kommst. Stell dich nicht so blöd an."

Tom wich zurück. Warum mussten Frauen nur so kompliziert sein?

„Und jetzt?"

„Geh zu ihr. Ich wette, sie wartet auf dich."

Jen schüttelte den Kopf.

Tom ging durch den Flur und klopfte.

Gao Xia öffnete ihm die Tür.

„Das hat aber gedauert!" Sie lächelte und empfing ihn mit einer Umarmung. Dann drückte sie ihn noch einmal von sich und schaute ihn ernst an. Sie hatte sich in der Zwischenzeit entkleidet und einen seidenen Morgenmantel übergeworfen, der jetzt leicht geöffnet war. Tom sah ihren perfekten Körper durchscheinen. Sie genoss sichtlich seinen anerkennenden Blick und zog spöttisch die Augenbrauen hoch. Ein Lächeln umspielte ihre Mundwinkel.

„Du bist herzlich eingeladen, komm herein."

Er trat an ihr vorbei ins Zimmer. Dabei kam er ihr ganz nah und spürte die Wärme ihres Körpers. Ein betörender Duft ging von ihr aus. Sie umarmte ihn, der Umhang öffnete sich weiter und seine Hände glitten wie von selbst über ihre weiche Haut.

Die Bilder die Tom von ihr hatte, die kleine Verletzliche, die er beschützen wollte, und die harte Kämpferin, die nachts Menschen umlegte, verschwanden. Jetzt war sie nur noch Frau.

Sie drückte sich an ihn und ihre Fingerspitzen fuhren in seinem Nacken am Hals hinunter. Ein elektrisierendes Kribbeln zog durch seinen Körper. Sie zog ihn zum Bett.

# 48

Tom ging im Teamraum auf und ab. Gestern hatte er Gao Xia in ihr neues Leben, an einen unbekannten Ort ins Exil verabschiedet. Jetzt war ihm klar, warum sie so traurig auf seine Überraschung reagiert hatte. Er hatte sich in ihrer Gegenwart immer schon wohlgefühlt, war sich aber nicht bewusst gewesen, woran das gelegen hatte. Diese drei Tage über Weihnachten würden für ihn immer unvergesslich bleiben. Der Abschied war wieder emotionslos, wie zwischen Unbekannten, verlaufen. Nur der Blick, als sie sich noch einmal umgedreht hatte, war voll Trauer gewesen. Er würde sie vermutlich nie wieder sehen.

Omega hatte sich anschließend auch den ganzen Montag nicht gemeldet. Heute ging die Warterei weiter. Tom hatte es satt. Das Handy, die Verbindung zu Omega, lag auf dem Tisch. Er stellte sich davor und trennte das Billiggerät von der Aufnahmeelektronik. Er drehte es und ließ es auf dem Tisch tanzen, wie einen Kreisel. Eigentlich brauchten sie es nicht mehr. Sie hatten jetzt Omegas Nummer. Nur nahm er meist keine Anrufe entgegen. Wenn er sich dann meldete, doch über diesen Anschluss, vermutete er. Jade starrte aus dem Fenster. Es wurde bereits dunkel. Sie drehte sich um und schüttelte den Kopf.

„Lass den Unsinn!"

Den ganzen Tag beschäftigten sie sich schon mit weiteren Analysen und Recherchen. Tom und Jade hatten ihre Eindrücke über Karl von Rattner verglichen und Möglichkeiten diskutiert, ungesehen auf das Gelände von Rattners zu gelangen. Freddie unterstützte Jean-Baptiste bei seinen Nachforschungen. Sie hatten aber noch keine verwertbaren Informationen vorweisen können.

Hall schaute aus seinem Büro.

„Gibt es etwas Neues?"

Tom schüttelte den Kopf und Hall zog sich wieder zurück.

Die Tür zu Babettes Büro stand auf. Sie starrte auf ihren Bildschirm. Ihre Aufgabe bestand hauptsächlich darin, alle in Alarmbereitschaft stehenden Einheiten zu beruhigen und zu vertrösten, bis entscheidende Hinweise eingingen, die sie an die SEKs weitergeben konnte.

„Das war es wohl für heute", sagte Tom, „oder, wie der Engländer sagt: Let's call it a day!"

„One of those days", nickte Jade.

Tom tippte zum wiederholten Mal auf den einzigen in der Anrufliste vermerkten Kontakt und wartete.

Jade sah ihm zu und schüttelte den Kopf.

Das Freizeichen ertönte. Niemand nahm das Gespräch an. Keine Mailbox schaltet sich ein, bis die Verbindung unterbrochen wurde.

Tom zog den Stuhl heran und setzte sich, verschränkte die Arme, lehnte sich zurück und streckte die Beine so weit von sich, wie es ging. Er konnte nicht gut damit leben, so abhängig von jemandem zu sein. Auf die Kooperation dieser Leute zu warten, die sie als Kriminelle betrachteten.

Zehn Minuten später klingelte und vibrierte das Handy. Jade und Tom sahen das Gerät an, Babettes Hände unterbrachen ihre Arbeit auf der Tastatur. Sie schob ihre Brille hoch und schaute herüber. Hall stieß seine Bürotür auf, als wenn er dahinter gelauscht hätte, und blieb mit der Hand auf dem Türgriff stehen. Dann erst reagierte Tom und verband das Handy wieder mit der Überwachungsanlage. Der Kontakt zu Omega kam zustande. Tom stellte den Lautsprecher ein und informierte ihn darüber, um seine Offenheit zu zeigen. Ihm war klar, dass er es durch Gatow sowieso erfahren würde.

„Für uns ist es hilfreich, dann muss ich nicht alles wiederholen und meine Kollegen können sofort Maßnahmen ergreifen, die entsprechenden Stellen informieren."

„Das ist für mich in Ordnung", sagte Omega. „Ich helfe gerne."

Hall verdrehte die Augen.

„Steht Gatow zur Verfügung?", fragte Tom.

„Er ist einsatzfähig."

„Dann geben Sie ihn mir."

„Nein. Sie werden heute mit mir vorlieb nehmen."

„Warum?"

„Weil ich es sage."

Tom wurde plötzlich heiß, ihm stieg das Blut zu Kopf. Er sah auf seine Hände, die er zu Fäusten ballte. Die Haut um die Knöchel spannte sich so, dass sie weiß wurde. Ihm war aber klar, dass er an der Situation im Augenblick nichts ändern konnte.

„Okay. Können wir starten?"

Es blieb einige Zeit ruhig. Tom hatte das Gefühl, dass wieder etwas nicht stimmte. Stand die Verbindung noch?

Da meldete sich Omega wieder.

„Wir können starten. Ich gebe Ihnen die erste Info. Wir haben einen weiteren Namen. Einer der IS-Kämpfer hat einen Transporter geklaut und ihn an die Frau übergeben. Sie plant die Fahrt zum diesem mysteriösen General."

Tom runzelte die Stirn und sah in die Gesichter der anderen. Er überlegte, ob er seine Enttäuschung aussprechen sollte, entschied sich aber dagegen.

„Dabei hat sie an den Namen und den Ort gedacht. Sie überlegte, welche Autobahn sie nehmen will. Dabei hat Gatow es mitbekommen."

„Der Name? Wie ist der Name?"

„General Karl von Rattner. Der Ort ist …"

Den kannten sie bereits. Immerhin hatten sie jetzt die Bestätigung, dass ihre eigene Annahme richtig war. Was war mit Gatow los? Er musste doch auch erfassen, dass Tom das schon wusste. Der Telepath war doch sonst so aktiv.

„Aber das wissen Sie ja anscheinend schon", fuhr Omega fort, „Okay, Gatow will sich jetzt auf die anderen konzentrieren. Wir bleiben dran."

Aus dem Lautsprecher kamen nur Störgeräusche. Wenn Tom sich anstrengte, ein Raunen im Hintergrund.

Omega meldete sich wieder.

„Gatow konzentriert sich jetzt auf die Männer. Ghazi, Asad und Nasser."

„Nasser hat den Transporter für Aisha Siddika organisiert. Er hat das Auto an die Frau übergeben und will jetzt mit dem Zug zu den anderen fahren. Er geht zum Bahnhof … nein, er hat noch Zeit, er will einen Kaffee trinken … Er kann von dort auf den Bahnhof schauen …"

„Welcher Bahnhof? Welche Stadt?"

„Wenn Nasser sich nicht direkt damit beschäftigt, kann Gatow es nicht erfassen, das wissen Sie doch. Ihre

Fragen bringen nichts."

Tom raufte sich die Haare. Natürlich wusste er das, aber so kamen sie nicht weiter.

„Gatow hat etwas über die anderen beiden. Sie machen sich gemeinsam auf. Sie wollen einen Mercedes nehmen. Asad hat nicht an die Fahrstrecke oder das Ziel gedacht. Seine Gedanken drehen sich um die Hoffnung, der alte Mercedes möge noch durchhalten. Ghazi ist zuversichtlich. Es scheint nicht eilig zu sein. Sie fahren noch nicht los. Der Treffpunkt … ist nicht weit entfernt. Sie scheinen sich auf jeden Fall im Ruhrgebiet aufzuhalten."

Das war nicht neu für Tom. Im Gegenteil, sie hatten den Standort diese beiden Terroristen bereits auf Duisburg und Umgebung eingegrenzt.

„Sie haben recht", sagte Omega, „Die Angabe war zu ungenau, bestätigte mir Gatow." Nach einer kurzen Pause fuhr er fort. „Gatow sagt mir gerade, dass Sie jeden Moment eine wichtige Information von einer Kollegin bekommen werden. Wir können dann pausieren."

Was sollte das jetzt wieder? Tom zog die Stirn kraus.

Plötzlich sprang Babette von ihrem Rechner auf, stürmte in den Teamraum und gestikulierte, ohne etwas zu sagen.

Tom hörte Omega lachen.

„Hören Sie, was sie zu sagen hat."

Omega wusste eher als Tom, welche Information Babette bereithielt.

„Ich stelle Sie kurz auf stumm", sagte Tom und unterbrach das Lachen Omegas, das auf seine Bemerkung wieder erklang.

Tom schaltete das Mikro ab. Tom nickte Babette zu.

„Wir haben hier etwas", sagte sie, „das uns einen Grund gibt, dem General einen weiteren Besuch abzustatten. Ein verräterisches Telefonat. Gerade ist eine Aufnahme vom MAD eingetroffen. Tom, du solltest dir das anhören."

Tom, Jade und Hall begleiteten sie zu ihrem Arbeitsplatz.

Babette öffnete die Tondatei, die das Telefonat enthielt.

Bei dem Besuch des Generals hatten sie nichts Konkretes über den Verkauf der Atomwaffe erfahren. Aber der MAD wollte sich um die Abhöraktion kümmern. Die Kooperation mit den Kollegen schien zu klappen.

„Das Gespräch sei nicht zu verfolgen, haben die vom MAD mitgeteilt", sagte Babette.

Es war nur ein kurze Nachricht.

Tom vermutete, dass ein General dieses Kalibers sich mit der modernen Überwachungstechnik auskannte. Also würde er Absprachen über Geheimcode treffen.

Babette spielt die wav-Datei ab.

Eine weibliche Stimme meldete sich.

„Es geht um Ihr Zeitungs-Abo."

Der General antwortete nicht.

„Die Zeitung wird Ihnen ab morgen geliefert."

„Rechtzeitig? Habe ich sie zum Frühstück?"

Das war eindeutig der General.

„Selbstverständlich. Der Lieferdienst schafft das immer."

Tom hörte sich die Aufnahme mehrmals an. War das die Stimme Aisha Siddikas? Er war davon überzeugt. Die Stimme passte zu seiner Vorstellung von dieser Frau. Sie klang kraftvoll, wohlmoduliert.

# 49

Nach einer kurzen Diskussion schaltete Tom Omega
wieder zu und erklärte ihm ihr Vorhaben. Omega war
bereit, die weiteren Ergebnisse aus Gatows Recherche
mit Babette zu besprechen. Sie würde relevante
Informationen an die zuständigen Einsatzdienste
weiterleiten. Sie mussten alles daransetzen, die
Übergabe des Nuklear-Sprengsatzes zu verhindern. Die
kurze Aufzeichnung des Telefonats ließen den Ort und
Zeitpunkt der Übergabe vermuten. Zumindest sah Tom
das so. Er vertrat vehement, zwischen den Zeilen der
Nachricht lesen zu können, dass als Ort der *Lieferung*
der Aufenthaltsort des Generals vorgesehen und der
Zeitpunkt nach Mitternacht, also in den frühen
Morgenstunden, sei. Damit die Übergabe rechtzeitig *vor
dem Frühstück,* wie die Anruferin betont hatte,
stattfinden konnte. Nach Toms Ansicht würde Aisha
Siddika ein Großaufgebot an Einsatzkräften vermutlich
vorzeitig bemerken und sich zurückziehen. Es wäre
dann nichts gewonnen, wenn sich auf Seiten des
Generals keinerlei Beweise für eine Straftat nachweisen
lassen würden. Wenn sie diesen Weg einschlugen,
konnte es gut sein, dass die Rakete nicht aufzufinden
sein würde.

„Wir können nicht warten", sagte Tom, „dazu steht zu viel auf dem Spiel."

„Wenn wir alle informieren", sagte Hall, „alle Sondereinsatz-Teams losschicken und die finden nichts? Das können wir uns nicht erlauben. Stellen Sie sich den Imageverlust vor, den unsere Abteilung dann erleidet. Davon erholen wir uns nie wieder!"

Also kam man überein, dass Jade und Tom in einem nächtlichen Einsatz in das Gebiet des Generals eindringen und den Handel verhindern sollten. Sobald sie die Atomwaffe gefunden und Beweise gesichert hatten, sollten die anderen Einheiten, die in Alarmbereitschaft standen, abgerufen werden.

„Nur wenn wir juristisch einwandfrei belegen können, was er vorhat", verabschiedete Hall sie, „können wir ihn festnageln. Sonst haben wir nichts gegen ihn in der Hand. Mit einem guten Anwalt wird er sich sonst immer herauswinden. Es nützt nichts, wir müssen die Bombe sicherstellen, sonst versucht er es wieder. Die Gefahr ist zu groß. Also tut, was ihr könnt."

***

Freddie schleppte eine abgewetzte Sporttasche mit Nike-Symbol an und zog hinter sich zwei Rollkoffer her.

Er packte aus.

„Ich habe euch zwei MP7 besorgt, egal, was dort los ist, so seid ihr gut gewappnet."

Freddie griff noch einmal tief in die Tasche und ließ sie die Reservemagazine sehen.

„Die Walther und die Glock habt ihr noch? Hier habe ich für euch noch eine Vorderschaftrepetierflinte und die Munition dazu. Das ist etwas ganz Feines, damit bekommst du jede Tür auf." Freddies Augen glänzten.

Die Koffer enthielten Schutzwesten, Sturmhauben, Schutzhelme mit Kehlkopfmikrophon und Kampfanzüge in Tarnfarbe.

Jade und Tom packten ihre Ausrüstung zusammen.

„Sonst verzichte ich gerne auf dieses ganze Zeug", sagte Tom, „aber in diesem Fall ist das ganz hilfreich." Ihn störte, dass seine Beweglichkeit dadurch eingeschränkt wurde. Aber da am Zielort fast eine ganze Armee auf sie wartete, überwand er seine Bedenken. Auch war er ruhiger, wenn Jade dadurch gesichert war. Schalldämpfer könnten hilfreich sein, überlegte er noch.

Tom und Jade machten sich auf den Weg in den Westerwald und Babette übernahm die Kommunikation mit Omega. Später würde sie oder Freddie die Rückendeckung über die Standleitung übernehmen.

Diesmal fuhr Jade den Volvo. Unterwegs hing jeder seinen Gedanken nach. Tom dachte in Erwartung der Kampfhandlungen über unterschiedliche Vorgehensweisen nach. Die Fahrt von Köln bis zum Anwesen des Generals dauerte genau 60 Minuten. Am Ziel verringerte Jade die Geschwindigkeit und fand eine Parkmöglichkeit weit außerhalb des Geländes in einem anderen kleinen Waldweg. Wenige Meter hinter der Straße verbarg sie den Volvo zwischen Bäumen und Gebüsch. Die Geräusche des nächtlichen Waldes begrüßten sie, als sie den Wagen verließen. Es roch nach Kiefern und Fichten und etwas Moderiges zog vom Bach herauf. Sie legten ihre Kampfanzüge an und stellten die Verbindung mit der Zentrale her. Babette hatte sie nun in der Standleitung und arbeitete gleichzeitig mit Omega weiter, falls der neue Hinweise durch Gatow erhielt. Babette als Backup zu haben, war unbezahlbar. Sie hatte schon oft in kürzester Zeit benötigte Informationen beschafft oder weitere

Einheiten organisiert und zur Unterstützung geschickt. Dann pirschten sich Tom und Jade im Wald ein Stück an der Straße entlang bis zum Grenzbach. Sie richteten das Gestell der Nachtsichtgeräte aus und schalteten den Restlichtverstärker ein. Der dunkle undurchschaubare Wald verwandelte sich in eine schimmernde Welt aus hellen Grüntönen. Tom nutzte das Gerät nicht gerne. Die Umstellung auf das normale Sehen nahm für seinen Geschmack zu viel Zeit in Anspruch, und das konnte im Ernstfall zu einem nicht wieder gutzumachenden Nachteil führen. Aber zur ersten Orientierung war es durchaus hilfreich. Ein Trick, wie er den Nachteil ausgleichen konnte, bestand darin, dass er nur mit einem Auge das Gerät nutzte und das andere geschlossen hielt, das dann, wenn es nötig werden sollte, sofort an das normale Umgebungslicht angepasst blieb. Ein weiterer Nachteil bestand darin, dass das Infrarotlicht von anderen, die eventuell nach Eindringlingen Ausschau hielten, wie ein Leuchtfeuer gesehen werden konnte. Jetzt war es aber hilfreich, sonst hätten sie im Dunklen fast wieder die Einfahrt zum Anwesen des Generals verpasst. Nach hundert Metern schlugen sie sich durch das mannshohe Farnkraut zwischen die Bäume. Auf diese Weise hofften sie zu verhindern, dass sie zu früh bemerkt wurden. Es war beschwerlicher, aber sicherer. Das Knacken getrockneter Zweige, auf die sie traten, war trotz der nächtlichen Waldgeräusche lauter als erwartet. Je mehr sie sich dem Wachhäuschen näherten, umso langsamer bewegten sie sich. Jetzt konnte jeder falsche Schritt sie verraten.

Zwischen den Baumstämmen schimmerte ein schwaches Licht hindurch. Der Wachposten. Toms Herz pumpte mehr Blut durch seinen Kreislauf, in Erwartung der anstehenden Aktion. Ein Teil seines Körpers schien sich auf die Gewalt, die jeden Augenblick bevorstand, zu freuen. Dies war kein Anstandsbesuch bei dem Vier-Sterne-General Karl von Rattner. Diesmal war es ernst. Er schaltete den Restlichtverstärker aus und schob das Nachtsichtgerät zur Seite. Mit ihren geschwärzten Gesichtern schlichen Tom und Jade weiter, jeden Schatten nutzend. Zwischen den Zweigen hindurch sahen sie jetzt deutlich das hell erleuchtete Häuschen des Wachpostens.

Es waren zwei. Einer saß auf einem Stuhl vor der Tür, den er gekippt an die Hauswand gelehnt hatte. Der andere saß im Inneren. Tom konnte ihn durch das Fenster sehen. Die beiden unterhielten sich. Bei ihrem ersten Besuch hatten sie nur einen Wächter gesehen. Tom vermutete, dass aufgrund der besonderen Situation, der bevorstehenden Übergabe, statt einem Posten zusätzlich ein zweiter eingesetzt worden war. Vielleicht wollte der General auch nur gegenüber der Terroristin zeigen, wie mächtig er war und wie viel Personal er zur Verfügung hatte. Wer wusste schon, was im Kopf dieses Mannes vor sich ging? Sollten sie die beiden jetzt ausschalten? Das wären zwei weniger, falls es später, wenn sie entdeckt würden, zu einer Auseinandersetzung käme. Auf der anderen Seite, wenn in bestimmten Zeitabständen Kommunikation zwischen Haupthaus und Wachposten stattfinden würden, würden sich die anderen wundern, dass keine Rückmeldung vom Außenposten käme, und Alarm geben. Andere hierher schicken. Spätestens dann würde man die Anwesenheit von Fremden vermuten. Außerdem, befürchtete Tom, könnte Aisha Siddika sich zurückziehen, sobald sie hier auf Überraschungen stieß. Das wollte er auf jeden Fall verhindern. Also entschlossen sie sich, nach einer kurzen Besprechung im Flüsterton, das Wächter-häuschen in weitem Bogen zu umgehen.

Etwa hundert Meter weiter auf gleicher Höhe trafen sie

auf den Maschendrahtzaun. Tom konnte keine Kameras ausmachen. Mit einem erneuten kurzen Einsatz des Nachtsichtgerätes überzeugte er sich davon, dass es keine Lichtschranken gab. Auch der Zaun war nicht elektrisch geladen. Er schnitt den Draht senkrecht an einem Pfosten auf, sodass der Zaun sich wieder so zusammenfügen ließ, als wenn er unbeschädigt wäre, nachdem sie hindurchgeschlüpft waren. Jetzt lag ein Stück freies Feld vor ihnen. Sie nutzten vereinzelte Bäume und Sträucher zur Deckung und liefen abwechselnd über Rasenflächen zum nächsten Versteck vor. In einem größeren Gebüsch am Rande des Schotterplatzes, auf dem von Rattners Haus und die Baracken standen, trafen sie sich. Von hier hatten sie einen guten Überblick, um ihr weiteres Vorgehen abzustimmen.

„Es sind zwei Wachen", flüsterte Jade, nachdem sie sich neben Tom auf den Bauch gelegt hatte.

Tom nahm einen Fernstecher aus einer seiner Taschen und lugte zu den Baracken hinüber. Sie hatten vor sich eine Reihe von Autos, zwei Pkws und drei Mercedes G in Tarnfarben. Dann das Blockhaus mit der Terrasse, links daneben in einigem Abstand die Baracken und dann noch weiter links gab es ein Lagerfeuer, das fast ganz heruntergebrannt und nicht sehr frequentiert war. Drei Personen hielten sich dort auf. In größeren Abständen wehten ein paar Worte zu ihnen herüber. In einer der beiden Baracken war noch ein Fenster erleuchtet. Nach seinen Beobachtungen schloss Tom, dass es keine geregelten Runden gab. Die zwei, die wohl als eine Art Wache dienten, standen einige Zeit zusammen, rauchten, redeten oder schwiegen. Nach Lust und Laune schienen sie einmal um das Blockhaus herum zu wandern, aber in getrennten Richtungen. Sie trafen sich dann wieder vor Tom und Jade, die außer dem Gebüsch nur die Reihe der Autos als Deckung zwischen sich und den beiden hatten.

Die Männer trennten sich zu einer neuen Runde um das Haus. Tom nutzte die Gelegenheit, sich näher mit dem Inneren des Wohnraums zu beschäftigen. Er beobachtete durch die Glasfront der Terrasse, wie der General in einem Sessel saß und las. Das Fernglas war hervorragend, Tom konnte entziffern, dass von Rattner sich mit einem Buch des Autors Hamed Abdel-Samad, *Aus Liebe zu Deutschland*, beschäftigte. Er entzifferte den Untertitel: *Ein Warnruf.* Der General informierte sich über seine Geschäftspartner. Jetzt legte er das aufgeschlagene Werk zur Seite auf seinen Rauchtisch und sah auf die Uhr. Er stand auf und wanderte herum. Sah wieder auf die Uhr. Setzte sich, nahm das Buch wieder zur Hand. Seine Frau war nicht zu sehen.

Neben Tom raschelte es. Jade flüsterte Tom ins Ohr.

„Haben wir uns geirrt?"

„Sie wird schon kommen", raunte Tom. Von Rattner hatte nicht umsonst extra alle Posten doppelt besetzt. Das Funkgerät eines der Posten gab ein lautes Knacken von sich. Er griff danach und meldete sich. Es fand ein kurzer Wortwechsel satt. Tom hörte zwischen den Störgeräuschen einen Satz heraus.

„Erwarteter Gast eingetroffen!"

# 50

Babette hielt Kontakt mit Omega. Verwertbare Informationen trudelten nur vereinzelt und mit großen Abständen ein. Während der Kommunikation achtete sie auch auf Gesprächsfetzen im Hintergrund, aus denen sie sich zusammenreimte, dass Gatow gesundheitlich angeschlagen war und geschont werden musste. Sie bekam mit, wie Omega ihn sehr vorsichtig behandelte und sich bemühte, jeglichen Stress und Aufregung von ihm fernzuhalten.

Nach und nach wurde deutlich, dass die Mitglieder dieser Terrorzelle als Ziel einen gemeinsamen Treffpunkt anstrebten. Ein Waldstück in Duisburg, aber der genaue Punkt war noch nicht näher zu bestimmen. Sie näherten sich anscheinend aus drei Richtungen. Die Frau, Aisha Siddika war unterwegs zum Ankauf der Atomwaffe. Sobald sie die Bombe hatte, würde sie sich auf den Weg zu dem gemeinsamen Ziel machen. Sie wussten, dass die Übergabe auf dem Gelände von Rattners stattfinden sollte. Tom und Jade kümmerten sich darum. Zwei der anderen, Asad und Ghazi waren mit einem alten Mercedes unterwegs zu dem gemeinsamen Ziel. Allerdings konnte Gatow bisher nichts über Modell oder Kennzeichen angeben. Ebenso

wenig kannte er den exakten momentanen Aufenthaltsort. Nasser, der Letzte, wollte – nach Gatows Informationen – mit der Bahn zum Treffpunkt fahren. Omega hatte Babette gegenüber die Vermutung geäußert, dass er davon ausgehe, wenn Nasser die Abfahrtzeit und den Bahnsteig suche, diese Gedanken von Gatow aufgefangen würden und daraus der exakte Standort, Stadt, Bahnhof und Bahnsteig zu ermitteln sein könnten. Darauf setzten jetzt alle. Die Bundespolizei, die auf den Bahnhöfen zuständig war, stand unter erhöhter Alarmbereitschaft zur Verfügung, sollten die benötigten Daten eingehen, um den Aufenthaltsort der Terroristen feststellen zu können.
Omega sprach wieder und gab weiter, was Gatow in den Köpfen der Gesuchten las.

„Nasser schaut auf den Fahrplan. *01.57 Abfahrt*, Ankunft … er hat den Zielort gedacht … *Duisburg um 2:19*! Sie können …“

„Ich weiß“, unterbrach ihn Babette und klickte wie besessen auf der Tastatur herum. Sekunden später hatte sie die Information. Sie öffnete die Verbindung zu den in Bereitschaft stehenden Einheiten.

„Es ist Bochum! Bochum Hauptbahnhof!“

„Er ist auf dem Weg zu Gleis … 3!“
Babette gab die Information unter der höchsten Dringlichkeitsstufe an die Einsatzleitung der Bochumer Bahnhofspolizei durch.


Auf dem Bochumer Hauptbahnhof bekam Bärbel Packmohr, die Leiterin der Bahnhofspolizei in dieser Schicht, die Anweisung, den Gesuchten zu beobachten und seine eventuelle Flucht zu verhindern. Warum musste immer ihr das passieren? Konnte ihr Dienst nicht ohne diese Aktion zu Ende gehen? Sie hatte auf so einen Scheiß keine Lust. Ihr 10 Jahre älterer Mann war auch bei der Bahn, aber als Sanitärinstallateur. Der hatte einen Lenz. Wenn der Nachtdienst hatte, schlief er meistens ohne Notfall durch.

„Charly, schnapp dir Kai und dann nehmt ihr den anderen Aufgang. Gleis 3. Ich komme mit Peter von dieser Seite. Dann haben wir ihn in der Mitte."

Sie liefen, so schnell sie konnten. Ihre Schritte hallten in der weiträumigen, fast leeren Halle. Zwei Mädchen blieben stehen und sahen sich erschrocken um.

„Bleibt hier unten", rief sie ihnen im Vorbeilaufen zu. Sie erreichten den Treppenaufgang zu Gleis 3. Peter blieb hinter ihr. Das war ihr klar, sie kannte ihn nicht anders, er verließ sich gern auf andere. Immer blieb alles an ihr hängen. Wie oft hatte sie versucht, sich zurückzunehmen. Aber wenn sie sich nicht einsetzte, wer dann?

Peter hielt die Standardwaffe der Bundespolizei bereits in der Hand. Er ging keine Risiken ein. Sie hatte sich zusätzlich als Leiterin des Teams für die Maschinenpistole MP5 von Heckler & Koch entschieden. Sie hielt die Waffe vor sich mit beiden Händen und schritt, an den Handlauf gedrückt, von Stufe zu Stufe hoch. Als ihr Blick so gerade eben über den Boden des Bahnsteigs reichte, löste sie die linke Hand von der Waffe und gab ihrem Hintermann mit der linken Faust das Zeichen für *warten*. Sie hielt Ausschau, was sie erwartete. Sie erblickte ein Pärchen, das miteinander ein angeregtes Gespräch im Flüsterton führte.

Sie nahm eine, zwei weitere Stufen. Weiter hinten saß ein Typ, eine Bierdose in der Hand.

Wenn diese Schicht zu Ende war, versprach sie sich, würde sie einen Krankenschein nehmen. Dann konnte sie wenigstens wieder einmal Jerome und Nancy ins Bett bringen und ihnen eine Gutenachtgeschichte vorlesen. Das war mehr das Leben, wie sie es sich wünschte. Nicht so etwas hier. Es reichte ihr, wenn sie das im Fernsehen sah.

Sie vernahm ein Klicken und Rauschen, dann Charlys Stimme.

„Wir sind hier am anderen Aufgang zu Gleis 3. Gehen jetzt hoch."

„Gut."

Sie betrat den Bahnsteig, Peter hinter ihr, mit gezogener Waffe nach allen Seiten sichernd. Dem Typen auf der Bank fiel die Bierdose aus der Hand, ein Schwall Flüssigkeit lief über die dreckigen Gehwegplatten. Zwei junge Frauen fuhren herum. Niemand sah hier wie ein IS-Terrorist aus. Sollte es ein Fehlalarm gewesen sein? Ihr nur recht. Aber wie sah wohl ein IS-Terrorist überhaupt aus?

„Da hinten", flüsterte Peter neben ihr.

Jetzt sah sie es auch. Ein Mann, groß, hager, schwarze Haare, Wintermantel oder dicke Jacke. Der Mann war zur Hälfte hinter einer Säule verborgen und bewegte sich, mit dem Versuch, in Deckung zu bleiben, auf die andere Treppe zum Ausgang zu. Stoppte dann abrupt. Vermutlich kamen die anderen beiden gerade die Treppe hinauf.

Ohne zu überlegen, rannte Bärbel los.

„Sie da", rief sie, „bleiben Sie stehen."

Bärbel Packmohr hätte liebend gerne gewartet, bis das SEK eingetroffen wäre, aber der Befehl lautete, die seien unterwegs und sie müsse so schnell wie möglich handeln, weil man befürchte, sonst würde der Verdächtige nicht mehr anzutreffen sein.

Peter folgte ihr und rief den Wartenden zu, sich in Deckung zu begeben. Bis auf den Betrunkenen auf dem Sitz, der mit offenem Mund die Aktion beobachtete, folgten alle der Aufforderung, warfen sich auf den Boden hinter den Mauerabsatz des Treppenaufgangs, hockten sich hinter eine Säule oder andere Aufbauten.

Es waren etwa zwanzig Meter zwischen ihr und dem gesuchten Terroristen, der sich in ihre Richtung wendete und auf sie zulief. Wahrscheinlich konnte er sie durch die Aufbauten auf dem Bahnsteig nicht sehen, überlegte sie, warum sonst hatte er sich entschieden, auf sie zu zu laufen. Oder war sie – als Frau – für ihn vermeintlich die bessere Option? Dachte er, er könne mit ihr leichter fertig werden?

Jetzt waren es noch fünfzehn Meter. Er lief ihr genau in die Arme. Peter blieb zurück. Natürlich. Jetzt konnte sie den Typen besser erkennen. Er hatte eine dunkelblaue Steppjacke an mit roten Querstreifen, Bluejeans und Adidas Laufschuhe. Über seiner Atemschutzmaske, die sich bei jedem Atemzug kräftig ein- und aufblähte, blickten ihr dunkle Augen aus tiefen dunklen Höhlen entgegen. Jetzt waren es zehn Meter. Was sollte sie tun? Ihn umrennen?

„Mann, bleiben Sie stehen, Nasser!" So hieß er, hatte man ihr gesagt. Er lief weiter. Aus den Augenwinkeln sah sie, wie Peter versetzt hinter ihr stehen blieb, seine P30 in Anschlag brachte und in aller Ruhe zielte. Sie blieb rechts, hielt sich aus der Schusslinie. Der Zug fuhr ein und begann mit dem quietschenden Bremsmanöver. Zu dieser Seite konnte er nicht mehr über die Gleise entkommen. Gleich würden sich die Türen öffnen und weitere Fahrgäste erscheinen. Dann konnte er sich eine Geisel nehmen. Es musste jetzt beendet werden.

Acht Meter. Sie stoppte, stellte sich auch in Position. Er war eigentlich schon zu nah.

„Halt, oder ich schieße."

Der Mann griff in die Jackentasche und zerrte an etwas. In dem Moment hallte ein Schuss über den Bahnsteig. Peter. Der Mann stolperte, hielt im Lauf inne und stürzte der Länge nach auf den Boden. Schon war Bärbel bei

ihm, die MP baumelte wieder gesichert an ihrer Seite,
sie kniete auf seinem Brustkorb und umklammerte seine
Hand, die noch in der Manteltasche steckte. Peter war
sofort nach dem Schuss hinter ihr hergelaufen. Gemeinsam sicherten sie den Terroristen, den Mann, der Nasser
genannt wurde. Sie drehten ihn auf den Rücken. Die
Jeans des Mannes war oberhalb des rechten Knies zer-
fetzt und Blut hatte die Hose um den Treffer herum
dunkel gefärbt. Außer einem Klappmesser, das er in der
Tasche trug, in die er gegriffen hatte, war er
unbewaffnet. Hatte er vorgehabt, sie im Laufen mit dem
Messer zu attackieren? Der einfahrende Zug kam mit
einem letzten Zischen zum Stehen. Eine Tür öffnete sich
und der erste Passagier mit entsetztem Ausdruck im
Gesicht verließ unter Zögern den Waggon.

# 51

Tom und Jade lagen in Deckung hinter der Reihe der Mercedes-Geländewagen. Langsam wurde es Tom unbequem. Es war zwar kein Problem für ihn, lange Zeit in unangenehmen Stellungen auszuhalten, aber sein Kampfgeist machte ihn unruhig und trieb ihn an. Scheinbar kam jetzt die erwartete Terroristin, die vom General die Atombombe kaufen wollte. Tom beobachtete, dass einer der Soldaten mit der Botschaft zur Terrasse eilte und an die Scheibe klopfte, um den General zu informieren. Der andere nahm Haltung an und hielt sein Gewehr einsatzbereit.

Augenblicke später hörten sie das Knirschen von Autoreifen auf Schotter und ein weißer, verdreckter Kleintransporter, an dessen Seite noch Fetzen einer alten Beschriftung klebten, tauchte vor ihnen auf. Der Wagen hielt mit laufendem Motor neben dem zurückgebliebenen Wachposten. Die Fensterscheibe an der Fahrerseite wurde heruntergelassen. Der Posten schaute in den Wagen und sagte etwas. Dann ging er nach hinten, öffnete die Heckklappe, schaute hinein und schlug sie wieder zu. Er trat wieder an das offene Fenster und deutete auf das Haus.

Der Wagen fuhr die paar Meter bis zur Terrasse vor.

Mittlerweile hatte General Karl von Rattner die Glastür aufgeschoben und schritt wie ein Feldherr mit dem anderen Wachsoldaten auf den Transporter zu. Am Kopf der Treppe hielt er an. Tom sah, wie er sich in Positur stellte, die Schultern hoch schob, regelrecht Haltung annahm. Als wenn er mit der Position Macht ausdrücken wollte. Die Käuferin sollte zu ihm aufsehen. Der Soldat ging zu seinem Partner zurück. Sie trafen sich vor der Reihe der abgestellten Autos und demonstrierten noch einmal ihre vorbildliche Haltung.

An ihnen vorbei beobachteten Tom und Jade das weitere Geschehen. Keiner sonst schien irgendein Interesse an dem nächtlichen Besuch zu haben. Die Männer am Lagerfeuer hatten sich auch zurückgezogen. In den Baracken war das letzte Licht gelöscht.

Der Motor des Transporters wurde abgestellt. Eine Frau sprang aus dem Wagen, eilte zur Beifahrertür und entnahm dem Fahrzeug eine schwarze Reisetasche. Ein Nikab bedeckt ihr Gesicht. Allerdings war die Öffnung für das Blickfeld europäisch großzügig gehalten. Die Stirn war zu sehen und auf Tom wirkte es, als wenn die Verhüllung gleich herunterrutschen und auch die Nase zeigen würde. Den Körper hatte die Frau mit einer Abaja verhüllt, einem langen schwarzen Kleid. Das musste Aisha Siddika sein. Sie bewegte sich, als wenn sie das Tragen einer solchen Kleidung nicht gewohnt wäre. Die Verkleidung war ihren sportlichen Bewegungen hinderlich. Die Laufschuhe bestätigten seine Vermutung.

„Wenn in der Tasche das Geld für den Tausch ist, muss sie sich sehr sicher fühlen", flüsterte Jade.

„Sie ist schlau", flüstert Tom zurück, „Sie hat den Plan des Generals durchschaut. Sie weiß, dass es ihm nur in zweiter Linie um das Geld geht. Das Wichtigste ist ihm, dass der IS die Bombe erhält und damit

Schaden anrichtet, damit er seine politische Gesinnung vorantreiben kann. Je mehr Schaden der IS anrichtet, umso mehr werden die rechten Kräfte Nahrung für ihre Parolen finden. Aber das ist ihr egal."

Der General wartete oberhalb der Treppe. Die Frau schaute zu ihm auf und sagte etwas. Von Weitem klang es wie ein Kommando. Sie lief erst die Treppe hoch, als von Rattner sich umdrehte und auf das Haus zuging. Trotz der voluminösen Reisetasche in ihrer rechten Hand holte sie ihn mit leichten Schritten ein. Das Gespräch, das sich zwischen Käuferin und Verkäufer entwickelte, konnte Tom nicht bis in ihr Versteck hören. Aber es schien sich etwas geändert zu haben. Der General kehrte den Gentleman heraus, bemühte sich, Schritt zu halten, an ihrer Seite zu bleiben und ihr den Vortritt zu lassen. Die beiden betraten das Wohnzimmer des Blockhauses. Von Rattner ließ die Schiebetür einen Spalt auf. Die Wachposten direkt vor Tom und Jade standen wieder entspannt und hatten ihre Gewehre an einen der Geländewagen gelehnt.

„Wir sollten jetzt etwas unternehmen", raunte Jade. Sie hatte recht. Sie mussten näher an die Villa heran. Hören, was gesagt wurde. Dazu waren ihnen diese beiden im Weg.

„Du den Rechten ich den Linken", bestimmte Tom. Sie erhoben sich und schlichen, jeder auf einer Seite, um den Geländewagen herum.

Tom hörte den ruhigen Atem des Soldaten, den er sich ausgesucht hatte und tippte ihm auf die Schulter. Der drehte sich halb herum, Erstaunen im Gesicht.

Da traf ihn Toms Faust. Der Knall des Treffers schallte laut durch die Nacht. Aber Tom fing den Kerl auf und ließ ihn dafür lautlos zu Boden gleiten.

Der andere griff nach seiner Waffe. Als Jade ihm ihre SIG Sauer an die Schläfe hielt, zog er wie in Zeitlupe seine Hand zurück.

„Alles klar bei dir?", flüsterte Tom.

„Ja", sagte Jade und zog dem zweiten Wachposten die Waffe über den Schädel. Es war ein unangenehmes Geräusch. Er würde einige Zeit schlafen. Aber sie wollten auf jeden Fall sichergehen, nutzten das mitgebrachte Panzerband, fesselten den Posten die Hände auf dem Rücken, die Füße zusammen und knebelten sie. Sie zogen die beiden zwischen die Sträucher und ließen sie auf dem Boden liegen. Spätestens wenn die Wachen abgelöst wurden, würde man sie vermissen. Bis dahin waren sie aus dem Weg. Wenn es dazu kommen sollte, konnten sie sich immer noch mit dem Problem beschäftigen. Jetzt blieb ihnen sowieso nichts anderes übrig.

Jade unterdrückte ein Lachen.

„Mit unserer Kampfausrüstung unterscheiden wir uns kaum von den ganzen Kaspern hier auf von Rattners Ranch", sagte sie.

Nur Waffen wie ihre MP7 hatte Tom hier noch nicht gesehen. Sie legten die Nachtsichtgeräte ab und bemühten sich, eine Haltung anzunehmen, wie sie sie die letzte halbe Stunde bei den Wachen beobachtet hatten. Dann schlenderten sie zur Terrasse hinüber. Ein zufälliger Beobachter hätte sie selbst bei genauem Hinsehen kaum von den Originalen unterscheiden können. Sie erreichten die Treppe zu der Terrasse und Tom wurde klar, dass sie natürlich aus dem hell erleuchteten Wohnzimmer hier draußen im Dunkeln gar nicht gesehen werden konnten. Allenfalls würde man von innen nur eine Bewegung, eine Silhouette erkennen können, und die würde natürlich den richtigen Wachen zugeschrieben. Sie huschten über die breite mit Natursteinen belegten Fläche. Tom stieß an einen der Metallrohrstühle und erzeugte damit ein kratzendes

Geräusch. Beide zuckten zusammen und sprangen an die Seite der Glaswand, die durch einen Vorhang verdeckt war. Tom lugte an dem Vorhang vorbei. Die Geschäftspartner waren so in ihre Verhandlung vertieft, dass keiner etwas gehört hatte.

„Haben Sie die Summe da drin?", fragte von Rattner. Tom sah, wie er auf die Reisetasche deutete.

Aisha Siddika streifte den Nikab ab und atmete erleichtert aus.

Tom sog im selben Moment hörbar die Luft ein. Darunter kam ein perfekt gestaltetes Gesicht zum Vorschein. Mandelförmige Augen, die durch geschickte Umrahmung noch größer wirkten, und eine wohlgeformte Nase, ein herzförmiger Mund und große goldene Reife in den Ohren. Nur eine kleine senkrechte weiße Narbe über der rechten Augenbraue zerstörte das perfekte Äußere. Vielleicht wurde aber auch gerade im Gegenteil durch diesen kleinen Fehler der gesamte Eindruck in seiner Schönheit erst ermöglicht. Aisha Siddika fuhr mit beiden Händen durch die hochgesteckte Frisur und löste sie auf. Sie schüttelte den Kopf und ihre schwarzen Haare umschmeichelten ihr Gesicht in natürlichen Wellen. Die Narbe wurde jetzt verdeckt. Sie untersuchte den ganzen Raum auf Verdächtiges, öffnete jede Tür und schloss sie wieder. Als sie das Zimmer einmal umrundet hatte, ließ sie sich auf einen Sessel fallen, die Abaja rutschte hoch und eine Jeans kam darunter zum Vorschein.

Jade stieß Tom an.

„Was ist?"

Tom winkte ab und hörte weiter zu. Diese Frau hatte ein unglaubliche Ausstrahlung. Wieso entwickelte sich jemand mit diesem Aussehen und dieser Stimme zu einer Terroristin? Wie konnte das sein? Er riss sich zusammen und fand zu seiner Gelassenheit zurück. Auf keinen Fall würde er sich bei seiner Arbeit durch den simplen Anblick einer Frau beeinflussen lassen.

„Zählen Sie nach", sagte Aisha Siddika, „Wo haben Sie die Bombe? Ich will mich nicht länger als nötig hier aufhalten."

Die Stimme der Araberin klang kühl, etwas aggressiv.

Tom sah, wie sie spöttisch die Augenbrauen hochzog.

Das Zwischenspiel mit den Wachposten hatte ihn aufgewärmt, das Lauschen an der Fensterfront hatte ihn kurz abgelenkt. Jetzt gab es wieder nur eines: Seine Aufgabe zu erfüllen. Sie hatten jetzt den Beweis, den sie brauchten, und sein Körper bereitete sich auf das Kommende vor. Konzentration. Er wurde zu einer klar denkenden und handelnden Maschine. Diese Fähigkeit hatte er sich vor langer Zeit angeeignet und sie hatte sich in seinem Beruf als äußerst hilfreich erwiesen. Sich nicht ablenken lassen von dem, was in diesem Moment seine einzige Aufgabe war: Die nukleare Bedrohung abzuwenden und alle Personen, die damit zu tun hatten, unschädlich zu machen.

Sie hatten genug gehört. Tom ergriff die ungenützt vor seiner Brust baumelnde MP7 und drückte den kleinen Sicherungshebel zur Seite. Aisha Siddika nahm tatsächlich dieses minimale Klicken wahr und sprang auf, als Tom die Glastür zur Seite schob und in den Raum trat, gefolgt von Jade.

In einer fließenden Bewegung nahm sie eine stabile Position ein, breitbeinig, ihre Haare und die Abaja schwangen noch um ihren Körper. Wie von selbst war dabei eine Smith & Wesson in ihre Hand geglitten, die jetzt auf Tom gerichtet war, noch bevor er den Lauf seiner MP7 hochziehen konnte. Aisha Siddika zuckte nicht mit einer Wimper, als Jade sich an Tom vorbei drückte. Mit der Mündung ihrer Waffe behielt sie weiter Tom im Visier. Sie hatte sofort erkannt, dass er eine

Kevlarweste trug und zielte deshalb wie selbstverständlich auf seinen Kopf. Sie war die Erste, die sich wieder fasste.

„Gehören die zu Ihnen?", fragte sie, an den General gerichtet.

„Was wollen Sie hier?" fragte von Rattner.

Kalt und aggressiv erklang wieder die Stimme der Araberin

„General, spielen Sie ein linkes Spiel?"

„Das sind nicht meine Leute."

Tom sah dem General an, dass er ihn und Jade wiedererkannte.

„Haben Sie die hier eingeschleust?", bluffte von Rattner Aisha Siddika gegenüber, indem er ihr die Schuld für das Eindringen der beiden zuschieben wollte.

„Herr General, Sie bleiben sitzen und halten Ihre Hände genau da, wo ich sie sehen kann", sagte Tom in ruhigem, aber bestimmtem Ton. Er hoffte die Situation noch unter Kontrolle zu bekommen. Er sah, was Jade vorhatte, und versuchte, die Araberin abzulenken.

„Frau Siddika, geben Sie auf. Es hat keinen Sinn, Sie kommen hier nicht weg."

Jade, die zur Hälfte noch hinter Tom stand, versuchte so getarnt an das Halfter zu kommen und ihre Glock herauszuziehen.

Asha Siddika entging die langsame Bewegung nicht.

„Wenn Sie sich noch einen Millimeter weiter bewegen, verliert Ihr Kollege seinen Kopf."

Jade verzichtete auf ihr Vorhaben, entspannte sich und ließ den Arm herunter hängen. Sie nutzte aber die Situation und trat unauffällig einen Schritt von Tom weg.

„Was bilden Sie sich ein? Mein Land zu betreten? Das ist Hausfriedensbruch …" Der General setzte mit einem Wortschwall seine Beschwerde fort.

„Halten Sie den Mund", sagte Aisha Siddika.

„Wir haben wohl eine Pattsituation", sagte Tom.

„Das glaube ich nicht", sagte die Araberin.

Tom schaute in ihre Augen. Er wusste aus Erfahrung, dass er darin am besten erkennen würde, wenn sie zu ihrem nächsten Schritt übergehen würde. Es konnte nur ein kleines Zucken, ein Blitzen oder der Ansatz einer anderen Blickrichtung sein, der ihm verraten würde, was sie vorhatte und wann sie ihre nächste Handlung oder ihren nächsten Angriff begann.

„Bevor Sie Ihre Waffe anheben, habe ich Ihnen bereits den Kopf weggeblasen. Damit habe ich kein Problem."

Tom glaubte ihr. Das abgrundtief Schwarze in ihren Augen, dieser kalte Blick, bestätigten ihre Aussage.

Jade bewegte sich vorsichtig in kleinen Schritten nach rechts. Tom wusste Bescheid. Je größer die Distanz zwischen ihm und Jade wurde, desto schwieriger wurde die Situation für die Terroristin. Sie konnte nicht beide auf einmal erwischen.

Aber auch diese Finte durchschaute Aisha Siddika.

Sie hielt weiter die Mündung auf Toms Kopf gerichtet.

„Stop!" Sie deutete mit ihrem Kopf in die entgegengesetzte Richtung. „Sie beide, gehen Sie ganz langsam vom Fenster weg! Da, zu der Tür! Bleiben Sie zusammen!"

Sie handelte eiskalt, ruhig und überlegt. Tom konnte nicht anders, er musste sie bewundern. Jetzt hatte sie den General, der immer noch auf seinem Sessel saß, zwischen sich und den beiden Agenten des Verfassungsschutzes. Tom bemerkte einen Luftzug und sah, wie ein Grinsen in den Mundwinkeln dieser Frau erschien. Das war das erste Mal, dass ihre Schönheit einen Riss bekam. Sie bekam jetzt etwas Gemeines, Hinterhältiges. Tom spürte, dass in seinem Rücken noch jemand erschienen war. Er hörte Jade Atem holen. Vorsichtig drehte er seinen Kopf, um die Araberin im Blick zu behalten und trotzdem zu sehen, was hinter ihm geschah. Neben Jade stand Ingeborg von Rattner. Sie musste durch die Flurtüre hereingekommen sein. Eine graue Strickjacke verhüllte ihre schlanke Gestalt. Weder die ausgeblichenen Haare, die jetzt offen herabhingen, noch die Waffe in der Hand konnten ihrer vornehmen Art etwas anhaben. Sie wirkte einfach durch ihre Körperhaltung. Soweit Tom das aus den Augenwinkeln erkennen konnte, war es ein Revolver, dessen Lauf sie an Jades Kopf drückte.

Einen Augenblick wirkte das Ensemble wie ein Standbild, bis Aisha Siddika zum Sessel des Generals ging und ihn vor das Schienbein trat.

„Geld einpacken!“

Karl von Rattner tat, wie ihm befohlen. Allerdings langsam, als wenn es ihm schwerfiele.

„Mach schon! Beeil dich“, sagte Aisha Siddika und ergriff die Tasche, als alle Bündel wieder verstaut waren.

„Aufstehen!“

Sie bewegte sich so, dass sich der General immer zwischen ihr und den anderen befand. Mit der Tasche schob sie ihn in Richtung auf die Terrasse zu. Dann geschah alles auf einmal.

Tom achtete den Bruchteil einer Sekunde nicht auf die IS-Kämpferin. Sie stieß den General zurück in den Raum und schoss auf Tom, als sie durch die Tür auf die Terrasse sprang. Jade hatte das wohl vorausgeahnt. Sie drehte sich in einer einzigen Bewegung von Ingeborg weg und schlug ihre Hand weg. Die Smith & Wesson entglitt Ingeborgs Hand und flog durch den Raum. Gleichzeitig verpasste Jade mit ihrem Bein Tom einen Tritt, der auch ihn aus der Gefahrenzone brachte. Sein Körper ruckte nur minimal aus der Schusslinie und das

Projektil flog an seinem Kopf vorbei. Es streifte ihn lediglich und bohrte sich hinter ihm in den Türrahmen. Tom fing sich wieder, bevor er den Boden berührte. Beim Stolpern bewunderte er noch die mühelose Leichtigkeit, mit der die Terroristin den Raum verlassen hatte, als wenn nicht das Geringste vorgefallen wäre.

Jade hatte die Situation gerettet. Aber Aisha Siddika war entkommen. Er wollte zur Fensterfront stürzen, besann sich aber eines Besseren, da er vor dem hell erleuchteten Zimmer für die Fliehende ein hervorragendes Ziel abgegeben hätte.

Jade hatte wohl denselben Gedanken.

„Bleib hier!"

Der Motor des Transportes heulte auf und Tom hörte, wie Schotter weggeschleudert wurde. Dann krachten noch zwei Schüsse in die Scheiben, die in tausend Splitter zersprangen. Alle gingen in Deckung. Der General hinter seinen Sessel, seine Frau neben einem Bücherregal, Jade und Tom warfen sich auf den Boden. Das Geräusch des auf Hochtouren davon preschenden Wagens verlor sich in der Ferne. Noch bevor sie sich wieder erhoben hatte, sprach Jade über die Standleitung zu Babette, erklärte ihre Situation und gab grünes Licht für den Einsatz der bereitstehenden Sondereinheiten. Sie teilte Kennzeichen und Beschreibung des Fluchtfahrzeugs mit und empfahl, Straßensperren einzurichten. Gemeinsam sicherten sie den General und seine Frau. Jade sah sich Toms Gesicht an. Der Streifschuss hatte für viel Blut gesorgt, aber nichts Lebensgefährliches angerichtet. Er spürte ein Brennen entlang der Bahn, die das Projektil in seine Wange gerissen hatte. Er tastete darüber, seine Hand war blutverschmiert und die Feuchtigkeit lief ihm in den Kragen. Die Schüsse hatten die gesamte Mannschaft des Generals aus den Betten geholt.

# 52

Babette erhielt weitere Informationen von Omega. Gatow habe mitgeteilt, dass die Gesuchten sich mit ihrem Wagen auf den Weg zu dem gemeinsamen Ziel machen würden. Er habe einen Hinweis zum momentanen Aufenthaltsort. Sie müssten *unter der Helbingbrücke durch.*
Babette hantierte wiederum wild an ihrem Computer herum.

„Essen", sagte sie, „das kann nur Essen sein."

„Gatow sagt, der Fahrer sei Asad. Ghazi würde ihm gerade sagen, dass er einen *U-Turn* fahren müsse, um *auf die A40 in Richtung Duisburg* zu kommen. Sagt Ihnen das etwas?"
Babette betrachtete den entsprechenden Kartenausschnitt.

„Dann müssten sie aus Richtung … ja, das sagt mir etwas. Ich schalte Sie kurz weg und gebe das durch."
Babette leitete die Angaben an die Essener Polizei weiter und bekam noch mit, wie die bereitstehenden Sondereinsatzkräfte in Bewegung gesetzt wurden.

Am Südausgang des Essener Hauptbahnhofs stand ein Streifenwagen mit Benno Rademacher am Steuer zur

Aufrechterhaltung der nächtlichen Ordnung. Bisher war es eine ruhige Nacht gewesen. Seine Kollegin Sonja Marbert hatte sich zurückgelehnt und hielt einen Fünf-minutenschlaf. Er spielte gerade am Funkgerät herum, als die Durchsage kam und er Sonja anstieß.

„He, das ist hier unten", er deutete aus dem Fenster. „Die schnappen wir uns."

„Lass doch, dafür sind wir nicht zuständig. Da schicken sie bestimmt die Antiterror-Einheit hin. Warte es ab."

„Und wenn die dann weg sind? Mensch. Wir stehen doch hier."

Er ließ den BMW an und fuhr die Freiheit ein Stück ent-gegengesetzt der Fahrtrichtung hinunter, bis er hinüber nach rechts auf die richtige Fahrspur wechseln konnte.

„Bist du verrückt? Ohne Blaulicht ..."

„Ist doch sonst keiner unterwegs." Benno lachte. Er wollte seiner jungen Kollegin zeigen, was er draufhatte. Das war doch endlich etwas anderes, nicht immer nur mit den Junkies herumärgern. Als sie gerade die Kreuzung erreichten, sah er, wie ein alter Mercedes 190 Baureihe 201 aus Richtung Rellinghausen einen U-Turn zurücklegte und sich einordnete, um die Auffahrt in Richtung Duisburg zu nehmen. Seine Ampel war rot. Er schaltete das Blinklicht ein und ließ die Sirene kurz aufheulen. Er sah, wie die Köpfe der zwei Männer in dem Wagen herumruckten. Der Mercedes beschleunigte.

Im Mittelstreifen unter der Helbingbrücke, neben einem seit längerem abgestellten Kleintransporter getarnt, hatten sich Polizeiobermeister Rüdiger Keller mit POM Victor Kwiatkowski in einem weiteren Streifenwagen aufgehalten. Die Nase in Richtung Stadtmitte. Es war spät. Keller hatte die Nachtschichten noch nie gemocht.

„Der ganze Wagen stinkt nach McDonalds",

schimpfte er und ließ das Fenster auf der Beifahrerseite herunter.

In dem Moment sah Keller im Rückspiegel, wie ein 190er Mercedes hinter ihnen vorbeifuhr.

„Ist das nicht der gesuchte Wagen?"

„Nicht unsere Sache, dazu haben sie ein Sonder-kommando."

Aber er beobachtete genauso gespannt wie Keller, ob der Mercedes an der Ampel wieder, wie durchgegeben wurde, tatsächlich in die entgegengesetzte Richtung fahren und auf die A40 einbiegen würde.

„Das ist ein alter 190er."

„Das sehe ich."

„Er kommt zurück. Das ist er. Wir können ihn doch kontrollieren, ist doch nichts dabei."

„Meinetwegen."

„Du klingst nicht begeistert."

„Was verlangst du um die Zeit."

„Was meinst du? Immer noch nicht unsere Sache?" Nach einer kurzen Pause ergänzte Keller selbst „Ich mach das zu unserer Sache!" Er startete den Wagen und trat das Gaspedal voll durch. Kleine Steinchen wurden von den durchdrehenden Reifen durch die Gegend ge-wirbelt.

Keller mit eingeschalteter Sirene und Blaulicht auf der Fahrbahn dem 190er entgegen. Der genau zu diesem Zeitpunkt von der anderen Seite ebenfalls bedrängt wur-de. Der Streifenwagen, der vom Bahnhof kam, verhinderte, dass der Wagen in die Auffahrt abbiegen konnte. Keller blockierte den Fluchtweg geradeaus an der Auffahrt vorbei. Der Fahrer des Mercedes beschleunigte trotzdem, wich den entgegenkommenden Streifenwagen aus und rammte mit dem vorderen rechten Kotflügel einen der Stützpfeiler der Autobahnbrücke. Unter der Motorhaube drang Qualm hervor. Fahrer und Beifahrer rissen die Türen auf und begannen sofort, auf den Wagen, in dem Keller und Kwiatkowski saßen, zu schießen. Keller schob den Rückwärtsgang ein und manövrierte einige Meter zurück und stellte den Wagen quer. Die Beamten hechteten zur linken Seite aus dem Streifenwagen und eröffneten aus dem Schutz des Wagens das Feuer auf die beiden Insassen des Mercedes.

Zwei Streifenwagen hatten sich also einfach der Sache angenommen, bevor ein SEK an Ort und Stelle eintraf. Der Leiter des SEK verließ den Einsatzwagen, sah sich einmal um und verschaffte sich so einen Überblick.

„Mensch, tickt ihr noch richtig? Sagt mal, habt ihr hier Dirty Harry gespielt, oder was? Hättet ihr nicht etwas warten können, bis wir hier sind? Stattdessen ballert ihr in der Gegend herum."

Das ganze Spektakel wurde mit mehreren Scheinwerfern taghell erleuchtet. Der Fluchtwagen stand mit einem Vorderrad auf dem Bordstein, ein Kotflügel an Verkehrsschild und Betonsäule geschmettert. Die Motorhaube war mit acht Löchern gespickt, der Motor schien gebrannt zu haben, der Lack war hier bis auf das Metall verschmort. Die Kollegen hatten das anscheinend ohne Einsatz der Feuerwehr mit einem kleinen Löscher in den Griff bekommen. Die Frontscheibe wies drei Einschusslöcher auf. Von zwei Seitenscheiben auf der linken Seite steckten nur noch Splitter an den Rändern. Einer der IS-Kämpfer lag auf der Straße mit einer Decke zugedeckt. Mit Kreide waren die Spuren und Standorte der Einsatzwagen auf dem Asphalt gezeichnet. Kleine Schildchen markierten Spuren, die später vielleicht als Beweismittel dienen konnten. Ein junger Mann mit schwarzem Kinnbart lehnte an einem Metallpfosten, der das blaue Hin-

weisschild zur Autobahn trug, die Hände mit Hand-
schellen auf dem Rücken gefesselt. Das musste einer
der beiden Terroristen, Asad oder Ghazi, sein. Der
andere war tot.

# 53

Karl von Rattner saß mit Panzerband gefesselt auf einem Sessel. Jade kniete hinter einem umgefallenen Stuhl vor der Tür zum Flur und band Panzerband um die Fußgelenke der Ehefrau. Nach anfänglichen Protesten sagte jetzt niemand mehr etwas. Jade hatte alle Lichter im Wohnbereich gelöscht. Von der ehemaligen Glasfront, zwei fest stehenden Scheiben und einem verschiebbaren Türelement waren nur noch einzelne Splitter erhalten, die in den Rahmen steckten. Rechts und links wurde dieser offene Bereich jeweils von etwa einem Meter Mauer begrenzt. Tom beobachtete, geschützt von der Wand, das Geschehen vor der Terrasse. Die Truppe, die Karl von Rattner um sich gesammelt hatte, lief wie ein wilder Haufen durcheinander. Die meisten waren nur halb angekleidet. Einige hielten ihre Waffen in der Hand. Sie hatten die gefesselten und im Gebüsch versteckten Wachen noch nicht entdeckt. Drei von ihnen, die bereits vollständig angekleidet waren, formierten sich und kamen langsam, hintereinander die Treppe zur Terrasse hoch. Ihre Waffen steckten vorschriftsmäßig gesichert im Holster.

„Bleiben Sie, wo Sie sind", sagte Tom mit lauter Stimme, „wir sind Staatsbeamte und haben hier den

General und seine Gattin in unserer Gewalt. Kommen Sie nicht näher. Wir sind bewaffnet und werden schießen."

Sie blieben stehen und hielten halblaut eine Beratung ab.

Der General räusperte sich und schrie mit krächzender Stimme:

„Stürmt das Haus! Holt uns hier raus!"

Jade sprang zu ihm, drückte ihm ihren Ellenbogen auf den Mund, riss ein Stück Panzerband ab und erstickte sein Gebrüll.

Die drei Söldner drehten sich wieder zu Tom um.

„Hören Sie nicht auf ihn" sagte er, „Verstärkung ist unterwegs. Machen Sie es nicht schlimmer."

Erneut beratschlagten die Drei. Dann traten zwei zurück, einer legte seine Waffen ab und näherte sich mit erhobenen Händen.

„Wir wollen uns überzeugen, ob Sie ein Recht haben, hier zu sein."

Tom ließ sich nicht ablenken. Er beobachtete auch, wie sich die anderen verhielten. Mittlerweile waren alle in voller Montur und einsatzbereit. Die beiden, die von der Treppe zurückgegangen waren, instruierten die Mannschaft. Die Gruppe teilte sich auf und bezog Stellung. Tom sah, wie sich einige hinlegten und ihre Scharfschützengewehre in Stellung brachten. Drei verschwanden aus Toms Sichtweite. Er vermutete, dass sie von der anderen Seite in das Haus eindringen wollten.

Der Verhandlungsführer kam über die Terrasse auf die zerschossenen Scheiben der Fensterfront zu.

„Stehenbleiben, das ist nah genug", sagte Tom und streckte ihnen den Lauf der MP7 zwischen den restlichen Splittern entgegen.

Jade drehte den Sessel mit dem General zur Fensterfront und ging dahinter in Deckung. *Gut*, dachte Tom, *wir sind ein eingespieltes Team. Es funktioniert.* Er leuchtete mit einer Stabtaschenlampe kurz auf den gefesselten General.

„Ich bin Hauptmann Roland Kranz. Wir werden nicht zulassen, was Sie hier tun."

„Es wird Ihnen nichts anderes übrig bleiben. Gewöhnen Sie sich daran. Es ist aus. Wenn Sie kooperieren, kann das später positiv für Sie ausgelegt werden."

Er ging nicht auf Toms Vorschlag ein, blieb aber einen Meter vor der Türöffnung stehen.

„Sie haben sich noch nicht legitimiert."

Tom streckte ihm seinen Dienstausweis entgegen, neben dem Lauf der MP7, den er auf den Bauch des Hauptmanns gerichtet hielt.

Hauptmann Kranz richtete eine Lampe darauf und betrachtete ihn eingehend, verglich das Lichtbild mit dem was er von Tom erkennen konnte. Er trat dann langsam zurück.

Tom vermutete, dass er nur Zeit schinden wollte, weil er sich über das weitere Vorgehen noch nicht im Klaren war.

„Daraus wird nichts", sagte er, „wenn der General untergeht, dann gehen wir mit!"

Dann drehte er sich um, entfernte sich und stieg mit schnellen Schritten die Treppe hinunter zu den anderen.

Tom hörte Jade hinter dem Sessel des Generals flüstern.

„Babette? Wie lange noch? Wann ist die Verstärkung hier?"

„Okay", sagte Tom mit gedämpfter Stimme, „wenn die es nicht anders wollen. Jade, bleib in Deckung."

Er nahm die Vorderschaftrepetierflinte, die er neben sich an die Wand gelehnt hatte, trat so weit zurück, dass er auf der gleichen Höhe wie Jade ebenfalls hinter einem hohen Sessel stand, und legte an. Jetzt kam Freddies hochgelobte Munition zum Einsatz. Beim Laden der

Patronen erklang das klassische *CLICK, CLICK* durch den Raum, begleitend mit der Bewegung seines Arms. Mit einem Schuss zertrümmerte Tom den Rest der Fensterfront im linken Bereich, die Holzrahmen flogen in Fetzen davon und ein Teil des überhängenden Dachs mitsamt der Dachrinne verschwanden. Auch ein Teil der Wand stellte sich dabei als nicht ganz so massiv heraus. *CLICK, CLICK*, der zweite Schuss zerstörte die rechte Seite. Die Holzumrahmung und die letzten Stützen des Dachs flogen in Bruchstücken davon. Staub und Splitter rieselten auf die dicken Teppiche und die Natursteinplatten der Terrasse. Die Trümmer, die vom Dach übriggeblieben waren, wippten nach und gaben ein Knarren von sich. Dann trat Ruhe ein. Als der Staub sich legte, konnte Tom draußen undeutlich wieder den einen oder anderen ausmachen. Das sollte ihnen die Lust genommen haben, sich ihrer Stellung zu nähern, hoffte er. Einige lagen in Deckung, andere knieten oder erhoben sich gerade. Als das Dröhnen der Schüsse langsam verhallte, nahmen sie Sirenen wahr, die sich schnell näherten.

„Verstärkung muss jeden Moment hier sein", rief Jade mit lauter Stimme, damit es bei Tom ankam.

Tom wischte sich den Staub von der Stirn.

„Wir haben hier den General und seine Frau, bleiben Sie draußen, es kommt keiner lebend hier rein. Falls Sie schießen, gefährden Sie den General. In Ihrem eigenen Interesse versammeln Sie sich alle auf dem Platz", rief Tom so laut er konnte.

# 54

Die lokalen Polizeieinheiten hatten mehrere SEK geschickt, das Gelände wurde weiträumig abgeriegelt, Straßensperren errichtet. Jedes Stück Wald wurde durchsucht. Eine Anti-Terror-Einheit erschien auch. Kreuz und quer standen Einsatzfahrzeuge, Krankenwagen, Mannschaftswagen und die Feuerwehr auf dem Gelände des Generals. Tom erkannte sogar eines der neuen Fahrzeuge, den Survivor R der Spezialkommandos. Jade und Tom standen neben der Fahnenstange, an der tagsüber die deutsche Fahne flatterte, und beobachteten das Treiben rundherum. Es wurde aufgeräumt. Babette gab durch, dass der Zugriff auf die anderen gesuchten Terroristen erfolgt sei.

Jade sah zu der Terrasse hinüber, auf der die alte Truppe des Generals, seine Privatarmee, versammelt war. Einige Soldaten hatten sich auf die Treppenstufen gesetzt, andere standen in kleinen Gruppen zusammen und unterhielten sich in leisem Ton. Immer wieder drehte sich jemand um und schaute in ihre Richtung. Alle hatten freiwillig ihre Waffen abgegeben.
*Das Sicherstellen des Atomsprengkopfes hat oberste Priorität.* Das waren Halls Worte, die Tom immer noch

im Ohr hatte. Sie nahmen sich den General vor, befreiten ihn von dem Panzerband, ließen ihn aber weiter auf dem Sessel sitzen. Kaum hatten sie den Knebel von seinem Mund entfernt, begann er mit einer Schimpfkanonade. Nachdem sie ihm seine Lage aus ihrer Sicht dargelegt hatten, zeigte er immer noch keine Einsicht.

„Sie können mir gar nichts! Ich kenne meine Rechte. Sie haben mich widerrechtlich auf meinem Grundstück überfallen!"

Tom zog sich einen anderen Sessel heran, schüttelte den Dreck und die Scherben herunter, setzte sich Karl von Rattner gegenüber.

„Das kostet alles Geld hier, irgendwer wird dafür aufkommen", heulte der General weiter.

Jade hantiert an ihrem Ohrhörer herum. Sie stand abseits und diskutierte mit Babette über die immer noch bestehende Leitung.

„Frag Hall, wie weit wir ihm Straffreiheit anbieten dürfen."

Tom wartete und sagte nichts. Es dauerte einen Moment, bis Babette sich wieder meldete. Er hörte Jades Reaktion.

„Okay. Ich sage es ihm." Dann drehte sie sich zu ihm um.

„Du hast völlige Verhandlungsfreiheit."

Tom bot dem General Straferlass an, wenn er ihnen das Versteck der Nuklearwaffe verraten würde. Aber von Rattner blieb stur. Als klar zu werden begann, dass er verlangen konnte, was er wollte, begann er, um finanzielle Entschädigung zu feilschen.

Tom war genervt. Es konnte nicht sein, dass dieser Kerl damit durchkam. Jade stand hinter ihm und legte während der Verhandlung kurz die Hände auf seine Schultern. Es brachte ihn in die Realität zurück. Tom fühlte sich schmutzig und müde, aber er würde einen Weg finden. Er berührte das Stück Mull, das mit mehreren großen Pflastern auf seiner Wange klebte. Blut war wieder durch den Verband gesickert.

Dann kam ihm eine Idee. Jetzt musste ihnen Gatow helfen. Tom wendete sich direkt an Gatow: *Jetzt helfen Sie uns mal! Dieser verstockte Kerl von General will uns den Ort nicht verraten, an dem er die Sprengladung verborgen hat.* Tom öffnete die Leitung zu Babette und sprach selbst mit ihr.

„Babette, besteht eigentlich noch die Verbindung zu Omega?"

„Nein", antwortete sie sofort.

„Kannst du den Kontakt wieder herstellen? Vielleicht geht er diesmal dran?"

„Was ist nun?", fragte von Rattner.

„Einen Moment."

Dann hörte Tom ein Klicken im Ohr.

„Babette?"

„Gatow ist selbst in der Leitung … Ich schalte ihn zu."

„Ich weiß, was Sie wollen." Gatows rostige Altherrenstimme klang amüsiert. „Fragen Sie ihn, wo er das Ding versteckt hat, dann denkt er daran, wo es ist!"

Tom fühlte sich auf einmal fantastisch. Jetzt hatte er eine absolut einmalige Trumpfkarte in der Hand. Er schaute dem General in die Augen.

„Wir suchen den Sprengkopf, Herr General. Sagen Sie mir bitte, wo Sie Ihre kleine Atomwaffe versteckt haben!"

Karl von Rattner lachte.

Tom lächelt ebenfalls. Das Lachen würde ihm gleich vergehen.

„Das ist Ihre Verhörmethode? Von mir erfahren Sie nichts", prustete der General. „Was für einen Sprengkopf?"

Tom konzentrierte sich auf seinen Ohrhörer, ob Gatow etwas dazu zu sagen wusste.

„Okay", sagte Tom zu Gatows Antwort und nickte.

„Ich bin wieder einmal von Ihren Fähigkeiten beeindruckt!" Tom trennte die Verbindung.

Dann schaute er den General ruhig an.

Karl von Rattner grinste.

„Danke für Ihre Information", sagte Tom. „Da ist sie also. Unter dem Wachhäuschen ist der Eingang zu einem der alten Atomschutzbunker versteckt. Sieh an, sieh an."

Das Grinsen des Generals erlosch. Wut und Zuversicht in seinem Blick wandelten sich in Verwirrung, als er erkannte, dass sein Spiel verloren war. Sein Gesicht entgleiste. Das aufgeblasene Strahlen entwich und die runden roten Hamsterbäckchen rutschten zu ausgemergelten Hängebacken hinunter, die durch tiefe Gramfalten markiert waren. Tom genoss diesen unbezahlbaren Moment.

„Das ist unsere viel gelobte Verhörmethode, Herr General", konnte Tom sich nicht verkneifen.

***

Tom und Jade überzeugten sich im Gewölbe unter dem Wachhäuschen davon, dass die gesuchte Bombe tatsächlich dort gelagert war. Sie entdeckten sie fest verzurrt auf einem Rollcontainer mit großen Gummirädern. Zum Abtransport bereit. Auf Tom wirkte sie in der Realität kleiner, als er sie von Bildern in Erinnerung hatte. Der Metallzylinder war etwa kniehoch und hatte einen Durchmesser von dreißig Zentimetern. Die Kernmine ließ sich auch als Rucksack tragen. Jemand überprüfte den Fund sofort mit einem Geigerzähler. Die

Verpackung war sicher. Die Strahlung drang nicht nach außen. So hätte sich die Bombe tatsächlich gefahrlos transportieren lassen. Im gleichen Keller stellten sie auch mehrere mattgrüne Metallkisten mit Tragegriff sicher. Der Aufdruck, in verblassenden weißen Zeichen mit einer Schablone angefertigt, verriet ihren Inhalt: *W70-3*. Es handelte sich um extrem gefährliche Nukleargefechtsköpfe und das entsprechende Zubehör. Der General schien noch einiges vorgehabt zu haben. Das Ausmaß der Gefährdung wurde Tom erst jetzt deutlich, als er diesen äußerlich unscheinbaren Metallbehälter vor sich sah. Bei der Vorstellung der Kräfte, die der Inhalt freisetzen konnte, biss Tom die Zähne so fest zusammen, dass seine Kiefer zu schmerzen begannen. Selbst bei geringer Sprengkraft wäre der Feuerball der Explosion so groß, dass in zweihundert Metern Umkreis alles verdampfen würde. Der entstehende Überdruck würde noch bis zu einer Entfernung von fünfhundert Metern Betongebäude zerstören. Der Radius, in dem Menschen an der Strahlendosis starben wäre noch größer. Durch Wind würde der radioaktive Fallout weiter verbreitet werden. In seiner Ausbildung hatte Tom mit dem Programm NUKEMAP zu berechnen gelernt, mit wie vielen Verletzten und Todesfällen bei verschiedenen Szenarien zu rechnen sei. Welches Leid würde unter den Betroffenen verbreitet. Wie hoch war die Anzahl derjenigen, die noch nach einem Monat starben. Er schüttelte sich innerlich, wenn er an die Worte dachte, mit denen diese Dinge beschrieben wurden. *Moderate Zerstörungen* nannte man die Schäden, die noch in zwei Kilometern Entfernung auftraten. Damit waren bei Menschen immer noch Verbrennungen dritten Grades gemeint. Nicht berücksichtigt wurde bei diesen Berechnungen die Falloutstrahlung bei der Verbreitung durch den Wind. Er wollte sich darüber keine Gedanken mehr machen. Er konnte nicht verstehen, dass es Typen wie diesen General oder die Terroristen gab, die solche Dinge in Kauf nahmen, um ihre Ideen zu verbreiten.

Tom verschränkte die Arme vor der Brust.

„Für uns ist hier nichts mehr zu tun," sagte er, als ein Knacken über seinen Ohrhörer kam. Die Leitung zu Babette stand noch.

„Das Ganze hier hat keine Stunde gedauert", sagte Jade, „sollen wir der Zentrale Bescheid geben, dass wir zurückkommen?"

„Alles okay, wir können die Nachtschicht beenden", gab Tom durch.

„Ich fürchte nicht", klang Babette in seinem und Jades Ohr, „Jean-Baptiste und Freddie haben die ganze Zeit parallel an der Verfolgung der E-Mails gesessen. Sie haben den vermutlichen Standort der *großen Sechs* ermittelt."

Tom und Jade sahen sich an. Das Licht der Scheinwerfer, die herbeigeschafft und aufgestellt worden waren und das Areal ausleuchteten, spiegelte sich in ihren Augen. Alles wirkte irgendwie surreal, wie eine Theaterkulisse. Die Aufräumarbeiten machten Fortschritte.

„Wo …?"

„Ihr glaubt es nicht, aber sie halten sich wohl in den Kruppschen Krankenanstalten auf …"

Im Moment, als Babette es sagte, hatte Tom plötzlich eine Eingebung. Genau, dass passte. Natürlich würde Omega sich dort aufhalten. Wo konnte er sich mit dem Telepathen und seinem ganzen Team besser verstecken als in der Etage des Krankenhauses, die nur für Berthold Beitz vorgesehen war, solange er noch lebte? Die jetzt extrem reichen und wichtigen Personen aus aller Welt zur Verfügung stand, die während ihrer Behandlung anonym bleiben wollten. Es konnte ja nicht weit sein! Alles lag plötzlich offen vor ihm. Tom wusste, dass spätestens in diesem Moment natürlich auch Gatow davon Kenntnis hatte, dass sie jetzt über den Aufenthaltsort der Organisation um Omega informiert waren. Sie mussten so schnell sein wie noch nie.

„Dann ist die Nacht nicht zu Ende. Sie sind entweder schon weg oder bereiten sich auf die Flucht vor. Wenn wir überhaupt eine Chance haben wollen, müssen wir zuschlagen. Sofort. Sonst stehen wir wieder bei null."

„Hall sagt, ihr sollt euch auf den Weg machen. Er versucht in der Zwischenzeit, ein Einsatzteam zu bekommen."

Tom und Jade starteten ohne ein weiteres Wort zu ihrem Volvo.

„Wir können unterwegs über Telefonkonferenz unser Vorgehen abstimmen."

# 55

Das war nun der zweite Einsatz im Dunkel dieser Nacht. Der Tau auf der Wiese glitzerte im Mondlicht. Jade und Tom warteten auf dem Parkplatz der Kruppschen Krankenanstalten. Die Fahrt aus dem Westerwald hatte zu dieser Stunde und mit dem Druck im Nacken, dass Gatow Bescheid wusste, nur halb so lange gedauert wie die Hinfahrt. Tom hatte alles aus dem Volvo herausgeholt und sich dabei lautstark über die Drosselung des Motors ausgelassen. Der überhitzte Motor ließ hinter ihnen ein protestierendes Knacken hören.

Sie behielten den Hubschrauberlandeplatz ebenso im Auge wie das Gebäude. Sie umrundeten das Gebiet. Alles war ruhig, niemand zu sehen. Diesmal hatten sie sich durchgesetzt. Nach heißen Diskussionen, die während der Fahrt über Babette mit der Zentrale geführt worden waren, wurde darauf verzichtet, das Krankenhaus zu evakuieren.

„Wenn wir das machen, gehen sie uns wieder durch die Lappen. Wir müssen es riskieren."

„Glaubst du", fragte Jade, „Gatow weiß schon, dass wir hier sind?"

Tom hörte aus der Erinnerung heraus Gatows Lachen auf eine solche Frage.

„Ich denke, schon", sagte er.

„Das ist beängstigend."

„Hoffen wir, dass es diesmal schneller geht, bis das Einsatzteam hier ist. Vielleicht ist Omega schon weg. "
Beide schwiegen einen Moment. Tom schaute auf das Zifferblatt seine Uhr.

„Wo bleiben sie nur? Das macht doch keinen Sinn, dass wir hier so lange warten!"
Tom meinte die Hubschrauber der GSG 9 aus Hangelar.

„Sie können frühestens in zwanzig Minuten hier sein. Was meinst du, warum hat er sich ein Krankenhaus ausgesucht?"

„Ich vermute, dass er sich hier sicher fühlte. Genau aus den Gründen, die wir vorher diskutiert haben, weil wir normalerweise die bürokratische Vorgehensweise einhalten müssen: Erst evakuieren. Diese ganzen verdammten gesetzlichen Regelungen machen uns das Leben schwer. Dadurch haben diese Leute viel mehr Chancen zu entkommen. Das würde ihnen in jedem Fall genug Zeit zum Verschwinden geben. Die sind nun einmal ziemlich clever."

„Das bist du auch."
Im Vorfeld gab es unterschiedliche Sichtweisen über den Ablauf der anstehenden Aktion. Hall und Tom hatten in einem der wenigen ruhigeren Momente eine kleine, aber hitzige Diskussion darüber geführt, ob man nicht auf die schnelle Art ein Provisorium entwickeln sollte mit einem Helm, der zumindest notdürftig einen Schutz gegen das Abhören oder Mithören der Gedanken durch Gatow verhindern oder wenigstens erschweren sollte. Aber da man zu wenig darüber wisse und sich auch nicht der Lächerlichkeit aussetzen wollte, verzichteten sie darauf. Wer wollte schon mit so einem

Helm herumlaufen? Die einhellige Meinung war dann, sie müssten diesmal einfach schneller sein. Tom blieb skeptisch. Er wusste zu gut über Gatow Bescheid. Wozu dieser Mann fähig war. Egal, wie exotisch das für die anderen klang. Tom hatte sich vehement für den schnellstmöglichen Einsatz ausgesprochen. Auf der Suche nach den *großen Sechs* hatte es in der Vergangenheit zu viele Rückschläge gegeben. Egal, welchen Spuren sie sonst nachgegangen waren, er konnte sich nicht daran erinnern, je so viele Misserfolge gehabt zu haben. Tom dachte an all die vielen Fehlschläge. In letzter Zeit lief gar nichts wie geplant. Alles ging schief. Es wurde Zeit, dass die Pechsträhne beendet wurde. Den Erfolg bei der gerade abgeschlossenen Sicherstellung der Vorbereitung zu einem nuklearen Anschlag durch IS-Terroristen nahm er als positives Omen. Das war zumindest eine sehr ernst zu nehmende konkrete Gefahr, die sie abgewehrt hatten. Vielleicht gelang es jetzt auch, die *großen Sechs* auszuschalten. Selbst wenn die einen Telepathen zu ihrer Unterstützung hatten. Omega war zwar nur ein Arm der Organisation. Das wäre aber ein Anfang und vielleicht kamen sie über ihn an die anderen heran. Einen Moment wurde ihm die Ungeheuerlichkeit dessen, was sie vorhatten, bewusst. Sie standen kurz davor, den Erfolg all der Mühen einzustreichen. Das sollte nicht durch langes Zögern und umständliche Vorbereitungen verhindert werden.

Jade und Tom hatten sich einen Platz gesucht, von dem aus sie eine gute Sicht auf den Einsatzort hatten. Sie hockten hinter Sträuchern mit Blick auf den Hubschrauberlandeplatz. Sie trugen wieder ihr Security-Headset und würden während des ganzen Einsatzes mit der Zentrale in Verbindung stehen. Die städtische Polizei sollte erst informiert werden, wenn die Anti-

Terror-Einheit ihre Arbeit getan hatte, und sie waren nur als Beobachter hier. Tom gefiel diese Rolle nicht. Er wollte dabei sein.

„Ich sondiere die Lage", sagte er, „halte hier bitte die Stellung."

Jade sah ihn an.

„Was soll das? Wir haben uns schon umgesehen."

Ihm war klar, dass sie ihn natürlich durchschaute. Es entspann sich eine kurze Auseinandersetzung. Sie wollte ihn auf jeden Fall zurückhalten.

„Wir dürfen überhaupt nicht selbst eingreifen. Diese Befugnis haben wir vom Verfassungsschutz nur, wenn es nicht anders geht. Wenn Hall es genehmigt. Sonst nur beobachten und Daten sammeln. Das weißt du doch."

„Wenn es nicht anders geht, dann schon. Ich will nur verhindern, dass die uns wieder durch die Lappen gehen."

„Dann klär das mit der Zentrale ab. Halls Anordnungen waren ziemlich eindeutig: Keine Extratouren. Hast du das vergessen?"

„Komm", sagte Tom, „das bist du mir schuldig. Ich übernehme die volle Verantwortung."

„Dann komme ich mit. Ich bleibe vor der Etage und kann dich absichern, wenn du in ihre Abteilung vordringst."

„Nein. Ich ziehe dich da nicht mit hinein. Das ist allein meine Sache."

Ohne ihre Antwort abzuwarten, streifte Tom sein Headset ab, ließ es neben Jade ins Gras fallen und sprintete aus dem Gebüsch über den Parkplatz auf den Haupteingang des Krankenhauses zu.

# 56

Um diese Zeit parkten hier nur die Fahrzeuge der Nachtschicht. Die Wagen waren mit Raureif überzogen. Automatisch öffnete sich die Glastür vor Tom und ließ ihn eintreten. Er eilte auf den Informationsschalter zu. Eine Krankenschwester sah ihm mit müden Augen hinter der Glasscheibe entgegen.

„Sie müssen eine Maske aufsetzen", waren ihre ersten Worte.

Tom hielt ihr seinen Dienstausweis vor das Glas. Der Begriff „Verfassungsschutz" beeindruckte sie nicht. Sie schob ihm eine eingeschweißte Atemschutzmaske FFP2 durch den Schlitz. Tom riss die Verpackung auf und streifte sich die Maske über.

„Wie komme ich am schnellsten in die Beitz-Abteilung?"

Sie starrte ihn an, als wenn er vom Mars käme.

„Gar nicht", sagte sie.

Tom beherrschte sich mühsam. Auf seine dringenden Erklärungen sagte sie, dann müsse sie erst den dienst-habenden Arzt fragen. Es blieb doch keine Zeit, sagte sich Tom. Wieso ging das nicht schneller?

„Dann machen Sie hin."

„Aber der schläft. Ich darf ihn nur wecken, wenn …"

„Das ist ein Notfall!"

„Sie müssen nicht laut werden."

Wenn sich das noch länger hinzog, würde er immer noch an der Information stehen, wenn das GSG-9-Team einträfe.

Tom versuchte noch einmal mit aller Über-zeugungskraft, seinen Standpunkt klarzumachen. Dann begann er die Türen in der Empfangshalle eine nach der anderen auszuprobieren.

„Dann rufen Sie den Sicherheitsdienst", schrie er, „es eilt."

Er sah, wie sie telefonierte.

Wenige Augenblicke später kamen ein junger Arzt, das Namensschild am offenen Kittel wies ihn als Dr. Metzner aus, mit zerzauster Frisur und im selben Moment zwei uniformierte Security-Leute aus einem Flur gelaufen.

Tom zeigte seinen Ausweis und erklärte die Situation. Er müsse sofort in die obere Etage.

„So einfach ist das nicht. Die ganze Abteilung ist nur für besondere Klientel, aktuell ein Industrieller aus den USA. Der hat seine eigene Security mitgebracht. Nur der Chefarzt und die behandelnden Ärzte können da hinein. Wir vom einfachen Dienst kennen noch nicht einmal die Namen der Personen."

Er würde den Chefarzt später nach den genaueren Personalien des derzeitigen Patienten befragen müssen.

„Seit Berthold Beitz verstorben ist, unterliegt die ganze Abteilung der Geheimhaltung", sagte Dr. Metzner. „Ursprünglich war diese Einrichtung nur für ihn gedacht, jetzt steht sie Promis aus dem Showgeschäft oder Politikern oder sonstigen reichen und mächtigen Personen zur Verfügung.

Tom platzte der Kragen. Er schob seine Jacke etwas auf, damit die Wachleute und der Arzt seine Waffe sehen

konnten. Jetzt wurde Tom deutlich, wieso Omega diesen
Ort für seinen Rückzug gewählt hatte. Besser abgeschirmt werden konnte man gar nicht.

„Das ist mir völlig gleich. Ich will nur eines wissen:
Wie komme ich jetzt da hinein."
Bei den Security-Beamten hatten Toms Ausweis und
sein Auftreten Eindruck gemacht. Der ältere der beiden,
ein ausgemergelter Mann mit dunklen Schatten unter
den Augen, versuchte zu helfen.

„Für den Aufzug braucht man einen speziellen
Schlüssel, um in die obere Ebene zu gelangen, aber wir
können in das Treppenhaus. Allerdings ist da oben eine
Stahltür mit Sicherheitsschloss."

„Zeigen Sie mir den Weg."
Er lief vor. Tom und der zweite Sicherheitsmann folgten
ihm durch eine doppelflügelige Tür mit geriffeltem Glas
ins Treppenhaus. Tom sprang an ihm vorbei und nahm
immer zwei Stufen auf einmal. Er hatte schnell einen
Vorsprung, der sich vergrößerte, weil den beiden die
Puste ausging und sie langsamer wurden. Tom hörte nur
noch ihr Schnaufen. Schon war er ein ganzes Stockwerk
voraus. Auf jeder Ebene gab es einen Absatz und eine
Feuerschutztür, die in die Abteilungen führte. Die ersten
ergriff Tom, um zu überprüfen, ob sie sich öffnen
ließen. Dem war so. Eine Hand am weißgetünchten
Metallgeländer stürmte er weiter hinauf. Dann erreichte
er den letzten Absatz, von dem keine Stufen mehr zu
höheren Bereichen führten. Tom zog die Walther, langte
mit der anderen Hand nach dem Türgriff und riss die
Tür auf. Er stand auf dem Dach. Zu weit. Er steckte die
Waffe wieder in das Schulterhalfter und sprang die
Treppen zur tiefer gelegenen Etage. Als er vor dem
Eingang zur VIP-Abteilung angelangt war, erreichten
auch gerade die anderen beiden diesen Absatz. Tom
drückte die Türklinke. Sie war verschlossen. Er sah die

Männer vom Sicherheitsdienst an.

„Dafür haben wir keine Schlüssel", sagte der Hagere. Der andere hielt sich am Geländer fest.

In diesem Moment wurde die Tür von innen geöffnet Und hier, auf der obersten Etage des Krankenhauses, trat der lang gesuchte Omega heraus und begrüßte Tom, als wenn er ihn zu einer Party eingeladen hätte.

„Tom, kommen Sie doch herein. Wir haben Sie schon erwartet", sagte er. Er ergriff Toms Arm und zog ihn zu sich hinein. Tom sah aus dem Augenwinkel die erstaunten Gesichter der Männer, bevor die Metalltür wieder einrastete.

Er wollte zu seiner Waffe greifen, als er in den Lauf einer Glock sah, die eine gut trainierte Frau auf ihn richtete.

Omega trat zurück und ein Mann, vom Aussehen ebenfalls kampferprobt, durchsuchte Tom und nahm ihm die Walther und das Handy ab. Die neue Mannschaft, die Omega zu seinem Schutz eingestellt hatte, war wesentlich jünger als die, die Tom bei ihrer letzten Begegnung getroffen hatte. Aber sie schienen mindestens genauso gut zu sein. Was sie noch nicht an Erfahrung hatten, vermutete Tom, machten sie mit Kraft und Geschicklichkeit wett.

Das Sicherheitspersonal zog sich gerade so weit zurück, jederzeit eingreifen zu können, wenn es für ihren Chef gefährlich werden sollte.

Omega legte Tom eine Hand auf die Schulter und geleitete ihn mit einem jovialen Lächeln einen typischen Krankenhausflur entlang durch eine Glastür in einen größeren Raum, der wie eine Kommandozentrale wirkte. Das Sicherheitspersonal blieb unauffällig in angemessenem Abstand. An einer Wand waren mehrere Monitore in unterschiedlichen Formaten aufgebaut, auf denen Nachrichtensendungen aus aller Welt liefen. Der

Ton war abgestellt. Weitere Mitarbeiter arbeiteten an ihren Rechnern.

Nachdem sie auf zwei weißen Ledersesseln Platz genommen hatten, einen Beistelltisch mit Zeitungen und Zeitschriften zwischen sich, betrachtete Tom Omega näher. Sein Eindruck vom ersten Treffen bestätigte sich. Wenn nicht klar gewesen wäre, dass er hier auf Omega treffen würde, hätte er ihn nicht wiedererkannt. Es war und blieb ein Allerweltsgesicht. Er sah aus, als wenn er mit Ernährung und Bewegung gut auf seine Gesundheit achten würde. Es war kein Gramm Fett zu viel an seinem beweglichen gepflegten Körper. Soweit der unaufdringliche elegante Maßanzug Tom das erkennen ließ. Vielleicht lag es daran, überlegte Tom, dass er sowohl männliche als auch weibliche Züge hatte, irgendwie androgyn wirkte. Nur wenn man genau hinsah, zeigten minimale Falten um die Mundwinkel und die Augen an, dass der Mann, der sich Omega nannte, die Vierzig überschritten hatte. Auch die kurze modische Frisur zeigte keine individuelle Note. Die Augen. Jetzt erkannte Tom das zum ersten Mal. Die Lichtverhältnisse waren hier besser, die Augen verrieten mehr über diesen ansonsten so undurchschaubaren Mann. Da war etwas Berechnendes, Wachsames.

„Ich habe so viel mit Ihnen zu besprechen", begann Omega, „warum hat das so lange gedauert? Ich hatte gehofft, Sie kämen früher."

Tom überlegt. Wie lange hatte es gedauert, bis er sich entschieden hatte, Jade vor dem Krankenhaus zurück zu lassen? Wie viel Zeit hatte er vertrödelt, während ihn diese Idioten da unten aufgehalten hatten? Er schätzte, noch ungefähr eine Viertelstunde, bis das GSG-9-Team eintraf.

Omega erhob sich und begann hin und her zu wandern. War das ein Zeichen von Nervosität?

„Ich weiß, Sie haben viele Fragen", sagte Omega, „und es bleibt uns so wenig Zeit."

Tom schlug die Beine übereinander und verschränkte die Arme.

„Warum sind Sie noch hier?"

Omega hielt kurz in der Bewegung inne und schaute Tom an.

„Warum wir uns noch in Deutschland aufhalten? Ich überwache lediglich die Verteilung des Impfstoffes in Europa."

„Wieso ist Ihre Anwesenheit dafür nötig?"

„Zur Sicherheit. Weil dieser Impfstoff von hier kommt. Das ist für uns eine weitere Jahrhundert-Chance. Wir hatten den Impfstoff schon, bevor die Panik verbreitet wurde. Nur mithilfe der durch die Medien verbreiteten Hysterie wird der Gewinn doch erst bedeutsam! Jetzt will ihn jeder! Schnelles Handeln ist immer wichtig. Wir haben es insofern immer besser, weil wir ja vorher wissen, was geschehen wird! Jetzt kennen inzwischen alle das Unternehmen, von dem ich spreche."

Omega verschränkte die Hände auf dem Rücken und ging zu seinen Leuten an die Rechner.

Tom sah, wie Omegas Kopf sich bewegte, als er seinen Blick über alle Monitore gleiten ließ. Dann kam er zurück und setzte seine Wanderung vor Tom fort.

„Die *zweite Welle*, den Begriff hat die Presse ohne unseren Einfluss gewählt, der erneute *Lockdown*, erst *light* und später mit verschärften Ausgangssperren, ist nur eine weitere Phase unseres Plans. Im ersten Teil ging es, wie Sie wissen, um den Gewinn aus Aktien allgemein. Es ist unglaublich, wie viel wir dadurch verdient haben, dass wir diese Schwankung des Aktienmarktes im Voraus kannten. In der zweiten Phase geht es um den Impfstoff und die beschleunigte Weiterentwicklung in vielen Bereichen, an denen wir arbeiten. Das würde bedeuten, mehrere Milliarden an Impfdosen. Können Sie sich den Gewinn vorstellen? Dieses Weihnachten war das glücklichste und erfolgreichste, das unsere Familien je erlebt haben! Und ich alleine habe das inszeniert! Es klappt gerade alles so gut. Die EU hat den Impfstoff zugelassen und wir können uns nun von hier verabschieden."

Er ist wie ein Spieler, dachte Tom, wenn er einmal gewinnt, kann er nicht aufhören. Ebenso wie er es nicht sein lassen konnte, in seiner Rolle zu glänzen. Es machte ihm offensichtlich Spaß, von seinen fantastischen Plänen zu berichten. Tom ließ ihn reden und hoffte, dass er möglichst noch lange brauchte, damit die Einsatztruppe rechtzeitig kam, um diesem überheblichen, selbstgefälligen Kerl das Handwerk zu legen. Wenn erst ein Anfang gemacht wäre, würden sie den Rest der Organisation auch noch zerschlagen. Aber eines nach dem anderen.

„So wie die Erfindung der neuen Akku-Generation auch nur ein Bruchstück unseres Gesamtplans war. Aber warum sollen wir das nicht mitnehmen? Es ist immer wieder spannend, was abfällt, wenn man eine Strategie in diesen Ausmaßen durchzieht. Ja, mein Freund, so finanzieren wir uns!"

Genau das hatten sie sich in der Teamsitzung gedacht. Tom erhielt durch Omega die Bestätigung zu ihrer Theorie. Und wo blieben nun die guten Dinge, die diese Leute angeblich für die Menschheit initiierten?

Die Männer an den Rechnern waren in ihre Tätigkeiten vertieft. Das Klimpern der Tastaturen erfüllte den Raum bei jeder Pause, die Omega in seinem Vortrag einlegte.

Tom überlegte, wo Gatow wohl war.

Da betrat er den Raum, kam zu ihnen, lächelte und nickte Tom zu. Die Aktionen in den letzten Tagen schienen ihn mitgenommen zu haben. Sein langer Bart war ungepflegt. Gatow zwirbelte daran herum. Obwohl kaum Zeit vergangen war, wirkte er älter als Tom ihn in Erinnerung hatte.

„Wir sollten aufbrechen", sagte er zu Omega.

Tom versuchte, seine Strategie, Omega aufzuhalten dadurch abzuschirmen, dass er seine ganze Konzentration auf Schnee, ganz weißen Schnee und alles, was er mit Schnee verband, richtete. Gleichzeitig befürchtete er, dass Gatow natürlich sowieso bereits alles in seinem Kopf gelesen hätte. Wie sollte er das verhindern? Er gab es auf. Einem Telepathen etwas vorzumachen, hatte keinen Sinn.

Gatow nickte dazu und lächelte.

„Wir haben Ihnen doch viele Informationen gegeben, die hilfreich waren, große Gefahren zu beseitigen, zu verhindern. Sie werden eines Tages verstehen, warum. Glauben Sie mir."

Jetzt wurde Tom klar, um was es Omega und vermutlich auch Gatow ging: Es reichte ihnen nicht mehr, nur den Gewinn einzustreichen, sie wollten auch noch als die Guten, die Menschenretter gefeiert werden, und den Anfang sollte Tom machen. Er sollte überzeugt werden. Nicht mit ihm. Tom lehnte vehement ab, etwas mit Kriminellen zu tun zu haben. Die wollten ihn überreden, mit ihnen zusammenzuarbeiten. Warum sollte er das tun?

„Tom, wir sind die Guten. Wir helfen der Menschheit."

„Das sagen alle Weltverbesserer und Psychopathen", sagte Tom.

Gatow wirkte traurig.

„Denken Sie an das höhere Ziel."

Tom war klar, dass Gatows Lebenswerk mit dem Omegas verbunden war. Er glaubt tatsächlich an das

Gute, das sie bewirkten.

Gatow bestätigte das durch ein Nicken.

„Gott kümmert sich? Das wäre so, als wenn wir uns um jede einzelne Zelle in unserem Körper kümmern würden und ständig jede Zelle fragen würden, wie geht es dir? Das kann keiner. Da tun wir mehr!"

Omega unterbrach seine Runde und blieb mit erhobenem Zeigefinger vor Tom stehen. Jetzt kommt sein Statement zum Abschluss, dachte Tom.

„Die Idee für unseren Plan wurde nach dem Grippewinter 2017/18 geboren. Damals war mit um die 25.000 Todesfällen durch Influenza in den letzten 30 Jahren die schlimmste Grippesaison in Deutschland. Warum nicht so etwas aufgreifen und weltweit verbreiten? Dann spielten uns noch einige andere Faktoren in die Karten. Die Presse hat damals daraus kein Drama inszeniert. Ebenso wenig wie aus Todesfällen durch HIV, multiresistenten Krankenhauskeimen, Krebserkrankungen oder sonstigen Ursachen eine solchen Medienschlacht produziert wurde. Vor dem Hintergrund, dass die Weltwirtschaft seit Jahren nur so dahindümpelte und früher große Impulse und Aufschwung nur durch Kriege als weltweite Konfrontationen ausgelöst wurden, habe ich mir gedacht, wir versuchen es einmal anders. Kooperation statt Konfrontation. Eine Pandemie bringt die Länder der Erde vielleicht dazu, zusammenzuarbeiten. Gleichzeitig würden die Kosten ebenfalls so in die Höhe getrieben, dass es dadurch zu einem wirtschaftlichen Aufschwung käme. Es geht ja vielleicht auch ohne einen Krieg. Versuchen wir es einmal so. Wir brauchen einen wirtschaftlichen Neuaufbau! Es funktioniert: Plötzlich gibt es Kredite in unermesslicher Höhe wie eine Kriegsanleihe, wie nach einem III. Weltkrieg! Alles ohne Kampf gegeneinander, sondern im Versuch eines weltweiten Miteinanders. Die Politik macht es möglich.

Verhältnismäßigkeit der Mittel."

So wie Omega seinen Plan präsentierte und mit seinen Armen gestikulierte, wirkte er auf Tom wie ein Dirigent.

„Die anderen Familien waren erst nicht interessiert, aber mein Plan hat sie dann doch überzeugt. Verstehen Sie?"

Gatow stand jetzt neben Omega und drängte ihn erneut, endlich aufzubrechen.

Omega gab seinen Mitarbeitern eine Zeichen. Sie packten ihre Laptops ein und gingen auf den Ausgang zu.

Omega und Gatow wendeten sich um und schlossen sich ihnen an.

„Wir müssen diesen gastlichen Ort jetzt verlassen, Tom", sagte Omega.

\*\*\*

Der Kontakt zu Tom war plötzlich abgebrochen. Als Babette nachfragte, was geschehen sei, da sie ebenfalls keine Verbindung mehr zu Tom habe, blieb Jade keine Wahl, sie musste Toms Alleingang melden. Babette informierte Hall. In einer sofortigen Konferenzschaltung gingen sie die Alternativen durch. Der sonst so beherrschte Hall schimpfte und fluchte, als Jade die aktuelle Lage durchgegeben hatte. Seine Stimme klang so dröhnend aus ihrem Ohrhörer, dass sie die Lautstärke herunterregulierte.

„Immer diese Extratouren. Ohne Erlaubnis. Wie ich das hasse. Er vermasselt noch alles."

„Vielleicht ist das die einzige Möglichkeit, zu verhindern, dass die uns wieder entkommen. Er versucht sie nur auf seine Weise aufzuhalten", sagte Jade in ihr Mikro. „Wann kommen die Hubschrauber endlich? Wir haben einen Landeplatz hier. Wie lang dauert es noch?"

„Eine halbe Stunde etwa."

„Okay."

Hall entschied, nun doch sofort ein örtliches Sondereinsatzkommando zur Unterstützung anzufordern. Sie sollten aber in Deckung bleiben hinter dem Hubschrauberlandeplatz Wittekindstraße. Außerhalb der Wiese, in deren Mitte sich die gepflasterte Fläche des Landeplatzes befand. Der auf die Schnelle abgesprochene Plan war, das Gebiet großflächig zu umstellen, um jede Fluchtmöglichkeit zu verhindern. Kein sofortiger Zugriff, sondern Ausharren und auf die Ankunft des GSG-9-Teams warten.

Jade blieb in ständigem Kontakt und koordinierte vor Ort die hinzugezogenen Kräfte.

Nach einer Viertelstunde hörte sie das typische Geräusch eines sich nähernden Hubschraubers. Sie informierte Babette, die wieder alleine den Kontakt aus der Zentrale übernommen hatte.

„Sie sind schneller als erwartet", sagte Jade.

„Ich kontrolliere das", sagte Babette und schaltete die Verbindung zu der GSG-9-Einsatztruppe zu.

Durch die atmosphärischen Störungen hörte Jade die Bestätigung des Piloten:

„Wir sind unterwegs."

„Nein, schon hier", sagte Jade, „ich höre Sie kommen."

„Kann nicht sein. Wir brauchen noch ungefähr zehn Minuten …", kam die Nachricht aus der anrückenden GSG-9-Einheit.

# 57

Anscheinend wollten Omega und Gatow mit ihren Leuten jetzt fliehen. Tom stand auch auf. Irgendwie musste er das verhindern. Er wollte noch so viel wissen. Vielleicht gelang es ihm, Omega aufzuhalten, wenn er ihn weiter in ein Gespräch verwickelte. Er hörte sich ja gerne sprechen.

„Aber das Virus ist doch Fakt", sagte Tom, „und es ist gefährlich."

Omega blieb auf halbem Weg zur Tür stehen und drehte sich zu Tom um.

„Wir können doch nichts für das Virus. Wir haben nur die mediale Verstärkung unterstützt, besser: initiiert. Es ist positiv für unsere Maßnahmen."

Gatow zog Omega am Arm.

„Sie als gebildeter junger Mann kennen doch bestimmt den Spruch *Conditio sine qua non.* Das sagt doch alles. Ohne Corona gäbe es keinen Aktiengewinn. Ohne Corona gäbe es keinen Impfstoff. Soll ich weiter aufzählen?"

Omega wendete sich um und folgte Gatow und den anderen.

Die Gruppe erreichte am Ende des Korridors die Stahltür zum Treppenhaus. Tom blieb im Flur zwischen den Bodyguards, die sich Omega und Gatow angeschlossen hatten. Wieso nahmen sie nicht den Fahrstuhl? Sie hatten doch die Möglichkeit. Auf diese Weise würden sie doch viel schneller hinunterkommen.

Tom wollte sich zu Omega vordrängeln, ihn weiter mit Fragen daran hindern, zu verschwinden. Aber die Frau schob ihn zurück.

„Sie wollten doch nur an den Chinesen Chen Ze Ren rankommen, um zu verhindern, dass die Wahrheit über Corona ans Licht kommt. Dafür haben Sie uns miss-braucht", schrie Tom Omega hinterher, „Sie hatten ver-mutlich selbst keine Chance, ihn aus dem Konsulat zu bekommen."

Omega lachte. Er hörte gar nicht mehr auf.

Einer der Männer öffnete die Feuerschutztür zum Treppenhaus. Tom hatte gehofft, dass die hauseigenen Security-Leute noch dort wären. Aber niemand zeigte sich. Omega stieg die Treppe hinauf und rief über die Schulter zurück.

„Das ist doch längst Schnee von gestern, völlig unwichtig. Mit Ihrem Talent sollten Sie größer denken, dann erkennen Sie auch die Zusammenhänge. Denken Sie nach. Wenn Sie so gut sind wie wir glauben, kommen Sie darauf. Überlegen Sie: Wer hat etwas zu verbergen? Wem ist es lieber, dass die Wahrheit nicht an den Tag kommt?"

Wieso wollen die auf das Dach, fragte sich Tom, während er Omega weiter zuhörte.

„Sie haben uns doch schon Vertrauen entgegen-gebracht, sonst hätten Sie doch nicht die Chinesin bei Ihren Freunden versteckt, und das war gut so. Dort ist sie sicher. Obwohl Sie wussten, dass Gatow das erkennen kann. Wir hatten sie gewarnt, dass die Kleine in Gefahr war. Denken Sie nach: Wer hätte einen Vorteil davon, wenn niemand von dem tatsächlichen Beginn der

Pandemie und der Erschaffung des Virus erfährt? Die Lösung liegt so nah."

Tom war wie vor den Kopf geschlagen. Wieso verließ ihn sein sonst so zuverlässiger Instinkt? Sein Gehirn war einfach leer.

Das Lachen Omegas und Gatows und der anderen ging unter in den Geräuschen des ankommenden Hubschraubers. Das musste die GSG-9-Einheit sein. Jetzt schnappte die Falle zu. Dann war genug Zeit, wenn sie erst einmal in aller Ruhe verhört werden konnten.

Zwei der Bodyguards nahmen ihn in die Mitte, Omega und Gatow gingen vor. Sie stiegen zur nächsten Etage hoch.

Tom wusste aus eigener Erfahrung, dass es keine weitere Etage gab. Was soll das? Wollten sie über das Dach fliehen, wenn schon die Jäger im Anflug waren?

Die Frau stieß die Brandschutztür aus Metall auf. Das Knattern der Rotoren schwoll zu unerträglicher Lautstärke an. Ließen sich die GSG-9-Leute bereits auf das Dach herunter? Der durch die Propeller ausgelöste Sturmwind blies Blätter zu ihnen herein, riss an Haaren und Kleidung. Mäntel und Jacken wehten. Ein Kampf wie gegen Urkräfte. Jetzt waren alle draußen und eilten auf den Hubschrauber zu. Es war ein Leonardo, Modell AW139. Ein zweimotoriger Mehrzweckhubschrauber mit 15 Sitzplätzen. Der Pilot war einsame Spitze, soweit Tom das beurteilen konnte, er hielt den Hubschrauber nur wenige Zentimeter über dem Boden, fast schwankungsfrei.

Das war nicht das erwartete GSG-9-Team, erkannte Tom plötzlich. Die konnten auch noch gar nicht hier sein. Tom wusste, dass dieser Hubschrauber eine Spitzengeschwindigkeit von 306 Stundenkilometer erreichen konnte. Wenn Omega und Gatow damit erst einmal unterwegs waren, würde keiner sie mehr einholen können.

Gatow ergriff gerade einen Haltegriff und schwang sich hinein. Er blickte zurück und nickte Tom lächelnd zu. Natürlich hatte er dessen spontane Erkenntnis mitbekommen. Dann sagte Gatow etwas, dass sich Tom bei dem Lärm mehr zusammenreimte als verstand.

„Wir brauchen Sie, Tom. Zusammen werden wir den größten Anschlag verhindern, der jemals auf europäischem Boden geplant wurde."

***

Wenige Minuten zuvor hatte Jade in den dunklen Himmel geschaut, der sich am Horizont langsam rötlich färbte. Sie war sich sicher. Das waren Hubschrauberrotoren, die sie hörte. *Schrub, schrub, schrub* klang es durch den diesigen Morgen von weither.

„Das sind sie", sagte sie zu Babette. „Hörst du das auch?"

Sie schaute auf ihre Uhr und schüttelte den Kopf.

„Aber es sind noch keine fünfzehn Minuten. Vielleicht gerade einmal sechs", sagte Babette.

„Dann sind sie schneller als gedacht."

Babette stellte die Verbindung nach Hangelar her.

„Waaas? Das kann nicht sein. Sofortschaltung zu den Kollegen unterwegs!"

„Nein, wir sind erst … Wo sind wir hier?"

Jade kniff die Augen zusammen, um besser sehen zu können, und scannte den Himmel ab. Die Mitglieder der örtlichen Einsatzgruppe hinter ihr wurden unruhig. Erstaunen bei allen Beteiligten. Der Leiter des SEK stellte sich bei Jade als Werner Slotnik vor. Im Halbdunkel sah sie, dass er etwa in ihrem Alter war. Zu jung für einen Einsatzleiter. Er wirkte auf sie nervös, tastete immer wieder seine Ausrüstung ab, als wenn er sich versichern wollte, dass alles am richtigen Platz saß. Dann sah er sich nach seinem Trupp um, gab aber keine Anweisungen, wie oder wo sie sich platzieren sollte. Sie lächelte ihm zur Begrüßung freundlich zu, um ihn nicht noch mehr zu verunsichern. Zusammen versuchten sie die Ursache des Lärms auszumachen. Ein moderner Mehrzweckhubschrauber von Leonardo tauchte in ihrem Sichtfeld auf.

„Das ist das Modell AW139", sagte er mit Stolz in der Stimme, „haben wir in der Ausbildung gehabt."
Der Hubschrauber hing über dem Gebäude.

„Was macht der da?", fragte Slotnik.

„Keine Ahnung", sagte Jade, „der Landeplatz ist hier."

„Soweit ich weiß, kann man auf dem Haus nicht landen."

„Scheint ihm egal zu sein", sagte Jade.

„Was kann geschehen? Trägt das Dach das Gewicht?"

„Und wenn …", überlegte Jade, „Ein guter Pilot lässt ihn nicht ganz aufsetzen, hält ihn in der Schwebe. Verdammt."
Sie entschloss sich, sofort den Einsatzplan zu ändern und mit Slotnik und seinen Leuten direkt zuzuschlagen. Auf ihren Befehl hin winkte er den lokalen Einsatzkräften, ihr zu folgen. Sie setzten sich in Bewegung und rannten auf das Krankenhaus zu. Hätte sie sich doch am Eingang zu der geschlossenen Etage postiert, wie sie es Tom vorgeschlagen hatte.

„Ich sehe da oben Leute", stieß Jade im Laufen aus und hielt an.
Slotnik stoppte ebenfalls, zog ein Fernglas aus der Tasche und visierte die Umgebung des Hubschraubers an. Er schwebte ganz nah über der obersten Etage, die

Kufen berührten fast den Boden des Flachdachs. Jade erkannte mehrere Menschen, vermutete, dass es sich um Gatow, Omega und deren Gefolge handelte. Da waren weitere Männer. Auch eine Frau. Alle rannten auf den Hubschrauber zu.

Jade musste wissen, was genau dort vorging. Sie entriss Slotnik den Feldstecher.

Die Männer erreichten den Leonardo zuerst und warfen Kartons hinein. Sie traten zur Seite und halfen Omega und Gatow in den leicht schwankenden Hubschrauber. Einer der Männer sprang hinterher. Da war auch Tom. Jade sah, wie Gatow sich noch einmal herausbeugte und auf ihn einredete. Tom trat näher heran. Für einen kurzen Moment sah es für Jade so aus, als ob Tom freiwillig einsteigen würde, nur um dann zu sehen, wie er von einem der Männer hochgezerrt und von dem anderen geschoben wurde. Der Letzte kletterte hinterher und schloss die Tür.

# 58

Zwei Tage später, nach Einleitung einer Großfahndung und etlichen Krisensitzungen kam das Team der kleinen operativen Einheit der Abteilung IV unter ihrem Chef Dr. Lawrence Hall wieder zusammen. Die erste reguläre Frühbesprechung ohne Tom. Alle erreichbaren Daten waren zusammengetragen und ausgewertet worden. Die Stimmung war bedrückt. Die Anwesenden wirkten bleich und übernächtigt. Babette hatte dunkle Ringe unter den Augen. Hall sah sie zum ersten Mal mit einer ungepflegten Frisur. Die Frisöre hatten immer noch geschlossen. Jades Augen waren gerötet. Hall schaute in die Runde. Bis auf Tom waren alle Getreuen seiner Abteilung vollzählig vorhanden und hatten ihre jetzt vorgeschriebenen FFP2-Atemschutzmasken aufgesetzt. Sie hatten Deutschland vor einer atomaren Katastrophe bewahrt, das war ein großer Erfolg. Aber um welchen Preis. Die Organisation, der sie das Handwerk legen wollten, war entkommen. Das Schlimmste dabei war, sie hatten seinen besten Agenten gekidnappt.

Er stapelte die Papiere, die er unter einem Arm aus seinem Büro herübergebracht hatte, vor sich, obwohl er wusste, dass das unnötig war. Nur eine Marotte. Er hatte alles im Kopf, was er seinen Mitarbeitern zu sagen hatte.

„Sie können die Masken absetzen. Wir halten genügend Abstand. Dann ist es für alle angenehmer." Meinte er das nur oder ging tatsächlich ein Aufatmen durch die Gruppe?

„Ich möchte Sie heute beglückwünschen für die hervorragenden Leistungen, die Sie alle …", er bedachte bewusst sein Problemkind Jean-Baptiste Hansen mit einem Nicken, „bei der Lösung der nuklearen Bedrohung unseres Landes durch den IS und die rechtsradikale Gruppe der Bundeswehr erbracht haben." Hall war durch seine Assistentin informiert worden, dass Hansen Anfang 2021 eine Reha antreten würde, sobald die Einschränkungen zum Eindämmen der Pandemie es ermöglichten. Hall fuhr fort: „Es gibt Kleinigkeiten, die man im Nachhinein diskutieren kann. Hätten wir beispielsweise gewartet, bis alle am vereinbarten Treffpunkt in Duisburg angelangt wären, hätten wir an diesem einen Punkt eine Falle aufbauen können und dort die ganze Zelle zusammen erwischt. Nach Gatows Informationen, die aber verspätet kamen, wollten sie sich an dem Zielort mit Aisha Siddika treffen, nachdem sie die Kernmine abgeholt hatte. Aber … naja. Wenn dann etwas schiefgegangen wäre …? Wer kann das schon vorhersagen?"

Einen Moment herrschte Ruhe.

„Ich will nicht undankbar sein", sinnierte Hall weiter, „immerhin hat alles geklappt. Mehr oder weniger."

„Als wir die Info erhielten, wo der Treffpunkt sein sollte, waren alle Einheiten schon in Bewegung", gab Babette zu bedenken, „und diese Aisha Siddika ist verschwunden."

Hall merkte, dass es ihm schwerer fiel als sonst, mit Einwürfen umzugehen. Die entstehende Pause zog sich länger hin, bis er seine Antwort formulierte.

„Stimmt. Es ist erstaunlich, wie sie sich der Zugriffs-
aktion entziehen konnte. Sie ist eine wandelbare Frau.
Nach Jades Bericht...", Hall dachte an Tom, der auch
dabei gewesen war und suchte erneut nach den richtigen
Worten, „...trug sie unter der Abaja und dem Nikab
moderne westliche Kleidung. Sie hat ihr Aussehen verändert und das Auto gewechselt. Wir fanden den Liefer-
wagen und die Verkleidung in der Nähe im Wald. Sie
kannte die Gegend anscheinend gut und ist über Seiten-
wege entkommen. Oder sie war so schnell, dass sie es
geschafft hat, bevor die Straßensperren eingerichtet
werden konnten. Vielleicht hatte sie einen weiteren
Begleiter, der außerhalb wartete. Wie auch immer ...
Sie konnte entwischen. Für diese Person anscheinend
ein Leichtes. Wir haben ein recht gutes Bild von ihr und
die Fahndung läuft, weltweit. Wir müssen abwarten und
Geduld haben." Hall und hielt einen Moment inne. „Die
*großen Sechs* sind uns durch die Lappen gegangen, aber
mit dem Vorteil, den die für sich verbuchen können, ist
das kein Wunder. Wir werden nicht aufgeben und uns
für das nächste Mal intensiver vorbereiten. Falls jemand
den Ablauf noch nicht kennt: Das Ziel des
Hubschraubers, mit dem Omega und seine Entourage
unseren Kollegen Tom Forge entführt hat, war der
Flughafen Düsseldorf. Dort sind sie allem Anschein
nach mit unserem Kollegen zusammen in einen Lear Jet
umgestiegen, gemietet von einer Firma ..."

„Lassen Sie mich raten: DUBESOR", warf Freddie
ein.

„Genau. Die Besatzung hat ausgesagt, dass sie ihre
Passagiere in London von Bord gelassen hat. Tom war
noch bei ihnen. Dort verliert sich die Spur. Ob sie
weitergeflogen sind oder sich dort aufhalten, entzieht
sich unserer Kenntnis. Wir haben noch einige ungeklärte
Hinweise, auch im Hinblick auf die Verbindung der

*großen Sechs* mit der Pandemie. Da ist der Überfall auf das sichere Haus und die Ermordung Chen Ze Rens. Gibt es etwas über die Projektile, die dort gefunden wurden?" Hall sah Babette an.

„Bisher nichts", sagte Babette.

„Dann hatten wir den Chinesen als einzige weitere Quelle. Er hatte keine Chance mehr, etwas aufzudecken. Aber die Kleine, die für ihn gearbeitet hat. Wie hieß sie gleich?"

Hall stöberte in seinen Unterlagen herum, zog etwas heraus, legte es wieder zusammen. Er musste nicht nachsehen, der Name fiel ihm wieder ein.

„Die Chinesin, die den Anschlag überlebt hat, Gao Xia hat folgende Aussage gemacht, die Tom und Jade aufgenommen haben. Übrigens hatten wir sie nach Omegas Warnung an einen Ort gebracht, der nur noch Tom bekannt war. Inzwischen hat sie eine neue Identität bekommen und hält sich ebenfalls an einem unbekannten Ort auf."

Hall schob die inzwischen in zwei Stapel sortierten Blätter weit von sich.

„Also: Sie sagte, dass die Chinesen Covid-19 bereits seit 2003 erforscht haben. Gemeint war bereits das mutierte Virus und das Ziel war, ein Gegenmittel zu entwickeln. Zu einem Zeitpunkt, als es bei uns noch gar nicht bekannt war. Sie sagte, dass sie definitiv wisse, dass es ursprünglich einen ausländischen Auftraggeber gegeben habe, der die Entwicklung als Biowaffe inklusive Gegenmittel bestellt habe. Über dessen Identität und Herkunft habe sie aber keine Informationen. Bei der Forschung um das Coronavirus SARS-CoV-2 habe es auch Tierversuche in Wuhan gegeben. Dann habe ein Mitarbeiter eine Probe gestohlen und ins Ausland verkauft. Sie wisse das so genau, weil sie an der Aufklärung dieser Angelegenheit beteiligt gewesen sei. Als Käufer habe sie eine islamistische Terrorgruppe identifizieren können. Der Dieb habe die Probe in einer Phiole transportiert, die in einer Metallkapsel in einer Zahnpastatube geschmuggelt wurde. Dieser Mann war aber auch bereits infiziert, und als er mit dem Metallbehälter in ein Flugzeug stieg, hat er selbst die weltweite Verbreitung in Gang gesetzt."

Hall machte eine Pause. „Das Ganze hört sich reichlich abenteuerlich an", fuhr er fort, „aber warum sollte sie das erfinden? Wir werden alles daran setzen, die Hintergründe weiter aufzudecken. Ansonsten haben wir noch einen mehr als mysteriösen Hinweis. In der verlassenen Etage des Krankenhauses fanden wir einen Brief in einem Umschlag, der an Tom Forge adressiert war, von Omega unterzeichnet. Er enthielt die simple Botschaft: *Wer hat einen Vorteil davon?* Tom sollte sich überlegen, wer etwas davon hatte, die Entstehung des Virus zu verschweigen. Ansonsten hat sich Omega lobend geäußert, dass Tom schon vieles wisse und dass nur noch einige wenige Puzzleteilchen fehlten. Da sie Tom mitgenommen haben, konnten sie ihm das bestimmt persönlich sagen und brauchten den Brief nicht mehr. Hat einer von Ihnen ein Idee, um was es hier gehen könnte?" Hall sah in die Runde und erntete nur Kopfschütteln und fragende Blicke.

„Wir haben alles Erdenkliche in die Wege geleitet, um Tom zu finden. Falls jemandem von Ihnen noch irgendetwas einfällt, heraus damit. Sonst bleibt uns nichts anderes übrig, als zu warten, bis Tom oder Omega sich irgendwann melden. Ich gehe davon aus, dass das geschehen wird. Es wird einen wichtigen Grund für seine Entführung geben. Die *großen Sechs* wissen genau, was sie tun. Ich bin sicher, wir werden erfahren, um was es geht. Wir müssen nur Geduld haben."

Hall entließ sie in ihre Recherchen, stand auf, raffte alle seine Unterlagen zusammen und schob sie Babette zu. Als er das Meeting beendete, bat er Jade Taylor in sein Büro.

„Für das nächste Mal", begann Hall, „halten Sie sich an meine Einsatzbefehle! Geben Sie sofort Bescheid, wenn etwas aus dem Ruder läuft."
Hall sah, dass Jade sich dazu äußern wollte. Er winkte ab und sprach weiter. „Ich mache Ihnen keinen Vorwurf", er sah sie lange an, „Sie konnten ihn nicht zurückhalten. Wir kennen ihn ja. Wenn er sich etwas in den Kopf gesetzt hat, ist er nicht aufzuhalten. Es begeistert mich nicht, aber im Nachhinein denke ich, dass er vermutlich alles versucht hat, diese Leute dort festzuhalten.
Ich will das hier nicht vertiefen. Mit Ihnen will ich ein anderes Thema besprechen. Sie sind jetzt meine einzige Außenagentin, bis Tom wieder da ist. Es ist mir wichtig, dass sie das ganze Bild kennen. Auch Zugang zu Hintergrundinformationen bekommen."

Hall stand von seinem Schreibtisch auf, zog einen Ordner aus der Schublade und warf ihn auf den Tisch. Jade sah den üblichen roten Stempel auf der Frontseite, der die Akte als streng geheim klassifizierte.
„Schauen Sie hinein, aber bleiben Sie ruhig. Das fiel sogar mir schwer."
Es handelte sich um die Notfallpläne, die bei einer Pandemie Einsatz finden sollten, und darauf ein handschriftlicher Vermerk der Kanzlerin. *Geniale Gelegenheit, es auszuprobieren!* Mit ihrem Kurzzeichen versehen. *A.M.*
Jade nickte. Sie spürte so etwas wie Hoffnungslosigkeit. Wie viele Existenzen waren vernichtet worden, nur für

diesen Versuch. Sie konnte es nicht fassen. Die Vermutung war eine Seite, nun aber die Gewissheit zu haben, eine ganz andere.

„Dazu kommen die Angaben der *großen Sechs*", fuhr Hall fort. „Wenn man denen glauben soll, haben die das Ganze über ihre Einflusskanäle weltweit verbreitet, um ihre Aktiengewinne zu optimieren. Vorausgesetzt, unsere Informationen und Vermutungen stimmen."

„Ich neige dazu, das zu glauben."

„Wenn Regierungen einfach Bestimmungen durchsetzen, ohne den rechtlichen Weg einzuhalten, was ist das dann? Wie nennt man das? Ein autokratisches System: Die Oberen halten sich für intelligenter, für besser geeignet zu führen! Das sieht man ja bei den *großen Sechs*! Die meinen auch, besser zu wissen, was für uns gut ist."

„Da unterscheiden sie sich nicht wirklich von unserer Regierung", sagte Jade.

„Schon, aber die haben ihre Pseudo-Rechtfertigung durch die Wahl."

„Das gibt ihnen aber nicht das Recht, gegen Gesetze zu verstoßen oder sich darüber hinwegzusetzen."

„Übertreiben Sie da nicht etwas?"
Wenn Tom öfter solche Informationen von Hall bekommen hat, überlegte Jade, konnte sie seine Sichtweise verstehen. Sie hatten oft genug darüber diskutiert. Wenn sie die Beweise vor sich liegen sah, musste sie ihm im Nachhinein bei vielem zustimmen.

„Das werden die Gerichte nach der ganzen Affäre zu klären haben."

„Oder es wird der Mantel des Vergessens darüber gelegt, wie üblich", sagte Hall. „Weil es bis dahin totgeredet wurde und keiner mehr etwas darüber hören will."

„Mit anderen Worten: Die Medien bringen nichts

mehr darüber, weil wieder eine Macht, vielleicht die *großen Sechs*, es verhindert? Weil es dann gerade nicht in deren Pläne passt?"

„Also Manipulation entweder durch die herrschenden politischen Kräfte oder durch die *großen Sechs*. Stellvertretend durch meinungsmachende Konzerne synonym ersetzbar."

Hall schien großes Vertrauen in sie zu haben, überlegte Jade, wenn er seine ganzen Zweifel mit ihr besprach. Das war wohl seine Art von Anerkennung. In dem Fall durfte ihr Chef gerne seinen ganzen Frust bei ihr abladen. Scheinbar sollte sie Toms Rolle übernehmen. Seine Vertraute sein. Seine Zweifel an der Rechtmäßigkeit der gemeinsamen Arbeit mit ihr teilen.

„Die *großen Sechs* nur als Symbol?"

„Vielleicht ist es so", resümierte Hall.

„Wie soll es weitergehen?", fragte Jade ihren Chef. „Was haben Sie vor?"

„Ich sage Ihnen eins, Jade. Solange ich auf diesem Platz sitze, werde ich nicht ruhen, bis wir Tom befreit und die *großen Sechs* vernichtet haben, das verspreche ich Ihnen. Für mich ist das nur eine kriminelle Vereinigung. Ich traue keinem, der die Menschheit manipuliert und es als Weisheit hinstellt. Sich als Messias verkauft. Ich habe da auch einige Ideen, wie wir weiter vorgehen sollten."

Jade musste an Tom denken. Sie hatte wieder und wieder überlegt, was sie gesehen hatte oder glaubte gesehen zu haben. War Tom wirklich entführt worden oder war er freiwillig in den Hubschrauber gestiegen? Sie behielt ihre Bedenken vorerst für sich.

\*\*\*

Eine halbe Stunde später betrat Babette das Büro ihres

Chefs.

„Ich habe eine gute Nachricht für Sie", begann sie.

„Das wäre ja einmal etwas. Ich höre."

„Die Frau, die Ihre Stelle übernehmen sollte, ist verschwunden. Sie soll wohl in einer privatwirtschaftlichen Gesellschaft anfangen. Hat da auch einen Verwandten, der jemanden kennt."

„Ich weiß", sagte Hall und musste lächeln, als er das erstaunte Gesicht seiner Assistentin sah. „Ich habe auch meine Beziehungen."

Er dachte an den Bundestagsabgeordneten Eberhard Lauer, bei dem er an einem der Abende kurz vor Weihnachten zu einem Gespräch war. Er hatte schon immer geahnt, dass der Mann noch einmal für etwas gut sein könnte. Er ließ eine Kunstpause, um die Wirkung zu genießen.

„Das haben Sie mir wohl nicht zugetraut?"

„Gratuliere, Chef", sagte sie. Beide lachten, aber es klang in seinen Ohren nicht so frisch wie sonst.

Er freute sich über den Erfolg, dass es ihnen gelungen war, den Terroranschlag des IS zu verhindern, und ein wenig auch darüber, wie er seine Stelle gesichert hatte. Aber sein Agent Tom Forge fehlte ihm. Geduld war nicht eine seiner größten Tugenden. Hoffentlich dauerte es nicht zu lange, bis Tom sich meldete.